MIRA®

Umwelthinweis:
Dieses Buch wurde auf chlor- und säurefreiem Papier gedruckt.

Nora Roberts

Die MacKades 3
Sterne einer Sommernacht

Roman

Aus dem Amerikanischen von
Emma Luxx

MIRA®

MIRA® TASCHENBUCH
Band 25196
1. Auflage: Oktober 2006

MIRA® TASCHENBÜCHER
erscheinen in der Cora Verlag GmbH & Co. KG,
Axel-Springer-Platz 1, 20350 Hamburg

Titel der nordamerikanischen Originalausgabe:
The Heart of Devin MacKade

erschienen bei: Silhouette Books, Toronto
Published by arrangement with
Harlequin Enterprises II B.V., Amsterdam

Konzeption/Reihengestaltung: fredeboldpartner.network, Köln
Umschlaggestaltung: pecher und soiron, Köln
Redaktion: Sarah Sporer
Titelabbildung: Getty Images, München/Corbis Images, Düsseldorf
Autorenfoto: © by Harlequin Enterprise S.A., Schweiz
Satz: Buch-Werkstatt GmbH, Bad Aibling
Druck und Bindearbeiten: Ebner & Spiegel, Ulm
Printed in Germany
ISBN 3-89941-289-3

www.mira-taschenbuch.de

PROLOG

Zwanzig war Devin MacKades Meinung nach ein grässliches Alter. Man war zwar alt genug, um für sein Tun verantwortlich gemacht werden zu können oder um eine Frau zu lieben. Und doch war man nach Recht und Gesetz noch nicht vollständig erwachsen.

Noch zwölf Monate, dann hatte er es hinter sich.

Als dritter von vier Brüdern musste er mit ansehen, wie ihm Jared und Rafe ins Erwachsenenalter vorausgeeilt waren. Shane war ein Jahr jünger als er. Nicht dass er es etwa besonders eilig gehabt hätte, erwachsen zu werden, nein, das wirklich nicht. Er hatte seine Kindheit und Jugend genossen, doch langsam wurde er ungeduldig. Methodisch wie er war, begann er Pläne für seine Zukunft zu schmieden.

Die kleine Stadt Antietam, Maryland, würde Augen machen, wenn sich herumsprach, dass er sich dafür entschieden hatte, das Gesetz aufrecht zu halten, statt es zu brechen. Oder zu beugen.

Seine Mutter hatte ihn mit Engelszungen dazu überreden müssen, aufs College zu gehen, doch nachdem diese Hürde erst einmal genommen war, hatte ihm das Lernen viel Spaß gemacht. Die Kurse in Rechtswissenschaft, Kriminologie und Soziologie faszinierten ihn. Wie und warum Regeln für eine Gesellschaft aufgestellt wurden und wie für ihre Einhaltung gesorgt wurde. Manchmal erschien es ihm fast, als hätten all diese Gesetzbücher und Vorschriften, diese Ideale nur darauf gewartet, von ihm entdeckt zu werden.

Deshalb hatte er sich dazu entschlossen, Polizist zu werden.

Eine Entscheidung, die er bis jetzt noch für sich behalten hatte. Seine Brüder würden ihn zweifellos nur damit aufziehen. Selbst Jared, der Rechtsanwalt werden wollte und schon kurz vor dem Examen stand, würde kein Erbarmen kennen. Nicht dass ihm das etwas ausgemacht hätte. Devin wusste sehr gut, dass er es jederzeit mit seinen drei Brüdern aufnehmen konnte, gleich ob mit Worten oder mit den Fäusten. Und dennoch war er der Ansicht, dass es sich bei seiner Berufswahl um eine persönliche Angelegenheit handelte, die im Moment nur ihn allein etwas anging.

Er war sich allerdings auch bewusst, dass man im Leben nicht alles bekam, was man sich wünschte. Der Beweis dafür lag direkt vor seiner Nase – oder besser gesagt, er servierte ihm im Moment hier in Ed's Café gerade die Spezialität des Hauses und errötete bis unter die Haarwurzeln angesichts Rafes übermütiger Frotzeleien.

Sie war klein und schlank – wahrscheinlich wog

sie nicht mal hundert Pfund – und so zart wie eine Rosenknospe. Hellblondes Engelshaar umfloss ein Gesicht, das aus nichts als riesigen grauen Augen zu bestehen schien, wie ein Heiligenschein. Eine kleine Stupsnase. Und ein Mund, der wahrscheinlich der am schönsten geschwungene im ganzen Land war. Feingliedrige Hände, die, wie Devin wusste, fachmännisch mit Tellern, Kaffeekannen und Gläsern jonglieren konnten.

Am Ringfinger der rechten Hand steckte ein schmaler goldener Ring, der mit einem Diamantsplitter besetzt war, der so unscheinbar war, dass man ihn kaum sah.

Ihr Name war Cassandra Connor, und ihm schien, dass er sie schon sein ganzes Leben lang liebte. Auf jeden Fall kannte er sie schon sein ganzes Leben, sie waren zusammen aufgewachsen, und er hatte sie immer als etwas Besonderes betrachtet. Als ihm eines Tages klar wurde, dass er in sie verliebt war, hatte er es nicht gewagt, ihr seine Gefühle zu offenbaren.

Und genau da lag das Problem. Nachdem er sich nämlich endlich dazu durchgerungen hatte, war es zu spät gewesen. Joe Dolin war ihm zuvorgekommen. Im Juni machte sie ihren Highschool-Abschluss, und dann würden die beiden heiraten. Und es gab nichts, was er dagegen unternehmen konnte.

Er musste sich Mühe geben, ihr nicht nachzustarren, als sie nun die Nische verließ und zur Theke zurückging. Seine Brüder hatten scharfe Augen, und der Gedanke, von ihnen wegen einer so intimen und demütigenden Angelegenheit, wie es eine unerwiderte Liebe nun einmal war, gehänselt zu werden, war ihm unerträglich.

Also schaute er aus dem Fenster hinaus auf die Hauptstraße. Das war unverfänglich, und der Anblick stimmte ihn tröstlich. Eines Tages würde er dieser Stadt, die eine so komplizierte und wichtige Rolle in seinem Leben spielte, dienen und die Menschen, die in ihr lebten, beschützen.

Das war es, wozu er sich berufen fühlte.

Er hatte eine sehr enge Beziehung zu seiner Heimatstadt. Manchmal, wenn er alte Bilder aus dem Bürgerkrieg betrachtete, sah er sie ganz deutlich vor sich, wie sie damals gewesen war. Dann glaubte er, die alten Backsteinhäuser, die Kirchen, die Pferde und die Kutschen fast mit Händen greifen zu können. Es kam sogar vor, dass er hörte, wie sich die Männer an den Straßenecken oder beim Frisör die Köpfe heiß redeten über den Krieg, der die Vereinigten Staaten zutiefst gespalten hatte und in zwei sich bis aufs Messer bekämpfende Lager zerriss.

Obwohl er ein kühler Verstandesmensch war, war

Devin doch felsenfest davon überzeugt, dass es in der näheren Umgebung Orte gab, an denen es spukte. In dem alten Barlow-Haus draußen auf dem Hügel vor der Stadt ebenso wie in den Wäldern drum herum. Auch auf der Farm, auf der er aufgewachsen war, und in den Feldern, die er zusammen mit seinen Brüdern jedes Frühjahr ackerte und pflügte, hausten Gespenster. Wenn es ganz still war, konnte man ein leises Raunen vernehmen, das von Leben und Tod erzählte, von Angst und Hoffnung, von Leid und Freude.

Man musste nur genau hinhören.

„Fast so gut wie der von Mom." Shane schaufelte sich eine Riesenportion Kartoffelbrei in den Mund und zeigte beim Grinsen die typischen MacKade-Grübchen. „Fast. Was, glaubt ihr, machen Frauen nach Feierabend?"

„Klatschen." Rafe, der seinen Teller bereits leer geputzt hatte, lehnte sich nun gesättigt zurück, zündete sich eine Zigarette an und inhalierte genüsslich. „Sonst noch was?"

„Das ist Moms gutes Recht", verteidigte Jared, der zukünftige Anwalt, ihre Mutter.

„Hab ich vielleicht das Gegenteil behauptet? Das Problem ist leider nur, dass ihr Old Lady Metz wahrscheinlich jetzt gerade wieder das Ohr abschwätzt, was wir alles angestellt haben." Sowohl dieser Gedanke als auch das Wissen, dass seine Mutter sogar die Furcht erregende Mrs. Metz mit Leichtigkeit in die Tasche steckte, entlockten Rafe ein verwegenes Grinsen.

Devin nahm den Blick von der Straße und schaute seine Brüder nachdenklich an. „Hatten wir denn jüngst irgendwelchen Ärger?“

Die vier dachten nach. Nicht dass ihr Erinnerungsvermögen so schlecht gewesen wäre, aber es war leider so, dass sie oft schneller in Schwierigkeiten kamen, als sie schauen konnten.

Jeder, der an dem großen Fenster von Ed's Café vorbeikam, konnte die vier MacKades sehen, schwarzhaarige Teufel mit grünen Augen, schön genug, um den Pulsschlag einer jeden Frau zu beschleunigen, sei sie nun acht oder achtzig, und verwegen genug, um es mit jedem Mann aufzunehmen.

Sie stritten eine Weile herum, wer von ihnen in der letzten Zeit die meisten Lorbeeren eingeheimst hätte, und die Debatte wurde immer hitziger, bis sie sich schließlich darauf einigten, dass Rafe mit dem Autorennen auf der Route 34 gegen Joe Dolin den Vogel abgeschossen hatte.

Rafe war Sieger geworden, und das Großmaul Joe Dolin hatte sich, irgendetwas von Revanche in sich hineinmurmelnd, wie ein geprügelter Hund getrollt.

„Der Typ ist ein Schwachkopf.“ Rafe stieß eine

dünne Rauchfahne aus. Keiner widersprach, und Rafe ließ seinen Blick über Cassie wandern, die am Tisch nebenan Gäste bewirtete. „Was findet so ein süßes Mädel wie Cassie nur an ihm?"

„Wenn du mich fragst, will sie einfach nur von zu Hause weg." Jared schob mit dem Ellbogen seinen Teller beiseite. „Wenn ich so eine Mutter hätte wie sie, würde ich das auch wollen. Die Frau ist total fanatisch, kein Wunder, dass Cassie es nicht aushält."

„Vielleicht liebt sie ihn ja", warf Devin bedächtig ein.

Was Rafe eine Erwiderung abnötigte, die alles andere als druckreif war. „Die Kleine ist noch nicht mal siebzehn", schob er nach. „Sie wird sich noch x-mal verlieben."

„Nicht jeder hat ein so flexibles Herz wie du."

„Ein flexibles Herz!" Shane schüttete sich aus vor Lachen. „Rafes Herz ist nicht flexibel, Dev, es ist …"

„Schnauze, du Hohlkopf", gab Rafe zurück und versetzte seinem Bruder einen warnenden Rippenstoß. „Zeit für ein Bier, Jared, was meinst du?"

„Du sagst es."

Rafe feixte schadenfroh. „Zu schade, dass ihr beiden Milchbärte bei Sprudelwasser bleiben müsst. Na, ich wette, bei Duff gibt's noch ausreichend Nachschub für euch."

Shane fühlte sich prompt in seinem Mannesstolz zutiefst verwundet. Was auch der Zweck der Bemerkung gewesen war. Sofort war ein so heftiges Gerangel im Gange, dass sich Edwina Crump hinter der Theke bemüßigt fühlte, die drei Unruhestifter postwendend an die Luft zu setzen.

Devin blieb sitzen.

Draußen vor dem Fenster tobte mittlerweile ein erbitterter Boxkampf. Devin ignorierte seine drei Brüder und lächelte Cassie, die zum Abkassieren gekommen war, an.

„Müssen nur wieder ein bisschen Dampf ablassen", erklärte er.

„Der Sheriff kommt manchmal um diese Zeit vorbei", warnte sie. Ihre Stimme war kaum mehr als ein Flüstern. Und sie klang so süß in Devins Ohren, dass er fast laut aufgeseufzt hätte.

„Ich werd mal sehen, ob ich sie nicht zur Vernunft bringen kann."

Er erhob sich und schob sich aus der Nische, wobei ihm durch den Kopf ging, dass seine Mutter wahrscheinlich sehr genau wusste, was mit ihm los war. Ihr irgendetwas zu verheimlichen war so gut wie unmöglich. Gott war sein Zeuge, dass sie es alle vier versucht hatten – immer absolut erfolglos. Er glaubte allerdings zu wissen, auch ohne mit ihr über sein Problem gesprochen zu haben, wie sie sich dazu äußern würde.

Dass er noch jung sei und dass da andere Mädchen, andere Frauen, andere Lieben kommen würden. Um ihn zu trösten und weil sie es gut mit ihm meinte.

Aber Devin wusste, dass er, auch wenn er noch nicht vollständig erwachsen war, doch schon das Herz eines erwachsenen Mannes besaß. Und das hatte er bereits verschenkt.

Ein Umstand, den er im Moment jedoch sorgfältig zu verbergen trachtete, denn Cassies Mitleid zu erregen wäre für ihn schlimmer gewesen als alles andere. Also schlenderte er so lässig wie möglich vor ihren Augen aus dem Lokal.

1. KAPITEL

Das Städtchen Antietam bot im Spätfrühling einen hübschen Anblick. Sheriff MacKade machte es Spaß, bei Sonnenschein durch die Straßen zu schlendern, ab und an stehen zu bleiben, um mit einem Bekannten ein Schwätzchen zu halten und die kleinen Veränderungen in Augenschein zu nehmen, die sich hier und da ergeben hatten.

Er liebte die Verantwortung, die man ihm übertragen hatte, und füllte sie voll aus.

Vor der Bank standen pinkfarbene Begonien in hoher Blüte, und die drei Autos am Drive-in-Schalter bedeuteten bereits fast einen Verkehrsstau.

Memorial Day stand kurz bevor, die Flaggen wehten bereits von den öffentlichen Gebäuden, und überall waren Leute dabei, geschäftig ihre Veranden zu schrubben oder neu anzustreichen in Erwartung des festlichen Ereignisses.

Auch Devin freute sich jedes Jahr auf den Memorial Day, selbst wenn dieser Tag für ihn jedes Mal einige logistische Probleme bezüglich der Verkehrsführung mit sich brachte. Schon jetzt sah er das Bild vor sich, das die Einwohner von Antietam bieten würden, ängstlich darum bemüht, einen guten Platz zu ergattern, schon Stunden vor Beginn der Parade, geduldig auf ihren mitgebrachten Klappstühlen am Straßenrand ausharrend, die Kühlboxen neben sich.

Doch was ihn am meisten erfreute, war die Begeisterung, mit der sich die Bürger der Stadt in die Vorbereitungen für dieses Wochenende warfen, wie viel Arbeit sie sich machten, um diesen festlichen Tag auch wirklich gebührend zu feiern.

Sein Vater hatte ihm von dem alten Mann erzählt, der, als er selbst noch ein kleiner Junge gewesen war, jedes Jahr am Memorial Day mit knarrenden Stiefeln in der Uniform der Konföderierten die Main Street hinuntermarschiert war – einer der letzten lebenden Augenzeugen des Bürgerkriegs.

Jetzt waren sie alle tot. Devins Blick wanderte hinüber zu dem Mahnmal auf dem großen Platz vor dem Rathaus. Tot, aber unvergessen. Zumindest in Kleinstädten wie dieser hier, an deren Mauern sich einst das Echo des Artilleriefeuers und der entsetzlichen Schreie der Verwundeten und Sterbenden gebrochen hatte.

Devin wandte sich ab, sah die Straße hinunter und seufzte. Mrs. Metz' Buick parkte wie üblich wieder einmal im Halteverbot. Verpasst du ihr einen Strafzettel? überlegte er, nahm dann jedoch wieder davon Abstand, weil er schon im Voraus wusste, wie die Sache ausgehen würde. Die streitbare Lady würde das Geld natürlich nicht wie jedermann überweisen, sondern es sich nicht nehmen lassen, es ihm höchstpersönlich zu überbringen, nur um ihm drohen zu können, ihm bei nächster Gelegenheit eine Lektion zu erteilen. Devin schnaubte ungehalten und schaute auf die Tür zur Bibliothek. Zweifellos war Mrs. Metz dort, um mit Sarah Jane Poffenberger den allerneuesten Tratsch durchzuhecheln.

Devin straffte die Schultern und ging mit elastischen Schritten die ausgetretenen Steinstufen nach oben.

Er fand sie in ein eingehendes Gespräch mit der Bibliothekarin vertieft. Neben ihrem speckigen Ellbogen türmte sich ein Bücherberg, und Devin zerbrach sich den Kopf, warum um Himmels willen eine Frau ihres Umfangs darauf bestand, schreiend bunte, groß geblümte Kleider zu tragen.

„Guten Tag, Mrs. Metz.“ In Erinnerung daran, dass er als Jugendlicher unzählige Male von Miss Sarah Jane auf die Straße gesetzt worden war, bemühte er sich, leise zu sprechen.

„Oh, welch eine Ehre! Unser Sheriff!“ Mit einem strahlenden Lächeln drehte sich Mrs. Metz zu ihm um, wobei sie mit ihrem Ellbogen den Bücherstapel umgestoßen hätte, wenn ihn nicht Sarah Janes Geistesgegenwart vor dem Umkippen bewahrt hätte. „Wie geht es Ihnen denn an diesem herrlichen Nachmittag?“

„Danke gut, Mrs. Metz. Tag, Miss Sarah Jane.“

„Hallo, Devin." Sarah Jane, das eisengraue Haar streng nach hinten frisiert, die gestärkte Bluse bis unters Kinn geschlossen, nickte ihm hoheitsvoll zu. „Sind Sie gekommen, um ‚The Red Badge of Courage' zurückzubringen?"

„Nein, Ma'am." Fast wäre er rot geworden. Er hatte dieses verdammte Buch vor zwanzig Jahren verschlampt, und nicht genug damit, dass er es hatte bezahlen müssen, war ihm zur Strafe für seine Nachlässigkeit auch noch einen Monat lang verboten worden, die Bibliothek zu betreten. Selbst jetzt noch – obwohl er längst erwachsen war und den Sheriffstern trug – wäre er vor Miss Sarah Janes strafendem Blick am liebsten sofort in den Boden versunken.

„Ein Buch ist ein Schatz", belehrte sie ihn wie stets.

„Ja, Ma'am. Äh, Mrs. Metz ..." Jetzt, mehr um von sich selbst abzulenken als um der Aufrechterhaltung der Straßenverkehrsordnung willen, wandte er sich Mrs. Metz zu. „Ihr Wagen steht im Halteverbot. Schon wieder einmal."

„Ach tatsächlich?" fragte Mrs. Metz unschuldig. „Wirklich, Devin, das ist mir völlig schleierhaft, wie das wieder passieren konnte", flötete sie. „Ich hätte geschworen, dass ich diesmal ganz legal geparkt habe. Ich wollte mir nur rasch ein paar Bücher ausleihen.

Bücher sind doch wirklich eine Gabe Gottes, habe ich nicht Recht, Sarah Jane?“

„Voll und ganz.“ Obwohl ihr Mund ernst blieb, funkelten Sarah Janes dunkle Augen amüsiert. Devin hatte Mühe, vor Ungeduld nicht aus der Haut zu fahren.

„Es ist aber nun mal so, Mrs. Metz, Sie wissen, Sie stehen im Halteverbot.“

„Oh, mein Lieber, Sie werden mir doch jetzt nicht womöglich einen Strafzettel verpassen wollen?“

„Diesmal noch nicht“, brummte Devin.

„Da fällt mir aber ein Stein vom Herzen. Mr. Metz wird nämlich immer sehr böse, wenn ich einen Strafzettel bekomme. Und ich bin ja auch erst ein oder zwei Minuten hier, stimmt's, Sarah Jane?“

„Keinesfalls länger als ein oder zwei Minuten“, bestätigte Sarah Jane und blinzelte Devin zu.

„Wenn Sie Ihren Wagen dann jetzt vielleicht freundlicherweise wegfahren …“

„Aber natürlich, mein Lieber. Ich eile. Sobald Sarah Jane diese Bücher hier auf meiner Karteikarte ausgetragen hat. Ich wüsste gar nicht, was ich ohne meine Bücher machen sollte, wo Mr. Metz doch Tag und Nacht vor der Glotze sitzt. Trag sie aus, Sarah Jane, unterdessen kann uns Devin erzählen, was es bei seiner Familie Neues gibt und wie es allen geht.“

Er wusste genau, wann man ihn aushorchen wollte, er war nicht umsonst Polizist. „Danke, gut."

„Also nein, wirklich, diese süßen Kleinen von Ihren beiden Brüdern. Ich muss sie mir unbedingt wieder einmal ansehen."

„Den Babys geht es auch sehr gut." Bei dem Gedanken wurde ihm warm ums Herz. „Sie wachsen und gedeihen."

„Oh ja, das haben Babys so an sich, stimmt's, Sarah Jane? Wachsen wie Unkraut, ohne dass man was dagegen machen kann. Jetzt haben Sie schon einen Neffen und eine Nichte."

„Zwei Neffen und eine Nichte", korrigierte Devin in Anbetracht der Tatsache, dass Savannah, Jareds Frau, einen Sohn, Bryan, mit in die Ehe gebracht hatte.

„Ja, in der Tat. Und Sie? Haben Sie schon eine Vorstellung davon, wann Sie sich daranmachen wollen, auch eine Familie zu gründen?" Ihre Augen funkelten wissbegierig.

Devin blieb unerschütterlich. „Mir reicht es im Moment, Onkel zu sein."

Doch dann beschloss er, dem Verhör ein Ende zu machen. Bedenkenlos warf er seine Schwägerin den Wölfen zum Fraß vor. „Regan hat den kleinen Nate heute im Laden dabei. Ich habe vorhin einmal kurz bei ihr reingeschaut."

„Ach wirklich?“

„Sie sagte etwas davon, dass Savannah mit Layla auch noch vorbeischauen will.“

„Oh, mein Gott! Nun, dann …“ Die Aussicht, gleich beide MacKade-Frauen samt ihren Babys auf einen Schlag zu Gesicht zu bekommen, schien Mrs. Metz regelrecht zu elektrisieren. „Beeil dich, Sarah Jane. Ich habe noch eine Menge Besorgungen zu machen.“

„Du kannst sofort los. Hier.“ Sarah Jane überreichte Mrs. Metz einen Leinenbeutel, der prallvoll war mit Büchern. Kaum hatte sich die Tür hinter der wissensdurstigen Mrs. Metz geschlossen, warf Sarah Jane Devin ein verschwörerisches Lächeln zu. „Schlau eingefädelt, Devin, wirklich. Wie immer.“

„Wenn Regan herausfindet, dass ich sie ihr auf den Hals gehetzt habe, zieht sie mir das Fell über die Ohren.“ Er grinste. „Aber man tut, was man kann. War nett, Sie wieder mal gesehen zu haben, Miss Sarah Jane.“

„Und wenn Sie die Ausgabe von ‚The Red Badge of Courage‘ vielleicht doch noch finden sollten, bringen Sie sie vorbei, Devin MacKade. Bücher sind nicht zum Verschlampen da.“

Er zuckte zusammen, dann öffnete er schnell die Tür. „Ja, Ma’am.“

Trotz ihrer Leibesfülle war Mrs. Metz offensichtlich noch immer recht wendig. Als Devin auf die Straße trat, hatte sie ihren Wagen bereits aus der Parklücke hinausmanövriert und fädelte sich gerade in den dünnen Verkehrsstrom ein. Nachdem er sich beglückwünscht hatte, seine Sache gut gemacht zu haben, beschloss er, auf einen Sprung im MacKade-Inn vorbeizuschauen.

Einfach nur, um sicherzugehen, dass alles in Ordnung ist, sagte er sich, während er in Richtung Büro trabte, um seinen Wagen zu holen. Schließlich gehörte das Hotel seinem Bruder Rafe, und es war seine, Devins, Pflicht, ein Auge darauf zu haben.

Die Tatsache, dass Cassie das Bed-and-Breakfast-Hotel führte und in der Wohnung im zweiten Stock mit ihren beiden Kindern lebte, hatte damit nicht das Geringste zu tun.

Er machte nur seinen Job.

Was natürlich nichts weiter als eine fromme Lüge war. Devin kam nicht umhin, sich das einzugestehen, während er hinter das Steuer seines Wagens kletterte.

Er hatte jetzt eben Lust, sie zu sehen. Einmal am Tag musste es sein, selbst wenn es noch so sehr schmerzte und er gezwungen war, größte Vorsicht dabei walten zu lassen. Ja, Vorsicht. Er begegnete ihr tatsächlich jetzt, nachdem sie endlich von ihrem

Mann, diesem Dreckskerl, der sie über Jahre hinweg misshandelt hatte, geschieden war, noch viel behutsamer als früher.

Joe Dolin hat endlich bekommen, was er verdient hat, dachte Devin mit grimmiger Zufriedenheit, während er dem Ortsausgang entgegenfuhr. Joe saß hinter Gittern, und dort würde er zum Glück auch noch einige Zeit bleiben müssen.

Als Sheriff und Freund, als der Mann, der sie schon fast sein ganzes Leben lang liebte, hatte Devin die Pflicht nachzusehen, ob es Cassie und ihren Kindern auch wirklich gut ging.

Und heute würde er sie vielleicht zum Lächeln bringen, möglicherweise sogar zu einem Lächeln, das ihre großen grauen Augen auch wirklich erreichte.

Das Barlow-Haus lag auf einer kleinen Anhöhe vor der Stadt. Es hatte einst einem reichen Mann gehört. Während des Bürgerkriegs tobte auf den Feldern und in den Wäldern darum herum eine blutige Schlacht, und auf der Treppe im Foyer des Hauses war ein junger Soldat verblutet, niedergestreckt von der Hand des grausamen Hausherrn. Seine Ehefrau, so erzählte man sich, hatte sich anschließend über die ruchlose Tat ihres Mannes zu Tode gegrämt.

Nachdem seine einstigen Bewohner tot waren, verfiel das Haus nach und nach. Viele Jahrzehnte lang stand es leer, bis auf die Geister der Verstorbenen, die nicht zur Ruhe kommen wollten.

Bis Rafe MacKade nach Antietam zurückgekehrt war und sich darum gekümmert hatte.

Es war das Haus, das Rafe und Regan zusammengebracht hatte. Voller Hingabe hatten sich die beiden vor zwei Jahren in die Renovierung gestürzt, und das Ergebnis konnte sich sehen lassen.

Wo einst Unkraut und Dornengestrüpp wucherten, befand sich jetzt ein saftig grüner Rasen mit bunt blühenden Blumenbeeten. Auch Devin hatte beim Anlegen des Gartens geholfen; wenn es darum ging, Träume zu verwirklichen, hielten die MacKade-Brüder immer eisern zusammen.

Hinter dem Haus lagen die verwunschenen Wälder und daran angrenzend die MacKade-Farm sowie das Land, auf dem Jared für sich und seine Familie ein großes Blockhaus errichtet hatte.

Ohne sich bemerkbar zu machen, betrat Devin das Haus. In der Auffahrt stand nur Cassies Wagen, was bedeutete, dass die Übernachtungsgäste bereits abgereist und neue noch nicht eingetroffen waren.

Er blieb einen Moment in dem weitläufigen Foyer mit seinem spiegelblanken Parkettboden, den schönen alten Teppichen und der Treppe, auf der es spukte, stehen. Auf den antiken Tischen und Kommoden standen Vasen mit frischen Blumen – das war etwas, worauf Cassie stets mit größter Sorgfalt achtete.

Devin war sich nicht sicher, wo er sie finden würde – entweder war sie im Garten, in der Küche oder in ihrer Wohnung im zweiten Stock. Also machte er sich auf die Suche.

Es war wirklich schwer vorstellbar, dass dieses Haus noch vor weniger als zwei Jahren voller Staub und Spinnweben gewesen sein sollte und der Verputz von den Wänden bröckelte. Jetzt erstrahlten die Holzböden in hellem Glanz, die Wände waren sauber und ordentlich tapeziert, und in dem blank polierten, mit kunstvollen Holzschnitzereien versehenen Treppengeländer konnte man sich fast spiegeln.

Rafe und Regan hatten ihre ganze Kraft und Fantasie in das Haus gesteckt, und nachdem es fertig war, hatten sie mit der Renovierung eines eigenen außerhalb der Stadt begonnen, in dem sie mittlerweile lebten.

Ein wenig beneidete Devin seinen Bruder. Rafe hatte eine Frau, die er liebte und mit der ihn eine gleichberechtigte Partnerschaft verband, ein Haus, seit kurzem auch noch ein Baby und das Inn.

Shane hatte die Farm. Rein formal betrachtet gehörte sie allen vier Brüdern, aber Shane bewirtschaftete sie und hing mit Leib und Seele an ihr.

Jared hatte Savannah, die Kinder und ebenfalls ein Haus.

Und er selbst? Nun, wenn man so wollte, hatte er die Stadt. Und außerdem ein Feldbett im Hinterzimmer des Sheriffbüros.

Die Küche war leer. An den blau gekachelten Wänden hingen blitzende Küchengeräte und Pfannen, auf dem Tisch stand eine Schale mit frischen, selbst gebackenen Keksen sowie eine große Schüssel aus Steingut, aus der ihn frisches Obst anlachte.

Und dann sah er sie. Sie war draußen im Garten hinter dem Haus, bekleidet mit einer weißen Bluse, die sie in ihre marineblauen Slacks gesteckt hatte, und nahm blütenweiße Laken von der Wäscheleine.

Bei ihrem Anblick ging ihm fast das Herz über. Sie sieht glücklich aus, dachte er, ohne den Blick von ihr zu wenden. Ihre Mundwinkel waren ein wenig nach oben gebogen, und ihre großen grauen Augen wirkten verträumt. Der leichte Frühlingswind spielte mit ihren blonden Locken.

Sie war hübsch und strahlte Wärme, Tüchtigkeit und Effizienz aus. Erst vor kurzem hatte sie wieder angefangen, Schmuck zu tragen. Allerdings keine Ringe. Vor einem Jahr war ihre Scheidung rechtskräftig geworden, und Devin wusste auf den Tag genau, wann sie ihren Ehering abgelegt hatte.

Aber sie trug kleine goldene Kreolen in den Ohren und einen Hauch von Lippenstift. Kurz nach ihrer Heirat hatte sie aufgehört, sich zu schminken, auch daran erinnerte sich Devin nur allzu gut.

Ebenso lebhaft war ihm das Bild im Gedächtnis geblieben, das sie bot, als er zum ersten Mal über die Schwelle des Hauses trat, das sie mit Joe zusammen bewohnte. Nachbarn hatten sich über den Lärm beschwert und ihn gebeten, für Ruhe zu sorgen. Mit Entsetzen sah er die Blutergüsse in ihrem Gesicht und die panische Angst, die in ihren Augen stand. Doch ihm waren die Hände gebunden, da sie ihm immer wieder mit bebender Stimme und totenbleichem Gesicht versicherte, dass alles in Ordnung sei.

Oh ja, er erinnerte sich noch sehr genau. Und es war nicht bei diesem einen Mal geblieben. Die Nachbarn beschwerten sich immer wieder, er fuhr hin und musste unverrichteter Dinge wieder abziehen. Wenn er daran zurückdachte, spürte er noch heute die ohnmächtige Wut in sich aufsteigen, die ihn damals fast um den Verstand gebracht hatte. Er war gezwungen gewesen, tatenlos zuzusehen, wie dieser Dreckskerl von Joe der Frau, die er, Devin, liebte, das Leben zur Hölle machte. Und jedes Mal, wenn er Cassie darauf ansprach, schüttelte sie nur stumm den Kopf und behauptete, dass alles in Ordnung wäre. Immer wieder versuchte er an sie heranzukommen, ihr Alternativen zu ihrem augenblicklichen Leben und einen Ausweg aus ihrer Misere aufzuzeigen, doch sie hielt ihrem Ehemann unverbrüchlich die Treue.

Bis sie sich eines Tages in sein Büro schleppte – zu Tode verängstigt und völlig am Ende, übersät mit Blutergüssen und mit Würgemalen am Hals –, um Anzeige gegen ihren Ehemann zu erstatten.

Er tat das, was er als Sheriff für sie tun konnte, doch das war in seinen Augen viel zu wenig, und so bot er ihr wenigstens seine Freundschaft an.

Als er jetzt durch die Hintertür in den Garten trat, lag ein ungezwungenes Lächeln auf seinem Gesicht. „Hi, Cass, wie geht es dir?"

Sie wirbelte herum, die schönen grauen Augen vor Beunruhigung verdunkelt. Er hatte sich mittlerweile an ihre Reaktion gewöhnt, obwohl es ihn ungeheuer schmerzte, dass sie in ihm zuerst den Sheriff sah – eine Autoritätsperson –, bevor ihr klar wurde, dass es sich bei ihm auch um einen alten Freund handelte. Immerhin dauerte es nicht mehr ganz so lange wie früher, bis sich ein Lächeln auf ihrem hübschen Gesicht ausbreitete und die Anspannung wegwischte.

„Hallo, Devin." Ruhig, weil sie sich zur Ruhe gemahnte, befestigte sie eine Wäscheklammer an der Leine und begann ein Laken zusammenzulegen.

„Kann ich dir helfen?“

Noch ehe sie ablehnen konnte, fing er an, die Klammern von der Leine zu pflücken. Würde es ihr wohl jemals gelingen, sich daran zu gewöhnen, dass ein Mann solche Arbeiten verrichtete? Vor allem so ein Mann. Er war so … beeindruckend. Breite Schultern, große Hände, lange Beine. Und sah umwerfend aus, natürlich. Wie alle MacKades.

Devin strahlte eine ungeheure Männlichkeit aus, doch was diese Männlichkeit letztendlich ausmachte, vermochte sie nicht zu sagen. Selbst jetzt, als er fachmännisch ein Laken zusammenfaltete und in den Wäschekorb legte, war er ein ganzer Mann. Anders als seine Deputys trug er keine khakigelbe Uniform, sondern einfach nur Jeans und ein verwaschenes blassblaues Hemd, dessen Ärmel er lässig bis zu den Ellbogen hochgekrempelt hatte. Seine Unterarme waren muskulös, und sie hatte allen Grund, die Körperkraft eines Mannes zu fürchten. Doch trotz seiner großen Hände und seiner breiten Schultern war er ihr niemals anders als sanft begegnet.

Er lächelte sie freundlich an, während sie verzweifelt nach einem Gesprächsstoff suchte. Eine Unterhaltung mit ihm würde ihr sicher leichter fallen, wenn er nicht so ein … bestimmtes Auftreten hätte. Wenn er weniger lebendig wäre. Sein Haar war schwarz wie die Nacht und kringelte sich um seinen Hemdkragen. Seine Augen waren moosgrün und strahlten Cassie in diesem Moment gewinnend an. Sein Gesicht war so gut geschnitten, dass man diese Tatsache unmöglich übersehen konnte, sein Mund energisch, und die kleinen Grübchen in den Wangen, die sich nicht nur beim Lachen, sondern selbst beim Sprechen bildeten, zogen konstante Aufmerksamkeit auf sich.

Und auch der Duft, den er ausströmte, war überaus männlich. Nach unparfümierter Seife und Moschus. Devin hatte sich ihr gegenüber stets freundlich und aufmerksam verhalten, doch immer, wenn sie mit ihm allein war, wurde sie nervös wie eine Katze, die sich einer Bulldogge gegenübersieht.

„Wäre schade, die Sachen an einem so schönen Tag wie heute in den Trockner zu werfen."

„Was?" Sie blinzelte und verwünschte ihre Unsicherheit. „Oh ja, natürlich. Wenn das Wetter danach ist, hänge ich die Wäsche immer raus, sie duftet dann so herrlich. In den nächsten Tagen wird es hoch hergehen hier. Fürs Memorial-Day-Wochenende sind wir so gut wie ausgebucht."

„Du wirst alle Hände voll zu tun haben."

„Ja, sieht so aus. Aber es kommt mir trotzdem immer gar nicht so richtig wie Arbeit vor."

Er sah ihr zu, wie sie ein Laken in den Wäschekorb

legte und glatt strich. „Es ist wahrscheinlich weniger anstrengend, als bei Ed Tabletts zu schleppen."

„Stimmt." Sie lächelte ein bisschen, dann plagten sie Schuldgefühle. „Aber Ed war immer sehr gut zu mir. Ich habe sehr gern für sie gearbeitet."

„Sie ist noch immer stocksauer auf Rafe, weil er dich abgeworben hat." Als Devin das angespannte Aufflackern in ihren Augen sah, grinste er und schüttelte den Kopf. „Krieg nicht gleich einen Schreck, Cassie, ich hab doch nur Spaß gemacht. Natürlich ist sie nicht sauer auf Rafe, im Gegenteil, sie freut sich mächtig für dich, dass du's so gut getroffen hast. Wie geht's den Kindern?"

„Prima, danke." Als sie den Korb hochheben wollte, kam ihr Devin zuvor und klemmte ihn sich unter den Arm. „Sie müssen jeden Moment von der Schule nach Hause kommen."

„Kein Training heute Nachmittag?"

„Nein." Sie ging ihm voran in die Küche. „Connor platzt fast vor Stolz, weil er die Mannschaft zusammenstellen darf."

„Er ist der viel versprechendste Baseballer, den wir zurzeit haben."

„Das höre ich immer wieder." Sie ging zur Kaffeemaschine. „Es ist schon seltsam. Manchmal kann ich es kaum glauben. Er hat sich früher nie für Sport interessiert, bevor … nun, vorher halt“, beendete sie ihren Satz lahm. „Bryan hat einen guten Einfluss auf ihn.“

„Mein Neffe ist ein Teufelskerl.“

In Devins Worten lag ein so schlichter und aufrichtiger Stolz, dass Cassie sich überrascht nach ihm umdrehte und ihn anschaute. „Du hängst sehr an ihm, stimmt's? Ich meine, obwohl ihr ja gar nicht richtig miteinander verwandt seid?“

„Das, was eine Familie zusammenhält, sind nicht notwendigerweise immer nur Blutsbande.“

„Da bin ich ganz deiner Meinung. Und manchmal bringt die Blutsverwandtschaft sogar eine Menge Probleme mit sich.“

„Macht deine Mutter dir wieder zu schaffen?“

Cassie zuckte nur leicht mit der Schulter und wandte sich wieder der Kaffeemaschine zu. „Sie kann halt auch nicht raus aus ihrer Haut.“ Sie öffnete den Küchenschrank und nahm eine Tasse und einen kleinen Teller heraus. Als Devin ihr von hinten eine Hand auf die Schulter legte, fuhr sie herum und ließ vor Schreck beinahe das Geschirr fallen.

Er machte Anstalten, einen Schritt zurückzutreten, doch dann entschied er sich anders und drehte sie sanft, die Hand noch immer auf ihrer Schulter, zu sich herum. „Sie macht dir ständig die Hölle heiß wegen Joe, hab ich Recht, Cassie?“

Sie musste schlucken, doch ihre Muskeln weigerten sich, dem Befehl Folge zu leisten. Seine Hand lag schwer auf ihrer Schulter, aber sie tat ihr nicht weh. In seinen Augen stand Ärger, jedoch ohne den geringsten Anflug von Gemeinheit. Sie befahl sich, ruhig zu bleiben und seinem Blick standzuhalten.

„Sie ist eben gegen Scheidung."

„Und dafür, dass ein Mann seine Frau verprügelt?"

Jetzt zuckte sie zusammen und senkte den Blick. Devin verfluchte sich selbst und nahm die Hand weg. „Tut mir leid."

„Schon gut. Ich habe nicht erwartet, dass du es verstehst. Ich kann es ja selbst nicht mehr verstehen." Erleichtert darüber, dass er sie losgelassen hatte, wandte sie sich ab und machte sich an dem Glas mit den Keksen, die sie am Morgen gebacken hatte, zu schaffen. Sie legte einige davon auf den Teller, den sie anschließend auf den Tisch stellte. „Es scheint sie nicht zu berühren, dass es mir jetzt tausendmal besser geht als vorher und dass die Kinder glücklich sind. Ebenso wenig spielt es für sie eine Rolle, dass Joe für das, was er mir angetan hat, rechtmäßig verurteilt wurde. Das Einzige, was für sie zählt, ist, dass ich durch die Scheidung mein Ehegelöbnis gebrochen habe."

„Bist du eigentlich glücklich, Cassie?"

„Weißt du, ich hatte die Hoffnung, glücklich zu

werden, schon längst aufgegeben.“ Sie ging zur Kaffeemaschine, um ihm Kaffee einzuschenken. „Und jetzt hat sich alles zum Guten gewendet. Ja, Devin, ich bin glücklich.“

„Hast du den Kaffee nur für mich gemacht?“

Sie starrte ihn entgeistert an. Die Vorstellung, dass sie sich mitten am Tag zu einer Tasse Kaffee an den Tisch setzen könnte, erschien ihr undenkbar. Devin holte eine zweite Tasse aus dem Schrank.

„Erzähl doch mal“, forderte er sie auf, während er ihr Kaffee einschenkte, „wie fühlen sich denn die Touristen, wenn sie die Nacht in einem Spukhaus verbringen?“

„Manche von ihnen sind tatsächlich ganz enttäuscht, wenn sie nichts hören.“ Cassie ließ sich auf dem Stuhl nieder, den Devin für sie unter dem Tisch hervorgezogen hatte, wobei sie sich bemühte, die aufsteigenden Schuldgefühle, dass sie ihre Zeit mit Nichtstun vertrödelte, zu unterdrücken. „Es war wirklich eine sehr geschäftsfördernde Idee, in die Werbeprospekte reinzuschreiben, dass es hier spukt.“

„Rafe war schon immer ziemlich clever.“

„Ja, das stimmt. Manche Leute sind morgens, wenn sie zum Frühstück runterkommen, ein bisschen nervös. Wahrscheinlich haben sie das Türenschlagen gehört oder vielleicht auch Stimmen und das Weinen.“

„Abigail Barlows Weinen. Das Weinen der bedauernswerten Südstaatenschönheit, die das Pech hatte, mit einem Ungeheuer verheiratet zu sein.“

„Ja. Viele hören es und möchten es auch hören, es ist schließlich der Grund dafür, dass sie hier übernachten. Bisher hatten wir nur ein Paar, das darauf bestand, mitten in der Nacht abzureisen.“ Das Lächeln, das sich jetzt auf Cassies Gesicht ausbreitete, war verschmitzt, fast schon ein klein wenig boshaft. „Sie hatten Angst.“

„Aber du hast doch hoffentlich keine Angst? Oder macht es dir etwas aus, dass hier nachts Gespenster ihr Unwesen treiben?“

„Kein bisschen.“

Er hob den Kopf. „Und? Hast du sie schon mal gehört? Abigail, meine ich.“

„Oh ja, schon oft. Und nicht nur bei Nacht. Manchmal, wenn ich allein hier bin und aufräume, höre ich sie auch tagsüber. Oder ich kann spüren, dass sie gerade neben mir steht.“

„Und das erschreckt dich nicht?“

„Nein, überhaupt nicht. Ich fühle mich …“ Sie wollte sagen „ihr verbunden“, aber das erschien ihr dann doch zu töricht. „Ich habe Mitleid mit ihr. Sie saß in der Falle und war sehr unglücklich, verheiratet mit einem Mann, der sie verachtet hat, während ihre Liebe einem anderen gehörte …“

„Sie hat einen anderen geliebt?“ fragte Devin überrascht nach. „Das höre ich zum ersten Mal.“

Verdutzt stellte Cassie ihre Tasse mit einem leisen Klirren auf der Untertasse ab. „Ja, du hast Recht, ich weiß eigentlich gar nicht, wie ich darauf komme. Es ist nur so, dass … ich es weiß“, erkannte sie plötzlich. „Das hab ich mir vermutlich nur ausgedacht. Es ist einfach romantischer. Emma nennt sie immer ‚die Lady‘.“

„Und Connor?“

„Ach, für ihn ist das alles ein großes Abenteuer. Die Kinder lieben dieses Haus. Wenn Bryan hier übernachtet, gehen die beiden Jungs jedes Mal auf Geisterjagd.“

„Meine Brüder und ich haben als Kinder auch mal eine Nacht hier verbracht.“

„Ach wirklich? Kann ich mir gut vorstellen. Habt ihr auch Gespenster gejagt?“

„Ich hatte das nicht nötig. Ich habe sie gesehen. Abigail, meine ich.“

Cassies Lächeln erstarb. „Das ist jetzt nicht dein Ernst, Devin.“

„Ich hab’s den anderen nie erzählt, weil sie mich dann den Rest meines Lebens damit aufgezogen hätten, aber es ist wirklich so. Ich hab sie gesehen, sie saß im Salon am Kaminfeuer, ich konnte sogar den Geruch von brennendem Holz riechen und habe die Wärme der

Flammen gespürt. Sie war wunderschön“, sagte Devin leise. „Blondes Haar, eine Haut, zart wie Porzellan, und Augen, die so grau waren wie der Rauch, der aus dem Kamin aufstieg. Sie trug ein blaues Kleid, und ich hörte die Seide rascheln, wenn sie sich bewegte. Sie stickte irgendwas, und ihre Hände waren zart und feingliedrig. Sie schaute mich an und lächelte, aber in ihren Augen standen Tränen. Und dann sprach sie zu mir.“

„Sie hat zu dir gesprochen“, wiederholte Cassie und spürte, wie ihr ein Schauer den Rücken hinunterlief. „Was hat sie denn gesagt?“

„Wenn nur.“ Devin, der in Gedanken weit weg gewesen war, kam wieder zurück und schüttelte den Kopf. „Nur diese beiden Worte, mehr nicht. ‚Wenn nur‘. Und einen Moment später war sie verschwunden, während ich mir einzureden versuchte, ich hätte geträumt. Obwohl ich genau wusste, dass es nicht so war. Ich habe immer gehofft, ich würde sie irgendwann noch mal sehen.“

„Aber du hast es nicht?“

„Nein, aber ich habe sie weinen gehört. Es hat mir fast das Herz gebrochen.“

„Das kann ich gut verstehen.“

„Äh … ich … ich fände es sehr nett von dir, wenn du Rafe nichts davon erzählst. Er würde mich doch nur aufziehen.“

„Nein, keine Angst, meine Lippen sind versiegelt." Sie lächelte, während er in einen Keks biss. „Kommst du deshalb so oft her, weil du hoffst, du könntest sie noch einmal sehen?"

„Nein, ich komme her, weil ich Lust habe, dich zu sehen." Kaum hatte er die Worte ausgesprochen, bereute er sie auch schon. Ihr eben noch gelöster Gesichtsausdruck wurde wachsam. „Und wegen der Kinder", fügte er schnell hinzu. „Und die Kekse nicht zu vergessen."

Sie entspannte sich wieder. „Ich pack dir ein paar ein, dann hast du noch was für zu Hause." Als sie Anstalten machte, sich zu erheben, legte er seine Hand auf ihre. Sie erstarrte, weniger aus Angst, sondern weil ihr die unerwartete Berührung so etwas wie einen elektrischen Schlag versetzt hatte. Sprachlos starrte sie auf ihrer beider Hände.

„Cassie …" Der Wunsch, sie in den Arm zu nehmen, wurde plötzlich fast übermächtig in ihm. Ihn zu unterdrücken verlangte ihm seine ganze Kraft ab.

Sie verspürte plötzlich ein Kribbeln im Bauch, dessen Ursprung sie nicht zu erforschen wagte. Als sie schließlich den Blick hob, fand sie in seinen Augen einen Ausdruck, den sie nicht entziffern konnte.

„Devin …" Sie brach ab und zuckte zusammen, als draußen vergnügtes Lachen und Schritte erklangen. „Die Kinder sind da", endete sie rasch und lief zur Tür.

„Mama, ich habe für meine Hausaufgaben ein goldenes Sternchen bekommen." Emma kam hereingestürmt, ein blondes, zierliches Püppchen in einem roten Spielanzug. Sie lächelte Devin scheu an. „Hallo."

„Hallo, mein Engelchen. Lass mich das Sternchen doch mal sehen."

Das Schulheft umklammernd, kam sie auf ihn zu. „Du hast auch einen Stern."

„Der ist aber nicht so schön wie deiner." Devin fuhr mit dem Zeigefinger über den aufgeklebten goldenen Stern in Emmas Heft. „Hast du deine Hausaufgaben allein gemacht?"

„Fast. Darf ich auf deinen Schoß?"

„Mit dem größten Vergnügen." Lachend griff er nach ihr, hob sie hoch und setzte sie sich auf den Schoß. Nachdem er mit seiner Wange ihr seidenweiches Haar gestreichelt hatte, grinste er Connor an. „Und wie geht's dir, Champ?"

„Okay." Angesichts des Spitznamens durchzuckte es Connor freudig erregt. Er war zehn und, ebenso wie Emma, klein für sein Alter und ebenfalls blond.

„Du hast letzten Samstag prima gespielt."

Jetzt wurde er rot. „Danke. Aber Bryan war noch besser." Seine Loyalität und Liebe für seinen Freund kannten keine Grenzen. „Haben Sie denn das Spiel wirklich gesehen?"

„Ein paar Runden. Große Klasse.“

„Und eine Eins in Geschichte hat er auch“, ließ sich Emma vernehmen. „Und deshalb hat ihn der blöde Bobby Lewis im Bus geschubst und ihm ein schlimmes Wort nachgerufen.“

„Emma …“ Peinlich berührt warf Connor seiner kleinen Schwester einen finsteren Blick zu.

„Ich möchte wetten, dass Bobby Lewis keine Eins bekommen hat“, kommentierte Devin.

„Bryan hat’s ihm aber gegeben.“ Emmas Mitteilungsbedürfnis war nicht einzudämmen.

Das kann ich mir lebhaft vorstellen, dachte Devin, während er Emma mit einem Keks den Mund stopfte, damit sie nicht noch mehr sagte und ihren Bruder weiter beschämte.

„Ich bin stolz auf dich.“ Cassie drückte Connor kurz. „Auf euch beide. Ein goldenes Sternchen und eine Eins an einem einzigen Tag. Das müssen wir später mit einem Becher Eiskrem bei Ed feiern.“

„Ach, das ist doch nichts Besonderes“, brummte Connor, und man merkte ihm an, dass er am liebsten im Boden versunken wäre.

„Für mich schon, mein Kleiner.“ Cassie beugte sich zu ihm hinunter und gab ihm einen dicken Kuss. „Und wie.“

„Ich war in Mathe eine absolute Null“, erzählte

Devin. „Ich konnte machen, was ich wollte, über eine Drei bin ich nie rausgekommen."

Connor starrte auf seine Schuhspitzen und spürte plötzlich seine Intelligenz wie ein Zentnergewicht auf seinen Schultern lasten. Eierkopf. Streber. Schwächling. Nichtsnutz. Die Worte seines Vaters hatten ihre Wirkung nicht verfehlt.

Cassie öffnete den Mund, um etwas zu sagen, doch Devin kam ihr zuvor. „Dafür war ich in Geschichte und Englisch ein Ass."

Überrascht zuckte Connors Kopf hoch. In seinen Augen glomm ein winziger Hoffnungsfunke auf. „Ehrlich?"

Es fiel Devin nicht leicht, ernst zu bleiben. „Ja. Schätze, das kam daher, weil ich immer ganz wild auf Bücher war. Das ist bis heute so geblieben."

„Sie lesen Bücher?" Für Connor war es, als sei Weihnachten und Ostern auf einen Tag gefallen. Vor ihm saß ein Mann, ein richtiger Mann mit einem richtigen Männerjob, der Bücher las. Dann hatte sein Vater mit seiner Behauptung, Lesen sei nur Weiberkram, eben doch Unrecht gehabt.

„Sicher." Devin schaukelte Emma auf seinen Knien und grinste jungenhaft. „Die Sache war die, dass Rafe in Englisch ein totaler Versager war, dafür allerdings in Mathe ein Genie. Also haben wir uns gegenseitig unter die Arme gegriffen. Er hat meine Mathehausaufgaben gem…“ Ein Blick auf Cassie zeigte ihm, dass er einen Fehler gemacht hatte. „Ich habe ihm bei seinen Englischhausaufgaben geholfen, dafür half er mir mit Mathe. So hatten wir beide was davon.“

„Lesen Sie gern Geschichten?“ Connors Hoffnung wuchs. „Erfundene, meine ich.“

„Es gibt nichts, was ich lieber lese.“

„Connor schreibt nämlich Geschichten“, fiel Cassie ein, ohne Rücksicht darauf, dass der Junge sich vor Scham wand.

„Ich hab’s schon gehört. Vielleicht lässt du mich ja mal eine lesen.“ Bevor Connor antworten konnte, meldete sich Devins Piepser. „Teufel“, brummte er.

„Teufel“, plapperte Emma anbetungsvoll nach.

„Du willst wohl, dass ich böse werde, was?“ Devin zwinkerte ihr lachend zu und schob sie ein Stück vor, um an seinen Piepser zu kommen. Ein paar Minuten später blieb ihm nichts anderes übrig, als seinen Plan, die drei zum Essen einzuladen, aufzugeben. „Ich muss los. Irgendjemand ist bei Duff ins Lager eingebrochen und hat Bierkästen geklaut.“

„Schießt du auf sie?“ fragte Emma neugierig und machte große Augen.

„Das glaube ich nicht. Gibst du mir einen Kuss, bevor ich gehen muss?“

Sie spitzte ihr Mündchen und gab ihm einen feuchten Kuss auf die Wange, ehe er sie absetzte. „Danke für den Kaffee, Cass."

„Ich bring dich raus. Und ihr beide geht nach oben und esst das, was ich euch hergerichtet habe. Ich komme gleich nach." Sie wartete, bis ihre beiden Kinder draußen waren, bevor sie weitersprach. „Danke, dass du so mit Connor gesprochen hast. Das hat ihm sehr gut getan, glaube ich. Er ist wirklich überempfindlich, was die Schule betrifft."

„Er ist ein heller Junge. Es wird nicht mehr lange dauern, dann schämt er sich nicht mehr dafür, dass er intelligent ist, sondern weiß es richtig einzusetzen. Du wirst schon sehen."

„Du hilfst ihm dabei. Er bewundert dich."

„Es hat mich nicht viel Überwindungskraft gekostet, ihm zu erzählen, dass ich lese. Vor allem, weil es die Wahrheit ist." Devin blieb an der Tür stehen. „Ich mag ihn sehr gern." Er machte eine Pause und fügte dann an: „Euch alle."

Als sie den Mund öffnete, um etwas zu sagen, fuhr er ihr mit dem Zeigefinger über die Wange. „Euch alle", wiederholte er und ging dann hinaus.

2. *KAPITEL*

In manchen Nächten, wenn alles schlief, hatte Cassie die Angewohnheit, durchs Haus zu wandern. Nur den ersten Stock, in dem die Gästezimmer lagen, betrat sie nicht.

Ihre Gäste hatten für ihre Ungestörtheit bezahlt, und Cassie achtete sorgsam darauf, dass sie auch bekamen, was ihnen zustand.

Aber sie spazierte durch ihre eigene Wohnung im zweiten Stock und freute sich an den hübsch eingerichteten Zimmern und dem Blick aus den Fenstern. Der glatte, blank polierte Holzfußboden unter ihren nackten Füßen fühlte sich gut an.

Sie genoss das Gefühl von Freiheit und Sicherheit, von dem sie geglaubt hatte, sie würde es niemals erleben, in vollen Zügen. Die gesamte Kücheneinrichtung hatte sie neu gekauft und aus eigener Tasche bezahlt, ebenso wie die Vorhänge vor den Fenstern.

Natürlich war nicht alles neu hier, aber es war neu für sie. Die Sachen, die in der Wohnung gewesen waren, die sie mit Joe geteilt hatte, hatte sie verkauft und sich dafür gebrauchte andere Sachen angeschafft. So hatte sie auf ihre Art mit der Vergangenheit abgeschlossen.

In solchen Nächten stieg sie die Treppen hinab

ins Erdgeschoss, wanderte vom Salon in den Frühstücksraum und von dort in den herrlichen Wintergarten mit seinen üppigen Pflanzen und der blinkenden Glasfront. Sie stand im Flur und lauschte oder setzte sich auf die Stufen, einfach nur, um die Stille zu genießen.

Der einzige Raum, den sie lieber mied, war die Bibliothek. Aus irgendwelchen Gründen mochte sie dieses Zimmer nicht, trotz seiner tiefen weichen Ledersessel und den bis zur Decke reichenden Regalen, die voll waren mit Büchern.

Sie wusste instinktiv, dass die Bibliothek das Reich von Charles Barlow, Abigails Ehemann, gewesen war. Ein Mann, der kaltblütig einen konföderierten Soldaten, einen Jungen, der kaum alt genug war, um sich rasieren zu müssen, niedergeschossen hatte.

Manchmal, wenn sie die Treppe, auf der die Tragödie passiert war, hinaufging, hörte sie regelrecht, wie der Schuss die Stille zerriss, gefolgt von den entsetzten Schreien der Sklaven, die die sinnlose und brutale Tat des Hausherrn mit angesehen hatten.

Auch Cassie hatte sinnlose Brutalität am eigenen Leib erfahren.

Deshalb wohl konnte sie sich auch so stark in Abigail Barlow einfühlen, und sie war überzeugt davon, dass die unglückliche Frau noch immer irgendwo hier in diesen Mauern lebte. Nicht nur wegen des Weinens, das manchmal zu hören war, ohne dass man sich seinen Ursprung erklären konnte, oder wegen des Rosendufts, der oft in der Luft lag, auch wenn nirgendwo ein Rosenstrauß stand.

Es gab noch einen zweiten Grund, weshalb sie eine Seelenverwandtschaft mit Abigail Barlow fühlte. Heute, in einem unbedachten Moment, hatte sie ihn Devin verraten. Sie glaubte zu wissen, dass es in Abigails Leben einen Mann gegeben hatte, den sie liebte, um den sie ebenso geweint hatte wie um den ermordeten Jungen. Nach dem sie sich verzehrt und von dem sie geträumt hatte. Und über dem Gedanken, dass ihre Liebe nie in Erfüllung gehen würde, war sie verzweifelt.

Cassie hegte für Abigails Kummer tiefes Verständnis. Deshalb fühlte sie sich in diesem Haus so daheim und fürchtete sich niemals.

Im Gegenteil, sie war dankbar, dass sie hier wohnen durfte. Es war jetzt fast ein Jahr her, dass sie Regan und Rafes Angebot angenommen hatte und mit ihren Kindern hier eingezogen war. Sie konnte es noch immer nicht ganz fassen, dass die beiden sie mit dieser verantwortungsvollen Aufgabe betraut hatten, und sie arbeitete hart, um das in sie gesetzte Vertrauen auch zu erfüllen und Rafe und Regan nicht zu enttäuschen.

Die Arbeit macht Spaß, dachte sie nun, während sie in den Salon ging. Die kostbaren antiken Möbel zu pflegen, das Frühstück in der schönen Küche für die Gäste zuzubereiten, das Haus mit Blumen zu schmücken.

Es erschien Cassie wie ein Traum aus einem der Märchenbücher, die Savannah MacKade illustrierte.

Sie war viel ruhiger geworden im letzten Jahr, es kam nur noch sehr selten vor, dass sie schweißgebadet aus einem Albtraum erwachte, um angsterfüllt auf Joes schwere Schritte zu lauschen. Sie war in Sicherheit und – zum ersten Mal in ihrem Leben – frei.

Eingewickelt in ihren Bademantel, ließ sie sich in dem Sessel am Fenster nieder. Sie hatte nicht vor, lange sitzen zu bleiben. Ihre Kinder schliefen fest, aber es gab immerhin die Möglichkeit, dass eins von ihnen aufwachte und sie brauchte. Nur einen kleinen Moment wollte sie hierbleiben und die Stille genießen.

Sie konnte es noch immer nicht fassen. Sie hatte ein Heim, in dem ihre Kinder ausgelassen spielen und lachen und sich sicher fühlen konnten. Es war wundervoll anzuschauen, wie rasch Emma ihre Scheu verloren und sich zu einem fröhlich plappernden kleinen Mädchen entwickelt hatte. Connor hingegen hatte es schwerer. Der Gedanke an das, was er in den ersten acht Jahren seines Lebens mitansehen und von seinem Vater hatte erdulden müssen, erfüllte sie noch immer mit Trauer und Schmerz. Aber er würde darüber hinwegkommen.

Es war eine Wohltat zu sehen, wie unbeschwert sich die beiden in Devins Gegenwart fühlten. Es hatte eine Zeit gegeben, in der sich Emma vor jedem Mann fürchtete, und Connor, der sanfte, sensible Connor, war ständig auf der Hut und wappnete sich schon im Vorhinein gegen verbale Attacken.

Doch das war vorbei.

Gerade heute hatten sich die beiden mit Devin unterhalten, als wäre es so normal wie Atemholen. Sie wünschte sich, auch so unverkrampft sein zu können. Es liegt an dem Sheriffstern, sinnierte sie. In Gegenwart von Jared und Rafe und Shane fühlte sie sich entschieden wohler. Bei ihnen zuckte sie nicht zusammen, wenn sie einer zufällig streifte oder ihr freundschaftlich die Hand auf die Schulter legte.

Bei Devin war alles anders. Noch heute erinnerte sie sich mit Schrecken an den Tag, an dem sie schließlich zu ihm ins Büro gegangen war, um Anzeige gegen Joe zu erstatten. Als sie Devin die blauen Flecke auf ihren Armen gezeigt hatte, wäre sie am liebsten gestorben vor Scham. Nichts, nicht einmal Joes Faustschläge, hatte sie jemals so gedemütigt.

Sie wusste, dass er Mitleid mit ihr hatte und sich verpflichtet fühlte, ab und an nach ihr und ihren Kindern zu schauen. Er nahm seine Verantwortung als Sheriff sehr ernst. Das war etwas, das sich niemand – auch sie nicht – vor zwölf oder fünfzehn Jahren hätte träumen lassen, als er und seine Brüder noch die schlimmen MacKade-Jungs gewesen waren, die keiner Rauferei aus dem Weg zu gehen pflegten.

Devin hatte sich in einen bewunderungswürdigen Mann verwandelt. Obwohl er noch immer gelegentlich rau war, wie sie zugeben musste. Sie wusste, dass er mit kaum mehr als einem Knurren einen Streit vom Zaun brechen konnte, und wenn er bei einer Schlägerei schlichten musste, zögerte er auch nicht, seine Fäuste zum Einsatz zu bringen.

Und doch war er der sanfteste und mitfühlendste Mann, den sie in ihrem Leben kennen gelernt hatte. Er war zu ihr und den Kindern immer gut gewesen, und sie schuldete ihm Dank. Sie würde nie vergessen, was er für sie getan hatte.

Cassie schloss die Augen. Sie versuchte sich vorzustellen, wie es wäre, wenn sie ihm gelassener gegenübertreten könnte. Sie hatte im vergangenen Jahr hart an sich gearbeitet, um ihre Schüchternheit zu überwinden und den Gästen selbstsicher zu begegnen. Es funktionierte sehr gut, und manchmal vergaß sie es sogar selbst, dass sie im Grunde ihres Herzens ein sehr verunsicherter Mensch war.

Es gab immer wieder Gelegenheiten, wo sie sich wirklich kompetent fühlte. Auch eine ganz neue Erfahrung für sie.

Und deshalb würde sie jetzt versuchen, ihre Nervosität in Devins Gegenwart zu überwinden. Als Erstes würde sie den Sheriffstern vergessen und sich immer wieder vorsagen, dass er ein alter Freund war – einer, für den sie in der Pubertät sogar ein bisschen geschwärmt hatte. Sie würde aufhören daran zu denken, wie groß seine Hände waren und was passieren könnte, wenn er sie im Zorn gegen sie erheben würde.

Stattdessen würde sie sich daran erinnern, wie liebevoll und sanft er damit ihrer Tochter durchs Haar fuhr oder wie Kraft spendend sie sich auf die ihres Sohnes legten, wenn er ihm Mut zusprach.

Oder wie schön es gewesen war – ganz unerwartet schön –, als er mit seinem Finger ihre Wange gestreichelt hatte.

Sie kuschelte sich enger in den behaglichen Sessel und ließ die Gedanken treiben …

Er stand hier, direkt neben ihr, lächelnd, und der Anblick seiner Grübchen löste ein seltsames Flattern in ihrem Bauch aus. Er berührte sie, und diesmal schreckte sie nicht zurück. Siehst du, dachte sie glücklich, es funktioniert.

Er zog sie an sich. Oh, sein Körper war hart, aber

sie zuckte nicht zurück. Obwohl sie innerlich bebte. Dagegen war sie machtlos. Er war so groß, so stark, und wenn er wollte, könnte er sie in zwei Hälften brechen. Doch jetzt … jetzt streichelten seine Hände ganz sanft über ihr Gesicht, ihren Hals …

Und dann lag sein Mund auf ihrem Mund, so warm, so sanft. Sie hatte nicht versucht, ihn von seinem Vorhaben abzuhalten. Obwohl sie wusste, dass sie es hätte versuchen sollen. Und sie wusste es immer noch, auch jetzt, wo seine Zunge die ihre streichelte und seine Hände ihre Brüste umschlossen, als wäre es das Natürlichste von der Welt.

Er berührte sie, und sie bekam kaum noch Luft, weil diese großen Hände plötzlich überall waren. Und jetzt auch sein Mund. Oh, es war falsch, und doch war es so herrlich, diesen warmen, feuchten Mund auf der Haut zu spüren.

Sie wimmerte und stöhnte vor Verlangen, dann öffnete sie sich ihm. Sie spürte, wie er in sie hineinglitt, so hart, so geschmeidig, es fühlte sich so … richtig an.

Ein Geräusch riss sie aus ihren Träumen. Zu Tode erschrocken fuhr sie auf. Sie rang nach Atem, schweißgebadet und vollkommen verwirrt.

Allein im Salon. Natürlich war sie allein. Aber ihre Haut prickelte, ein Prickeln, das ein Gefühl in ihr hervorrief, das ihr fremd war.

Von Scham überwältigt, zog sie ihren Bademantel ganz eng um sich. Wie schrecklich, ging es ihr durch den Sinn, an Devin in dieser Weise zu denken.

Sie konnte sich nicht erklären, was in sie gefahren war. Sie mochte Sex nicht einmal. Im Gegenteil, körperliche Intimität war etwas, das sie im Laufe der Jahre zu fürchten gelernt hatte. Wenn Joe sich ihr näherte, hatte sie es immer stumm über sich ergehen lassen, in der Hoffnung, dass es bald vorbei sein möge. Vergnügen hatte ihr Sex niemals bereitet. Für diese Art der Zweisamkeit war sie nicht geschaffen, das war ihr recht bald nach der Hochzeitsnacht klar geworden.

Doch als sie jetzt aufstand, zitterten ihr die Knie. Als sie tief Luft holte, nahm sie den feinen Rosenduft wahr, der in der Luft lag.

Also bist du doch nicht ganz allein, dachte sie. Abigail war bei ihr. Getröstet verließ sie den Salon und ging nach oben in ihre Wohnung, um noch ein letztes Mal nach den Kindern zu schauen, ehe sie sich ebenfalls wieder zu Bett begab.

Devin saß am Schreibtisch über die Schreibmaschine gebeugt und hackte seinen Bericht über den Einbruch in Duff's Tavern herunter. Mit den drei Jugendlichen, die Duff um einige Kästen Bier erleichtert hatten, hatte er, wie er es gehofft hatte, leichtes Spiel gehabt.

Bereits nach einer Stunde war es ihm gelungen, sie aufzuspüren.

Nach Fertigstellung des Berichts würde er zum Mittagessen gehen. Falls nichts dazwischenkam.

Am Schreibtisch gegenüber saß sein junger Deputy Donnie Banks und blätterte eifrig einen Stoß Strafzettel durch. Ab und an unterbrach er seine Tätigkeit, um laut mit den Fingerspitzen auf der Schreibtischplatte herumzutrommeln, was Devin langsam, aber sicher verrückt machte.

Draußen war es warm, und die Fenster standen offen. Für eine Klimaanlage war das Budget zu schmal. Verkehrslärm – falls man das Brummen der Autos, die in größeren Abständen vorbeifuhren, so bezeichnen konnte – drang herein, und gelegentlich quietschte die eine oder andere Bremse, wenn jemand zu schnell an die Ampel heranfuhr.

Devin fiel ein, dass er vor dem Lunch noch die Post durchgehen musste – eine Aufgabe, die ihm zugefallen war, da sich Crystal Abbott in den Mutterschaftsurlaub verabschiedet hatte. Da es ihm bisher noch nicht gelungen war, eine Vertretung für sie aufzutreiben, blieb die Sache eben fürs Erste an ihm hängen.

Aber das machte ihm im Grunde genommen wenig aus. Er fand die Monotonie von Schreibtischarbeit durchaus beruhigend. Nicht dass es in Antietam, einem

Städtchen mit weniger als fünfundzwanzigtausend Einwohnern, etwa hoch hergegangen wäre. Nein, hier herrschte Ruhe, und Devin war entschlossen, dafür zu sorgen, dass das auch in Zukunft so blieb.

In den sieben Jahren, in denen er, zuerst als Deputy und dann als Sheriff, diesem Job nun schon nachging, war er nur zweimal gezwungen gewesen, seine Waffe zu ziehen. Und glücklicherweise war es ihm auch dann erspart geblieben, schießen zu müssen.

Als das Telefon läutete, warf Devin seinem Deputy einen hoffnungsvollen Blick zu. Doch da Donnies Finger ihren Trommelrhythmus nicht unterbrachen, griff er selbst nach dem Hörer. Er hatte schon gute Fortschritte dabei erzielt, eine aufgebrachte Frau zu beruhigen, die behauptete, dass der Hund ihrer Nachbarin ihr frisch angepflanztes Petunienbeet in ein Hundeklo umfunktioniert hatte, als sich die Tür öffnete und Jared hereinmarschiert kam.

„Ja, Ma'am. Nein, Ma'am." Devin verdrehte die Augen und deutete auf einen Stuhl. „Haben Sie denn schon mit ihr gesprochen und sie gebeten, dass sie besser auf ihren Hund aufpassen soll?"

Die Antwort kam mit der Lautstärke und Schnelligkeit einer Maschinengewehrsalve, sodass Devin erschrocken zusammenzuckte und den Hörer von seinem Ohr weghielt. Jared, der sich mittlerweile auf dem wackligen Holzstuhl niedergelassen hatte, grinste schadenfroh.

„Ja, Ma'am, ich bin sicher, dass es Sie sehr viel Mühe gekostet hat, die Petunien zu pflanzen … Nein, tun Sie das nicht. Bitte. Wir haben ein Gesetz, das den Schusswaffengebrauch innerhalb der Stadtgrenzen untersagt. Kommen Sie mir bloß nicht auf die Idee, auf den Hund zu schießen. Ich schicke gleich jemanden vorbei. Ja, Ma'am, da bin ich mir ganz sicher … Äh … wir werden sehen, was wir tun können. Aber Sie lassen Ihre Schrotflinte im Schrank, hören Sie? … Ja, Ma'am, ich habe alles mitgeschrieben. Bleiben Sie einfach ganz ruhig sitzen, bis jemand bei Ihnen vorbeikommt."

Er legte auf und nahm das Papier, auf dem er sich Adresse und Namen der Beteiligten notiert hatte. „Donnie?"

„Ja?"

„Fahr rüber in die Oak Leaf Street und sieh zu, dass du das geregelt kriegst."

Das Trommeln verstummte schlagartig. „Ein Fall von Gesetzesübertretung?" fragte der Deputy hoffnungsvoll, und man sah ihm an, wie scharf er darauf war, seine amtliche Autorität zum Einsatz zu bringen. Plötzlich kam er Devin schrecklich jung vor in seiner sorgfältig gebügelten Uniform, mit den widerspenstig vom Kopf abstehenden Haaren und den wissbegierigen Augen.

„Es geht um einen Pudel, der wiederholt ein Petunienbeet als Hundeklo zweckentfremdet hat. Erklär der Besitzerin, dass es ein Gesetz gibt, das verlangt, dass Hunde an der Leine gehalten werden müssen, und sieh zu, dass du die beiden Ladys davon abhalten kannst, sich gegenseitig an die Gurgel zu gehen."

„Zu Befehl, Sir!" Hocherfreut über die Aufgabe, mit der er betraut worden war, nahm Donnie das Blatt, das Devin ihm hinhielt, zog seinen Hut in die Stirn und stolzierte mit stolzgeschwellter Brust hinaus, um Recht und Gesetz Geltung zu verschaffen.

„Ich glaube, er hat sich letzte Woche das erste Mal rasiert", bemerkte Devin.

„Petunien und Pudel", sagte Jared und streckte sich gähnend. „Ich sehe, du steckst bis über den Kopf in Arbeit."

„Ja, ja, Antietam ist eine wilde, gefährliche Stadt." Devin erhob sich grinsend und schenkte zwei Tassen Kaffee ein. „Hatte gerade eben unten bei Duff einen Fall von Gesetzesübertretung", fuhr er, ironisch Donnie nachahmend, fort. „Drei Kästen Bier hatten sich einfach so in Luft aufgelöst."

„Ungeheuerlich."

„Zwei davon konnte ich dem glücklichen Besitzer

eben schon wieder zurückgeben." Nachdem er Jared einen Kaffeebecher in die Hand gedrückt hatte, ließ er sich wieder hinter seinem Schreibtisch nieder. „Den dritten haben sich die drei Sechzehnjährigen hinter die Binde gekippt."

„Bei der Gelegenheit erinnere ich mich dunkel an ein paar Kästen Bier und eine andere Party. Draußen im Wald, weißt du noch?"

„Aber das war etwas anderes, wir haben sie nicht geklaut", gab Devin zurück. „Wenn ich mich recht entsinne, haben wir damals Duff das Geld ins Lager gelegt, nachdem wir die Tür aufgebrochen hatten, stimmt's?"

„Tja, das waren noch Zeiten." Jared seufzte und lehnte sich zurück. Weder der elegante Anzug und die Krawatte noch die teuren Schuhe konnten darüber hinwegtäuschen, dass er ein MacKade war. Er sah ebenso unverschämt gut aus wie seine Brüder. Ein bisschen gesetzter vielleicht, ein bisschen geschniegelter, aber noch immer verwegen genug.

„Was machst du in der Stadt?"

„Dies und das." Jared wollte nicht gleich zur Sache kommen. „Layla bekommt einen Zahn."

„Ja? Hält sie euch auf Trab?"

„Ich weiß schon gar nicht mehr, was Schlaf ist." Jared grinste. „Es ist wirklich großartig. Bryan ist mittlerweile im Windelnwechseln schon Weltmeister. Der Junge ist total vernarrt in die Kleine."

„Du hast's gut", murmelte Devin.

„Als ob ich das nicht wüsste. Du solltest es auch mal mit einer Familie versuchen, Devin. Die Ehe ist eine prima Angelegenheit, glaub mir."

„Für dich und Rafe vielleicht. Ich habe ihn heute Morgen beim Einkaufen getroffen – mit Nate auf dem Rücken. Ganz der vorbildliche Vater, wirklich."

„Hast du ihm das gesagt?"

„Nein, es schien mir nicht ratsam, vor dem Baby einen Boxkampf anzufangen."

„Eine sehr weise Entscheidung. Weißt du, was du hier brauchen könntest, Dev?" An seinem Kaffee nippend, sah sich Jared in dem Büro um. „Einen Hund. Ethel sieht in den nächsten Tagen Mutterfreuden entgegen."

Devin hob eine Augenbraue. Fred und Ethel, den beiden Golden Retriever von Shane, war schließlich aufgegangen, dass Hündinnen und Rüden noch etwas anderes miteinander anstellen konnten, als nur immer Hasen zu jagen. „Genau, ich brauche unbedingt so ein Hündchen, das mir hier alles vollsaut."

„Ein bisschen Gesellschaft könnte dir nicht schaden", insistierte Jared. „Außerdem könntest du den Burschen zu deinem Deputy ernennen."

Angesichts dieser Vorstellung musste Devin grinsen.

Er stellte seine Tasse ab. „Ich werde darüber nachdenken. Aber jetzt rück endlich damit raus, was der eigentliche Anlass deines Besuches ist."

Jared atmete aus. Sein Bruder ließ sich nicht so leicht hinters Licht führen. „Ich hatte im Gefängnis zu tun heute Morgen."

„Und?"

„Und. Ich hatte ein Gespräch mit dem Gefängnisdirektor, und als ich ihm erzählte, dass ich Cassies Anwalt bin, fühlte er sich verpflichtet, mir ein paar Neuigkeiten zu stecken."

Devins Lippen wurden schmal. „Dolin."

„Ja. Joe Dolin. Es scheint, dass er sich nach einigen Anlaufschwierigkeiten zu einem wahren Mustergefangenen gemausert hat."

„Darauf möchte ich wetten."

Jared hörte die Bitterkeit aus dem Ton seines Bruders heraus, und er konnte es ihm gut nachfühlen. „Wir wissen, dass er ein Dreckskerl ist, Devin, aber er spielt seine Rolle gut."

„Er wird nicht auf Bewährung rauskommen, dafür werde ich sorgen."

„Bewährung ist nicht der Punkt im Moment. Es geht um Freigang. Sie lassen ihn tagsüber zum Arbeiten raus."

„Einen Teufel werden sie tun!"

„Schon passiert.“ Jared machte eine hilflose Handbewegung. „Sie haben behauptet, es könnte nichts passieren, weil die Truppe auch draußen den ganzen Tag unter Beaufsichtigung steht. Das Problem ist, dass wir die Strafgefangenen brauchen, damit sie uns für wenig Geld unsere Straßen und Parks sauber halten. Was soll man schon dagegen sagen?“

„Und wenn er abhaut?“ Devin war aufgestanden und lief nun ruhelos im Zimmer auf und ab. Seine Augen schleuderten Blitze. „So was passiert. Ich habe letztes Frühjahr selbst einen wieder eingefangen.“

„Du hast Recht, es passiert“, stimmte Jared zu. „Aber sie kommen meistens nicht weit, das weißt du ja selbst.“

„Aber Dolin.“

„Mich musst du nicht überzeugen, Dev. Ich werde versuchen zu tun, was ich tun kann, aber es wird nicht leicht werden. Und ob ich Erfolg habe, weiß ich erst recht nicht. Zudem scheint sich auch noch Cassies Mutter beim Direktor für Joe stark gemacht zu haben.“

„Nicht zu fassen.“ Devin schüttelte den Kopf und ballte die Hände zu Fäusten. „Dabei weiß sie doch ganz genau, was er Cassie angetan hat. Cassie“, er fuhr sich mit der Hand übers Gesicht. „Man muss sie sofort informieren.“

„Ich kann ja kurz bei ihr vorbeifahren."

„Nein." Devin ließ seine Hand wieder sinken. „Ich sage es ihr. Kümmere du dich darum, diesen Irrsinn abzubiegen. Ich will, dass dieser Dreckskerl vierundzwanzig Stunden am Tag sicher hinter Gittern verbringt und keine Stunde weniger."

„Ein Trupp ist jetzt auf der A 34 und sammelt Müll ein. Da ist Joe dabei."

„Na toll." Devin stürmte zur Tür. „Wirklich toll."

Es dauerte nicht lange, bis Devin auf der A 34 war und die leuchtend orangefarbenen Westen der Anstaltscrew entdeckt hatte. Er parkte vor der Kurve, wo sich die Tüten mit Abfall bereits häuften.

Er sprang aus seinem Auto, lehnte sich gegen die Kühlerhaube und beobachtete Joe Dolin bei der Arbeit.

Die sechzehn Monate Gefängnis hatten seinem Bauch nichts anhaben können. Er war schon auf dem besten Weg gewesen, fett zu werden, bevor er ins Gefängnis kam, doch mittlerweile würde er große Mühe haben, das Fett wieder in Muskeln zu verwandeln. Aber im Knast hatte er ja genug Zeit dazu. Und Gelegenheit auch.

Dolin und ein anderer Mann arbeiteten auf der gegenüberliegenden Straßenseite. Der eine fegte die

Blätter und den Abfall zusammen, der andere kehrte alles auf und entsorgte es in einem großen Plastiksack.

Devin wartete geduldig. Als Joe sich aufrichtete und sich den Sack über die Schulter warf, begegneten sich ihre Blicke. Devin fragte sich, ob der Gefängnisdirektor wohl immer noch von Resozialisierung sprechen würde, wenn er in diesem Moment Joes Augen sehen könnte. Dieser Hass. Dieser Triumph.

Wäre er ein ganz normaler Bürger und nicht Sheriff gewesen, hätte er jetzt über die Straße auf Joe zugehen und ihm die Faust in den Magen rammen können, um ihn auch einmal spüren zu lassen, wie es war, wenn man zusammengeschlagen wurde. Wäre er ein ganz normaler Bürger, hätte sich jetzt für ihn eine Gelegenheit ergeben, auf die er schon lange gewartet hatte.

Doch leider war er das nicht.

„Kann ich Ihnen irgendwie weiterhelfen, Sheriff?" Einer der Wärter kam, bereit zu einem Schwätzchen, auf ihn zu. Sein Lächeln gefror ihm in den Mundwinkeln, als er in Devins Augen schaute. „Was gibt es denn, gibt's ein Problem?"

„Kommt ganz darauf an." Devin ließ sich mit seiner Antwort Zeit. „Sehen Sie den Mann dort, den großen dicken?"

„Dolin? Sicher."

„Sie wissen sogar seinen Namen." Devins Blick wanderte zu dem Namensschild an der Brust des Gefängniswärters. „Und ich werde mich an Ihren Namen erinnern, Richardson. Wenn Dolin sich auch nur eine einzige Sekunde unerlaubterweise von hier entfernt, sind Sie dran, kapiert?"

„Sheriff, hören Sie, ich ..."

Devin warf Richardson einen warnenden Blick zu und wandte sich zum Gehen. „Sie sorgen dafür, dass dieser verdammte Dreckskerl keinen Fuß in meine Stadt setzt, Richardson, klar?"

Joe schaute dem Sheriff nach, wie er in seinen Wagen stieg und davonfuhr. Gleich darauf beugte er sich wieder mit Eifer über seine Arbeit, ganz der Mustergefangene. Dabei klopfte er auf seine Jackentasche, in der der letzte Brief von seiner Schwiegermutter steckte.

Er kannte ihn Wort für Wort auswendig. Sie hatte ihn die ganze Zeit über bestens über Cassie auf dem Laufenden gehalten. Dass die kleine Schlampe jetzt einen Bombenjob im MacKade-Inn hatte. Diese lausigen MacKades. Er würde sie sich alle nacheinander vorknöpfen, wenn er wieder draußen war.

Doch erst kam Cassie an die Reihe.

Ihre Mama hatte ihm geholfen, dass er zumindest diesen Drecksjob hier machen durfte. Und ihm immer wieder Briefe geschrieben. Briefe, bei denen er zwar jedes Mal zu viel gekriegt hatte, weil sie vor Moral nur so trieften, aber immerhin. Im Grunde genommen war ihm die alte Schachtel ein Graus, aber sie war wenigstens zu etwas nütze. Dass er ihr dafür einen Riesenbären hatte aufbinden müssen, hatte ihn nicht weiter gestört – im Gegenteil, der Gedanke daran erheiterte ihn. Immer wieder hatte er ihr beteuert, wie sehr er litt, dass er religiös geworden sei und wie sehr ihm seine Familie fehle.

Dabei waren ihm seine Kinder herzlich egal. Nichts als Nervensägen.

Alles, was ihn interessierte, war Cassie. Sie gehörte ihm – bis ans Ende ihrer Tage. Sie war seine Frau. Daran würde er sie wieder erinnern, denn offensichtlich schien sie es vergessen zu haben.

Die Hände zu Fäusten geballt, träumte er weiter von seiner Heimkehr.

3. KAPITEL

Devin war noch kurz beim Gefängnis vorbeigefahren, um zusätzlich zu Jareds sein eigenes Gewicht in die Waagschale zu werfen, doch vergebens. Joe Dolins mustergültige Führung wog schwerer. Alles, was ihm jetzt noch blieb, war, Cassie zu informieren.

Er fand sie auf den Knien im Salon vor, wo sie gerade die Beine eines antiken Tisches hingebungsvoll polierte. Sie war so vertieft in ihre Arbeit, wobei sie fröhlich vor sich hin summte, dass sie ihn gar nicht kommen hörte. Über ihrer Hose trug sie eine weiße Schürze, und neben ihr stand ein Plastikkorb mit allen möglichen Putzgeräten und Putzmitteln. Devin betrachtete sie versonnen.

Das lockige Haar hatte sie sich hinter die Ohren gesteckt, sodass es ihr nicht ins Gesicht fallen konnte.

Sie wirkte so verdammt glücklich. Devin rammte die Hände in die Hosentaschen.

„Cass?"

Sie fuhr herum, wobei sie sich fast den Kopf an der Tischplatte gestoßen hätte. Einen Moment später errötete sie bis unter die Haarwurzeln.

„Devin." Sie drehte ihr Staubtuch in den Händen. Musste er ausgerechnet jetzt auftauchen, wo ihr gerade eben ihr Traum wieder in den Sinn gekommen war? Der Traum, in dem Devin … großer Gott.

Er starrte sie an, dann machte er einen Schritt auf sie zu. Sie sah aus, als hätte sie ein leibhaftiges Gespenst gesehen. „Was hast du denn? Stimmt was nicht?“

„Nein. Nein. Nichts … alles in Ordnung.“ Plötzlich war ihr, als hätte sie Schmetterlinge im Bauch. „Ich war nur mit meinen Gedanken woanders. Das ist alles.“ Etwa nicht? „Du hast mich erschreckt. Das ist alles.“

Es war ganz untypisch für sie, sich wortwörtlich zu wiederholen. Er kniff die Augen zusammen. „Bist du sicher, dass mit dir alles in Ordnung ist?“

„Aber ja. Mir geht es gut. Wirklich.“ Jetzt erhob sie sich, hörte jedoch nicht auf, nervös das Staubtuch zu attackieren. „Das Ehepaar, das heute hier übernachtet hat, ist zu den Schlachtfeldern rausgegangen. Sie wollen noch eine Nacht bleiben. Sie kommen aus North Carolina, und er scheint ein richtiger Kriegsnarr zu sein. Ich habe ihnen alles an Informationen gegeben, was wir über die Schlacht, die hier stattgefunden hat, haben … und durchs Haus geführt hab ich sie dann auch. Die Vorstellung, dass es hier Gespenster geben könnte, hat sie regelrecht elektrisiert.“

Verwirrt nickte er. Sie redete wie ein Wasserfall. Und normalerweise hatte er Mühe, ihr drei Sätze am Stück zu entlocken. „Okay.“

„Möchtest du vielleicht einen Kaffee? Ich werde dir eine Tasse machen", sagte sie und schickte sich an, den Salon zu verlassen, noch ehe er Gelegenheit hatte zu antworten. „Und Schokoladenkekse", fügte sie, bereits an der Tür, hinzu. „Ich hab heute Morgen Schokoladenkekse gebacken und …" Als er ihr die Hand auf den Arm legte, um ihren Redefluss zu stoppen, starrte sie ihn an wie ein erschrecktes Reh im Licht der Scheinwerferkegel.

„Cassandra, entspann dich."

„Ich bin entspannt. Ich bin entspannt." Seine Hand war stark und warm.

„Du bist ja ganz außer dir. Hol tief Luft. Los. Ein paarmal hintereinander."

Sie gehorchte und spürte, wie sie langsam ruhiger wurde. „Mir geht es gut, Devin, wirklich."

„Okay, lass uns Kaffee trinken." Noch bevor er an der Tür war, meldete sich sein Piepser. „Verdammt. MacKade. Ja, Donnie?"

Devin presste sich seinen Zeigefinger zwischen die Augen. Warum in aller Welt hatte er plötzlich Kopfschmerzen, und weshalb zum Teufel starrte ihn Cassie eigentlich so an, als wären ihm plötzlich Hörner gewachsen?

„Ich habe im Moment zu tun, Donnie. Sieh zu, dass du allein klarkommst … Ja, stimmt, das habe ich gesagt. Hör zu, sperr den verdammten Pudel zusammen mit seinem idiotischen Frauchen ein, wenn's nicht anders geht, aber …" Sich selbst verfluchend, unterbrach er sich, als ihm klar wurde, dass Donnie seinem Befehl, ohne mit der Wimper zu zucken, Folge leisten würde. „Vergiss, was ich eben gesagt habe. Sei so diplomatisch wie möglich, Donnie. Und dann knöpf der guten Pudellady eine Geldbuße ab, weil sie ihren verdammten Köter nicht an der Leine gehalten hat, aber mach nicht viel Wind darum. Rate ihr, sich einen Zaun anzuschaffen. Erinnere sie daran, dass der Leinenzwang nur der Sicherheit ihres kleinen Lieblings dient, nichts anderem. Auf der Straße ist Verkehr, und ihr kleines Hündchen könnte sehr leicht überfahren werden. Wenn du das hinter dich gebracht hast, geh zu der anderen Lady rüber – zu der, die sich beschwert hat – und sag ihr, dass jetzt alles in Ordnung ist. Und vergiss nicht, ihre Petunien zu bewundern. Schlag auch ihr vor, dass sie ihr Grundstück einzäunt. Du weißt ja, gute Zäune machen aus Nachbarn gute Nachbarn. Nein, ich komme nicht vorbei, das schaffst du allein, Donnie."

Er beendete das Gespräch. Als er sich danach umwandte, sah er Cassie lächeln. „Ein kleines Hundeproblem", erklärte er.

„Du kannst wirklich gut mit Menschen umgehen",

sagte sie bewundernd. „Bei dir kommt immer jeder zu seinem Recht."

„Ja, ja, fast schon weise wie Salomon." Er lachte, wurde jedoch gleich darauf wieder ernst. „Setz dich, Cassie. Ich muss mit dir reden."

„Oh." Ihr Lächeln verblasste. „Irgendetwas stimmt nicht."

„Nicht unbedingt. Komm, setzen wir uns erst mal." Da er ihre Hand halten wollte, wenn er ihr die schlechte Nachricht beibrachte, entschied er sich für das zierliche antike Sofa mit den geschwungenen Armlehnen, auf dem er sich immer wie ein plumper Riese vorkam. „Lass mich bitte voranschicken, dass es nichts ist, über das du dir wirklich ernstlich Sorgen zu machen brauchst."

„Es ist wegen Joe." Ein Zittern durchlief sie. „Sie haben ihn entlassen."

„Nein." Er drückte ihre Hand zärtlich und beruhigend, ohne sie aus den Augen zu lassen. „Er wird noch lange nicht rauskommen."

„Er verlangt, die Kinder sehen zu dürfen." Sie wurde totenbleich, die Augen standen riesig in dem schmalen Gesicht. „Oh Gott, Devin, die Kinder. Was mach ich, wenn er die Kinder sehen will?"

„Nein." Er verfluchte sich selbst, weil er merkte, dass er mit seiner extrem behutsamen Vorgehensweise die

Dinge nur noch verschlimmerte. „Nichts dergleichen. Aber man hat ihm erlaubt, draußen zu arbeiten. Du weißt, was das heißt."

„Ja, sie lassen die Gefangenen für ein paar Stunden am Tag raus, damit sie gemeinnützige Arbeiten verrichten. Oh." Erschauernd schloss sie die Augen.

„Er arbeitet in einer Straßenkolonne. Abfall beseitigen und so. Ich dachte nur, es ist besser, wenn du es weißt. Ich wollte dich nicht beunruhigen. Ich habe mir von dem Gefängnisdirektor seinen Arbeitsplan geben lassen, damit wir immer genau wissen, wo er sich aufhält. So können wir es hoffentlich verhindern, dass du ihm eines Tages in die Arme läufst."

„Okay." Die Angst war da, aber sie konnte mit ihr umgehen. Sie hatte schon Schlimmeres durchgemacht. „Schließlich wird er bewacht."

„Ja. Natürlich." Es war nicht nötig, ihr zu sagen, dass Gefangenen schon öfter die Flucht gelungen war. Sie wusste es auch so.

„Er ist noch immer im Gefängnis", versuchte sie sich selbst zu beruhigen. „Und wenn er jetzt draußen ist, wird er bewacht."

„Richtig. Jared hat alle Hebel in Bewegung gesetzt, um seinen Freigang zu verhindern, aber leider … verdammter Mist." Wieder atmete er laut aus. „Deine Mutter ist für den ganzen Schlamassel verantwortlich.

Sie hat dem Gefängnisdirektor einen Brief geschrieben."

„Ich weiß." Cassie straffte die Schultern. „Sie und Joe schreiben sich andauernd. Sie zeigt mir ständig seine Briefe. Aber das ändert nichts, Devin. Ich gehe nie mehr zu ihm zurück. Schon allein der Kinder wegen. Das würde ich ihnen niemals antun. Uns geht es jetzt sehr gut."

„Das freut mich." Er steckte ihr eine Locke hinters Ohr, erleichtert, dass sie die Dinge so gelassen aufnahm. „Tut mir wirklich leid, dass ich dich beunruhigen musste, Cassie."

„Das hast du nicht. Nicht wirklich."

„Du kannst mich jederzeit anrufen, wenn du dich irgendwie unsicher fühlst, Cassie. Tag und Nacht. Denk daran. Ich bin immer für dich da. Wenn's drauf ankommt, kann ich in fünf Minuten bei dir sein."

„Ich habe mich hier noch nie unsicher gefühlt. Und allein bin ich hier so gut wie nie." Als er fragend die Augenbrauen hob, fuhr sie fort: „Riechst du es nicht?"

„Den Rosenduft? Aber ja." Jetzt lächelte er. „Aber dennoch bin ich wahrscheinlich eine bessere Gesellschaft als ein Geist. Ruf mich einfach an, wenn dir danach ist. Versprochen?"

„Okay, versprochen." Jetzt musste sie all ihren Mut zusammennehmen. Sie wollte sich etwas beweisen. Er war ihr Freund, war es immer gewesen. Wenn ihre Lippen nur aufhören würden zu zittern. „Danke." Sie zwang sich zu einem Lächeln, dann legte sie ihre Hand an seine Wange und hauchte einen freundschaftlichen Kuss auf seinen Mund.

Sie hatte seine Lippen nur gestreift, doch die Reaktion, die die zarte Berührung in ihm auslöste, hätte nicht stärker sein können. Es kam so unerwartet, er hatte es sich so lange ersehnt. Ihm war gar nicht klar, dass seine Hand plötzlich die ihre umklammerte wie ein Schraubstock, sodass sich ihre Augen vor Schreck weiteten. Alles, was er wusste, war, dass ihre Lippen auf seinen gelegen hatten, wenn auch nur für einen kurzen Moment.

Jetzt konnte er sich nicht mehr länger zurückhalten.

Er zog sie in seine Arme, um noch einmal von ihren Lippen zu kosten. Ihr Mund raubte ihm den Verstand. Er konnte nicht anders, als ihn in Besitz zu nehmen, seine Konturen mit seiner Zunge zu liebkosen und dann einzutauchen in die warme, feuchte Höhle.

Sein Herz klopfte zum Zerspringen, sein Blut begann zu sieden, er hörte das Rauschen in seinen Ohren. Sie in den Armen zu halten war der Himmel auf Erden.

Es dauerte einige Zeit, ehe ihm zu Bewusstsein

kam, dass sie sich mit aller Kraft gegen ihn stemmte. Verwirrt ließ er von ihr ab und sprang auf.

Sie starrte ihn an, die Augen dunkel wie Regenwolken, eine Hand an den Mund gepresst, den er eben geplündert hatte.

Geplündert. Das ist das richtige Wort, dachte er, angewidert von sich selbst. Geplündert.

„Es tut mir leid." Er war ebenso bleich wie sie rot und verfluchte sich im Stillen bis in alle Ewigkeit. Wie konnte er nur! „Es tut mir leid", wiederholte er. „Ich ... wirklich ... schrecklich leid. Das wollte ich nicht, du ... du hast mich ... aus der Fassung gebracht." Das ist keine Entschuldigung, sagte er sich. Seine Strafe würde darin bestehen, dass sie ihm ihr Vertrauen ein für alle Mal entzog. „Das war ganz und gar gegen die Spielregeln. Es wird nicht wieder vorkommen, ich verspreche es dir. Ich weiß wirklich nicht, was ich mir dabei gedacht habe, das war unverzeihlich. Ich muss jetzt gehen."

„Devin ..."

„Ich muss gehen", beharrte er niedergeschmettert, ja, fast verzweifelt und wandte sich zur Tür. Fast wäre er über einen Tisch gestolpert. Sie rührte sich keinen Millimeter von der Stelle, und ihm gelang es schließlich, ohne weitere Demütigungen zu entkommen.

Sie hörte, wie die Tür hinter ihm ins Schloss fiel.

Nein, sie hatte sich nicht bewegt. Weil sie sich nicht bewegen konnte.

Was war eben geschehen? Sie hatte ihm einen Kuss gegeben, einen Kuss unter Freunden, weil sie geglaubt hatte, sie wäre mittlerweile dazu in der Lage.

Rafe küsste sie ständig. Wenn er hier im Inn vorbeikam, küsste er sie oft genau so, wie sie es eben bei Devin versucht hatte. Leicht, wie nebenbei. Nach einiger Zeit hatte sie sich schon daran gewöhnt und aufgehört, sich zu versteifen.

Und jetzt hatte sie Devin geküsst. Sein Kuss war aber ganz anders gewesen als der von Rafe. Ihre Finger lagen noch immer an ihren Lippen, sodass sie die Hitze spüren konnte. So war sie noch niemals geküsst worden, von niemandem. Als ginge es um Leben und Tod. Sie hätte sich nie träumen lassen, dass Devin …

Oh, natürlich hatte sie! Sie hatte es geträumt, in der vergangenen Nacht. Hatte sie eben wieder geträumt?

Nein, das, was sie eben erlebt hatte, war die Realität. Ihr Herz klopfte noch immer, und ihre Haut war heiß. Sie hatte sich so erschreckt, als er sie in seine Arme gezogen und seine Lippen auf ihre gelegt hatte, dass sie nicht in der Lage gewesen war, sich zu bewegen.

Wie lang hatte der Kuss gedauert? Dreißig Sekunden? Eine Minute? Sie wusste es nicht zu sagen, doch in ihr hatte sich während dieser Zeit unendlich viel ereignet. Sie zitterte immer noch.

Er hatte sich entschuldigt. Natürlich hat er das, dachte sie, lehnte sich zurück und versuchte ruhiger zu atmen. Er hatte ja gar nicht beabsichtigt, sie zu küssen. Es war einfach eine spontane Reaktion gewesen. Wie Männer eben so sind. Ein Reflex. Dann war ihm ihr mangelndes Interesse aufgefallen, und er hatte sie losgelassen. Und sich entschuldigt. Er war eben ein Ehrenmann.

Es war nur ein Kuss, erinnerte sie sich. Und doch hatte er sie vollkommen aus dem Gleichgewicht gebracht. Warum nicht einfach darüber lachen und so tun, als ob nichts gewesen wäre?

Sie würde sich alle Mühe geben, nahm sie sich vor. Das nächste Mal, wenn sie ihn sah, würde sie lächeln und ein Gespräch anfangen, als sei nichts geschehen. Sie lernte in diesen Dingen mehr und mehr hinzu, jeder Tag zeigte es ihr. Keinesfalls durfte ihre Freundschaft darunter leiden, das könnte sie nicht ertragen.

Sie stand auf, um ihre Arbeit schließlich zu beenden. Ihre Knie zitterten noch immer. Joe Dolin hatte sie völlig vergessen.

Devin arbeitete den Rest des Tages wie ein Besessener, und am nächsten Tag war es nicht besser. Er trieb seine

Deputys fast zum Wahnsinn und machte sich dann auf den Weg zur Farm in der Absicht, seinem jüngeren Bruder dieselbe Güte zu erweisen.

Natürlich fuhr er nur hinaus, um zu arbeiten, wie er sich ein ums andere Mal versicherte. Einige Kühe sollten in den nächsten Stunden kalben. Als er ankam, war es bei der ersten Kuh bereits so weit, und seine Hilfe war höchst willkommen.

Nachdem es schließlich vorbei war und das Kälbchen auf seinen dünnen, wackligen Beinen stand, war Devin fix und fertig.

Er beobachtete seinen Bruder staunend. Das Kälbchen zur Welt zu bringen war eine anstrengende Sache gewesen, und immer noch war kein Ende der vielen Arbeit abzusehen. Jetzt musste der Stall geschrubbt werden, frisches Heu war vonnöten, und vor allem durfte man das neugeborene Kalb während der nächsten Stunden nicht aus den Augen lassen.

Und dennoch pfiff Shane, knietief im Mist watend, vergnügt vor sich hin. Seine grünen Augen, die um einen Ton dunkler waren als die von Devin, wirkten verträumt. Er sah unverschämt gut aus, sogar für einen MacKade. Und er war der Jüngste, was bedeutete, dass er von seinen älteren Brüdern eine Menge hatte einstecken müssen.

Das Pfeifen machte Devin rasend. Er erwog ernsthaft, seinem kleinen Bruder einen Denkzettel zu verpassen. „Warum zum Teufel hast du eigentlich so gute Laune?“

„Weil ich eben ein wunderschönes, gesundes Kalb zur Welt gebracht habe.“ Obwohl sich das Tier heftig zur Wehr setzte, schaffte es Shane, seinen Kopf ruhig zu halten, um Augen und Ohren zu inspizieren. „Da hat die Mama echt gute Arbeit geleistet. Sollte ich darüber vielleicht nicht glücklich sein?“

„Sie hat mir verdammt noch mal fast den Arm gebrochen.“

„Dafür kann sie nichts“, verteidigte Shane die Kuh sachlich.

„Schon gut, schon gut. Hier sieht's aber aus wie im Saustall.“

„Eine Geburt ist eben keine sterile Angelegenheit.“ Shane rieb sich seine verdreckten Hände an der nicht minder verdreckten Hose ab. Dann lehnte er sich gegen die Stalltür. „Allerdings hatte ich die schwache Hoffnung, dass sich dabei deine Laune etwas heben würde.“ Seine Lippen verzogen sich zu einem großspurigen, selbstzufriedenen Grinsen – ein Grund mehr für Devin, in Erwägung zu ziehen, ihm einen Kinnhaken zu verpassen. „Ärger mit einer Frau?“

„Ich hab nie Ärger mit Frauen.“

„Genau. Ich kann dir auch sagen, warum. Weil du

nämlich so gut wie nie eine Frau hast – eine Schande für die gesamte MacKade-Sippschaft, mein Lieber. Warum versuchst du's nicht mal mit einer von meinen? Ich hab eh viel zu viel, ehrlich. Weißt du, wen ich dir wärmstens ans Herz legen könnte? Frannie Spader. Tolles Mädchen, wirklich. Lange rote Locken und einen Körper, der jeden Mann um den Verstand bringen kann. Schätze, das ist bei dir schon ziemlich lang her, stimmt's?"

„Ich such mir meine Frauen selber. Glaubst du vielleicht, ich bin auf deine ausrangierten angewiesen?"

„Da will man schon mal brüderlich teilen ..." Er schlug Devin, der am Waschbecken stand und sich die Hände wusch, kräftig auf den Rücken und schnappte sich die Seife. „Aber wenn du selbst nicht so verdammt brüderlich wärst, könntest du's ja vielleicht mal mit der kleinen Cassie ..."

Es waren sowohl Devins Reaktionsschnelligkeit als auch Shanes Verblüffung daran schuld, dass der Kinnhaken Shane mit voller Wucht traf und ihn sogleich zu Boden schickte. Er landete hart und schüttelte benommen den Kopf.

Sie waren beide gleich stark und wussten genau, welche Tricks der jeweils andere am liebsten anwandte. Knurren vermischte sich mit Stöhnen und Zähneknirschen, als sie ineinander verklammert über den dreckigen Zementboden rollten.

„Um Himmels willen. Müssen sie sich denn schon wieder prügeln?“

Die beiden Kämpfer registrierten die weibliche Stimme, in der tiefe Missbilligung lag, kaum. Shane schaute gerade lange genug auf, um für diese Unachtsamkeit von Devin mit einer aufgeplatzten Unterlippe bestraft zu werden, und beantwortete diese Unfreundlichkeit mit einem heftigen Faustschlag auf Devins Nase, die gleich darauf anfing, heftig zu bluten.

„Aber Schatz, sie haben doch anscheinend eben erst angefangen.“

„Also wirklich, Rafe. Ich bitte dich.“ Mit einem schweren Seufzer verlagerte Regan das Gewicht des glucksenden Babys auf ihrer Hüfte. „Sag, dass sie aufhören sollen.“

„Frauen“, murmelte er und mischte sich auf seine Weise ein, indem er sich über die beiden Streithähne beugte und sie auseinanderzerrte. Er schob Shane energisch beiseite und hockte sich dann mit gespreizten Beinen auf Devins Brust.

„Hört sofort auf.“

Blut spuckend rappelte Shane sich auf und sah seinen Bruder mit wilden Augen an. „Misch du dich da nicht ein. Das ist eine Sache zwischen ihm und mir, kapiert?“

„Vielleicht will ich aber.“ Rafe hatte Mühe, Devin

niederzuhalten. Er legte ihm die flache Hand aufs Gesicht, und Devins Kopf krachte dumpf gegen den Zementboden. „Vielleicht hab ich ja auch Lust mitzuspielen“, fügte Rafe ein bisschen außer Atem hinzu. „Wie wär’s?“

„Frag ihn.“ Schon fast abgekühlt, streckte Shane seine Finger, deren Knöchel angeschwollen und abgeschürft waren. „Wollte einfach nur ein bisschen reden, da dreht der Mann plötzlich durch und prügelt wie ein Wilder auf mich ein.“

„Dazu hab ich meistens auch gute Lust, wenn ich mich mit dir unterhalte.“ Rafe warf einen Blick auf Devin, dessen Augen langsam wieder klar wurden. „Worum ging’s denn?“

„Na, worum schon? Um Frauen natürlich.“

Mit Devins Bewusstsein kehrte auch seine Wut zurück. Er versuchte Rafe, der noch immer auf seiner Brust hockte, zu überwältigen, doch Regans energische Stimme gebot ihm Einhalt.

„Es reicht jetzt, Devin, wirklich. Du solltest dich schämen.“

Rafe grinste. „Genau, Devin, geh in die Ecke und schäm dich.“

„Scher dich zum Teufel, du Idiot. Du prügelst dich doch auch dauernd.“

„Wirst du wohl ein braver Junge sein?“ Lachend

beugte sich Rafe zu seinem Bruder hinunter und küsste ihn spöttisch auf die Wange. Dann sprang er rasch auf, bevor Devin Gelegenheit hatte, ihn seine Rache spüren zu lassen.

„Das ist ja wirklich eine schöne Bescherung", ließ sich Regan kopfschüttelnd von der Tür her vernehmen. „Raufen sich die Kerle wie zwölfjährige Schulbuben. Schaut euch doch bloß an, wie ihr ausseht – verdreckt, blutverschmiert und die Klamotten zerrissen."

„Er hat angefangen." Weise unterdrückte Shane das Lachen, das in ihm aufstieg, und setzte ein schuldbewusstes Gesicht auf. „Ehrlich, Regan, ich hab mich nur verteidigt."

„Ist mir völlig egal, wer angefangen hat", gab Regan hoheitsvoll zurück und bedachte ihren Schwager mit einem missbilligenden Blick. „Ich dachte, wir wären zum Essen eingeladen."

„Oh ja, natürlich." Fast hätte Shane es vergessen. „Bei uns ging's ein bisschen hoch her, weil eine Kuh gekalbt hat. Wir sind gerade erst fertig geworden."

„Oh." Regan schob den Vorhang aus honigbraunem Haar, der ihr über das eine Auge fiel, beiseite und trat in den Stall. „Und? Alles in Ordnung? Ist das Kälbchen gesund?"

„Kerngesund. Hallo, Nate."

„Nein, lass das." Als das Baby die Ärmchen nach

seinem Onkel ausstreckte und begeistert krähte, wandte sich Regan mit dem Kind ab. „Du starrst ja vor Dreck. Wascht euch erst mal, ihr beiden."

Devin musterte Shane mit zusammengekniffenen Augen, dann stieß er zischend die Luft aus. „Ich habe noch immer gute Lust, jemandem die Fresse zu polieren. Du bist gerade verfügbar, wie wär's? Du hast sowieso eine viel zu große Klappe."

Shane deutete anklagend auf seine aufgeplatzte Unterlippe. „Hast du doch schon."

„Hab ich das, ja?"

„Das heißt, ich hab was gut bei dir."

„So, das war's für heute, Kinder. Gebt euch ein Küsschen und vertragt euch wieder."

Als sowohl Shane als auch Devin hitzig herumfuhren und Rafe wütend anstarrten, knirschte Regan mit den Zähnen. „Hört sofort auf, ihr Kindsköpfe, verdammt noch mal. Wenn ihr jetzt Ruhe gebt, gehe ich in die Küche und mach was zu essen."

„Gutes Angebot." Shane nickte zustimmend.

„Aber niemand kommt rein, bis ich fertig … Was ist das denn für ein Geräusch?"

„Was denn für ein Geräusch?" Devin öffnete seine zum Kampf bereiten Fäuste und legte den Kopf zur Seite, um zu lauschen. Das Gewimmer war kaum hörbar, da Nate ununterbrochen vor sich hin brabbelte.

Er ging mit langen Schritten durch den Stall und warf einen Blick in eine der hinteren Boxen. „Heute scheint der Tag der Geburten zu sein. Ethel wirft eben."

„Ethel."

Shane raste wie der Blitz durch den Stall und wäre fast in die Box gefallen. „Oh, Ethel, warum hast du mir nicht früher Bescheid gesagt? Schaut nur, zwei Welpen hat sie schon!"

Nachdem alles gut überstanden war, die Geburten – Ethel hatte sechs gesunde Hündchen in die Welt gesetzt –, die Reinigungsarbeiten, das Kochen und das Feiern, fuhr Devin in die Stadt zurück. Er fühlte sich zu rastlos, um noch länger auf der Farm zu bleiben. Obwohl er ein langes Bad genommen hatte, war er noch immer nicht in der Lage, sich richtig zu entspannen.

Als er am Inn vorbeifuhr, drosselte er für einen Moment die Geschwindigkeit. Im ersten und zweiten Stock brannte noch Licht. Devin machte ein finsteres Gesicht, drückte das Gaspedal wieder durch und raste auf das Städtchen zu.

Bestimmt würde sie ihm nicht so leicht vergeben. Sein Verhalten war unentschuldbar. Er war roh und fordernd gewesen, wo sie doch nichts mehr brauchte als Verständnis und Zärtlichkeit.

Kein Wunder, dass sie ihn angeschaut hatte, als

habe er den Verstand verloren, die Augen weit aufgerissen vor Schreck, die schön geschwungenen Lippen zitternd.

Irgendwie würde er es wieder gutmachen, irgendwann. Er war es schließlich gewohnt zu warten, oder etwa nicht? Schließlich wartete er schon fast sein halbes Leben.

Joe Dolin wartete ebenfalls. In seiner Zelle war es dunkel, aber er schlief nicht. Er plante. Er wusste, dass die meisten Leute der Ansicht waren, er sei nicht besonders schlau, doch er würde ihnen das Gegenteil beweisen. Bald schon. Sehr bald. Er hatte im Gefängnis gelernt, wie man das Spiel spielen musste.

Er war bereit, sein Bestes zu geben, mimte den Demütigen, den Zerknirschten, solange es ihm nur nützte.

Devin MacKade hatte geglaubt, ihn fertigmachen zu können, doch er hatte sich getäuscht. Oh ja, er, Joe, würde es ihm schon noch heimzahlen. Nicht mehr lange, und er würde ihm die Rechnung dafür präsentieren.

Aber zuerst war Cassie an der Reihe. Sie hatte ja nichts Besseres zu tun gewusst, als zu den MacKades zu rennen und dort ihre schmutzige Wäsche zu waschen. Dabei war es seine, Joes, Privatangelegenheit, in die kein Außenstehender seine Nase hineinzustecken hatte.

Ein Mann hatte schließlich das Recht, seine Frau zur Räson zu bringen, wenn sie nicht parierte, oder etwa nicht? Cassie jedenfalls war auf anderem Wege nicht beizukommen gewesen. Sie brauchte einfach ab und an eine Tracht Prügel.

Daran änderte auch dieser lächerliche Scheidungswisch nichts. Sie war seine Frau, sein Eigentum, und er würde sie in Kürze wieder daran erinnern.

Bis dass der Tod uns scheidet, dachte er und lächelte in die Dunkelheit.

4. KAPITEL

Der Beginn der Parade am Memorial Day war für zwölf Uhr mittags angesetzt – was bedeutete, dass die Feierlichkeiten zwischen zwölf und Viertel nach zwölf mit den üblichen Reden und den Kranzniederlegungen vor dem Kriegerdenkmal auf dem Marktplatz beginnen würden.

Sein Amt als Sheriff erforderte es, dass Devin die ganze Zeit über anwesend war. Er war froh darüber, auf diese Weise konnte er sich wenigstens ablenken. Auch dass er zur Feier des Tages eine Uniform tragen musste, störte ihn nicht besonders, es gab sowieso nur ein paar Tage im Jahr, an denen er sich dazu gezwungen sah, sich in den khakifarbenen Anzug, die Krawatte und die blank polierten schwarzen Schuhe zu werfen.

Bereits um acht Uhr morgens war er geschniegelt und gebügelt auf der Straße. Doch er war nicht der Erste. Allerorten wimmelten schon festlich gestimmte Bürger, Gartenstühle und Kühlboxen unter den Arm geklemmt, herum, um sich die besten Plätze am Straßenrand zu sichern.

Die meisten Geschäfte hatten heute geschlossen, aber auf Ed war Verlass. Devin war sicher, dass er auch heute wie gewohnt sein Frühstück bei Edwina Crump bekommen würde.

Er schlenderte den Bürgersteig hinunter in der Gewissheit, noch eine gute Stunde Zeit zu haben, ehe er sich daranmachen musste, die Standgenehmigungen für die Stände mit Eiskrem, Luftballons und Hot Dogs zu überprüfen.

Der Sommer hatte offensichtlich beschlossen, am Memorial Day seinen Einstand zu geben. Es war jetzt schon brütend heiß, und Devin zerrte unbehaglich an seinem Uniformkragen.

Wenn das so weiterging, würde sich wahrscheinlich zu Mittag der Straßenbelag aufgelöst haben. Devin hoffte, die kleinen Mädchen, die sich gerade daranmachten, auf Decken allen möglichen Krimskrams, den sie verkaufen wollten, auszubreiten, waren seelisch darauf vorbereitet.

Obwohl Feiertag war, herrschte bei Ed's Hochbetrieb. Als er das Café betrat, stieg ihm der Duft von gebratenem Speck und Kaffee in die Nase. Was ihn daran erinnerte, dass er schon seit Tagen nichts Anständiges mehr gegessen hatte. Das musste er unbedingt so schnell wie möglich ändern.

Nachdem er den anwesenden Gästen freundlich zugenickt hatte, ging er zum Tresen und ließ sich auf einem Barhocker nieder.

„Hallo, Sheriff." Ed winkte ihm von der Küchentür aus zu. Wie üblich baumelte ihre Brille an einer Goldkette über ihrer flachen Brust. Sie trug eine fettbespritzte Schürze, darunter jedoch hatte sie sich bereits für die Feierlichkeiten herausgeputzt mit einem weit ausgeschnittenen, eng anliegenden, ärmellosen Top, das so feuerrot war wie ihr Haar, und Shorts, die so knapp saßen, dass die Anstandsgrenze fast überschritten war.

Auf ihren Augendeckeln klebte zentnerdick leuchtend blauer Lidschatten, der fast bis zu den fein säuberlich gezupften, schmalen Brauen hinaufreichte, und ihr Mund war so rot wie ein Feuermelder. An ihren Ohrläppchen baumelten Ohrringe, die so lang waren, dass sie fast die Schultern streiften.

Devin grinste ihr zu. Nur Edwina Crump konnte es sich erlauben, sich in einem derartigen Aufzug unter die Leute zu wagen.

„Rühreier mit Speck, Ed. Und komm gleich mit dem Kaffee rüber."

„Alles, was du willst, Süßer." Obwohl sie alt genug war, seine Mutter sein zu können, flirtete sie schamlos mit ihm. „Du siehst ja traumhaft aus in deiner Uniform. Zum Dahinschmelzen."

„Na, ich komme mir eher vor wie ein Pfadfinder", brummte er.

„Oh, du wirst es nicht glauben, aber einer meiner ersten Verehrer war tatsächlich ein Pfadfinder." Mit zusammengezogenen Augenbrauen musterte sie versonnen ihre Doughnut-Vorräte und legte anschließend ein Gebäckstück auf einen Teller, den sie Devin hinschob. „Und er war auch wirklich allzeit bereit." Mit einem viel sagenden Augenzwinkern schenkte sie ihm Kaffee ein, ehe sie sich abwandte und wieder in die Küche ging.

Devin legte sein Notizbuch vor sich auf die Theke, überlegte und machte sich ein paar Notizen. Eine halbe Stunde später wischte er sich zufrieden mit der Serviette den Mund ab. Eds Eier mit Speck waren unübertrefflich.

„Hallo, Sheriff. Wieder mal jemand hinter Gitter gebracht in letzter Zeit?"

Er schwang auf dem Stuhl herum und schaute in das erstaunte, nicht allzu freundliche Gesicht seiner Schwägerin. Wenn Savannah einen Raum betrat, setzte der Herzschlag eines jeden Mannes mindestens einmal aus. Liegt wahrscheinlich an den atemberaubenden Kurven, dachte Devin. Und an dem dicken schwarzen Haar, das ihr lang und glänzend über die Schultern herabfiel. Von den dunklen, mandelförmigen Augen und der Haut, die wirkte, als sei sie mit feinem Goldstaub überzogen, ganz zu schweigen.

„In der letzten Zeit, ehrlich gesagt, nicht." Devin grinste dem Jungen an ihrer Seite – seinem Neffen

Bryan – zu, egal ob das Savannah nun gefiel oder nicht.

Bryan war groß für sein Alter und ebenso dunkelhaarig und hübsch wie seine Mutter. Heute trug er sein Baseballtrikot sowie die dazugehörige Kappe. „Marschierst du in der Parade mit?"

„Nicht marschieren. Ich und Connor und noch ein paar andere dürfen in einem offenen Wagen mitfahren. Cool, nicht?"

Devin nickte und wandte sich dann wieder Savannah zu. „Ihr seid aber früh auf den Beinen."

„Wir haben noch ein paar Dinge zu erledigen", gab Savannah zurück. „Und Connor müssen wir auch noch abholen. Bryan will nur rasch was frühstücken, dann müssen wir los."

„He, Ed, hier draußen sitzt ein Verhungernder."

„Ich komme schon." Die Tür zur Küche schwang auf, und Ed kam heraus. Als ihr Blick auf Bryan fiel, begann sie zu strahlen. „Oh, hallo Champ." Edwina Crump, die die Antietam Cannons sponserte, platzte fast vor Stolz. „Das war vielleicht ein Spiel am Samstag." Sie begrüßte Savannah freundlich, bevor sie Bryan in eine eingehende Diskussion über Baseball verwickelte.

Devin rutschte von seinem Barhocker herunter, ging zu dem Kinderwagen und nahm seine Nichte heraus. Dann ließ er sich, mit Layla auf dem Schoß, wieder auf seinem Platz nieder.

Unter dem mit Rüschen besetzten Sonnenhut kringelten sich Laylas dunkle weiche Locken. Ihr Mund – der Mund ihrer Mutter – blieb ernst, während sie ihren Onkel mit großen Augen, die bei der Geburt noch blau gewesen waren und nun langsam das typische MacKade-Grün anzunehmen begannen, interessiert betrachtete.

„Hallo, du Schöne.“ Er beugte sich vor, um ihr einen Kuss zu geben, und sah erfreut, dass sich ihr Mündchen freundlich verzog. „He, sie lacht mich sogar an.“

„Unsinn.“

Devin schaute auf und begegnete Savannahs kühlem Blick. „Aber ja. Sie hat mich angelächelt. Sie liebt mich. Stimmt's, Layla? Sag es mir, Darling.“ Er streichelte mit dem Finger ihre kleine Hand, bis sie danach griff. „Sie hat schon die MacKade-Augen.“

„Sie verändern sich immer noch“, behauptete Savannah streitbar, aber Devin war nicht entgangen, dass sie langsam auftaute. Trotz des Sheriffsterns und der Tatsache, dass sie Devin nach Möglichkeit aus dem Weg zu gehen versuchte, wurde sie doch von Mal zu Mal umgänglicher, wenn sie sich begegneten. „Bestimmt werden sie noch braun.“

„Niemals. Es sind MacKade-Augen, und wenn du dich auf den Kopf stellst.“ Wieder schaute er auf, diesmal lächelnd. „Es wird dir nichts anderes übrig bleiben, als dich damit abzufinden. Und mit uns allen.“

„Offensichtlich.“

Sein Grinsen wurde breiter. Er war überzeugt davon, dass sie ihn mochte, auch wenn sie sich noch so kühl gab. „Willst du einen Doughnut?“

„Vielleicht.“ Sie gab auf und kletterte ebenfalls auf einen Barhocker. Sie deutete auf Layla. „Du musst sie nicht auf dem Arm halten.“

„Ich will aber. Wo treibt sich Jared rum?“

„Er hat noch etwas zu erledigen. Wir treffen uns um halb zehn im Inn.“

„Aha“, gab Devin vage zurück.

Savannah beugte sich über den Kinderwagen, um ein Tuch herauszuholen, das sie Devin über die Schulter legte. „Ich habe sie vor dem Weggehen gestillt. Nicht dass sie dir noch deine schmucke Uniform vollspuckt.“

„Dann hätte ich wenigstens einen Grund, sie auszuziehen. Holst du nur Connor ab?“ erkundigte er sich so beiläufig wie möglich.

„Hm-hm …“ Mit Kennerblick suchte sich Savannah einen Doughnut aus und biss hinein. „Rafe und Regan schauen nachher vorbei, um Cassie und Emma mitzunehmen, und Shane fährt mit Jared, damit wir nicht mit so vielen Autos kommen müssen. Die Stadt platzt sowieso aus allen Nähten. Heute ist wirklich viel los, alle sind gekommen." Sie warf Bryan einen Blick zu. Ihr Sohn hatte die beiden Doughnuts, die Ed ihm auf einen Teller gelegt hatte, schon fast verputzt. „Suchst du eine Mitfahrgelegenheit?"

„Nein. Ich nehme den Dienstwagen, um zumindest so zu tun, als würde ich arbeiten."

„Wo warst du denn am Samstag? Ich hab dich beim Spiel vermisst."

„Ich hab nur mal kurz reingeschaut." Da er Cassie auf der Tribüne entdeckt hatte, war er gleich wieder gegangen, weil er sie nicht in Verlegenheit bringen wollte. „Ich habe dir doch nicht etwa gefehlt?"

„Das kann ich nicht gerade behaupten." Doch da war irgendetwas in seinen Augen, das ihr das spöttische Grinsen aus dem Gesicht wischte. „Stimmt irgendwas nicht, Devin?"

„Nein, nein. Alles in Ordnung."

„Jared hat mir von Joe Dolin erzählt. Das beunruhigt dich, habe ich Recht?"

„Das ist gelinde ausgedrückt. Ich passe auf ihn auf wie ein Schießhund", brummte er.

„Darauf möchte ich wetten", gab Savannah zurück

und streichelte über den Hinterkopf ihrer Tochter, dann ließ sie ihre Hand in einer Geste der Zärtlichkeit, die beide erstaunte, einen Moment auf Devins Schulter ruhen.

„Steige ich vielleicht doch langsam in deiner Achtung, Savannah?“

Sie nahm ihre Hand weg, als hätte sie an eine heiße Herdplatte gefasst, aber ihre Mundwinkel hoben sich leicht. „Wie du schon gesagt hast, mir bleibt nichts anderes übrig, als mich mit euch abzufinden. Und jetzt gib mir mein Kind.“

Devin legte Layla in die Arme ihrer Mutter und gab Savannah einen überraschenden Kuss auf die Wange. „Bis später dann, Schwägerin. Bryan, wir sehen uns“, fügte er hinzu, während er von seinem Hocker herunterrutschte.

Bryan mümmelte vor sich hin, nickte und murmelte irgendetwas Unverständliches in sich hinein.

„Verfluchte MacKade-Bande“, brummte Savannah, um ihren Mund jedoch lag ein Lächeln, als sie Devin nachsah.

Gegen Mittag war das Chaos perfekt. Menschenmassen bevölkerten die Bürgersteige und säumten die Straßen, und fröhliches Gelächter erfüllte die Luft.

Verschiedene Straßen waren für den Autoverkehr

gesperrt, um den Weg für den Festzug freizuhalten. Devin stellte sich vorsorglich höchstpersönlich auf die Kreuzung der Hauptstraße. Das Funkgerät, das er an seinem Gürtel befestigt hatte, quäkte ununterbrochen, weil seine beiden Deputys, die an den entgegengesetzten Punkten der Route Posten bezogen hatten, immer wieder Fragen hatten.

Auf der Straßenseite gegenüber, an der Ecke hinter der Tankstelle, verkaufte ein Clown bunte Luftballons. Einen halben Häuserblock weiter unten machten der Eismann und der Stand mit dem Popcorn blühende Geschäfte.

Aus der Ferne wehten die ersten Klänge von Marschmusik zu ihm herüber. Durch das blecherne Scheppern und das harte Klack-Klack der Stiefel fühlte er sich plötzlich wieder in seine Kindheit zurückversetzt.

„Officer! Officer!“

Abrupt aus seinen Träumen gerissen, wandte sich Devin um. Vor der Absperrung war ein funkelnagelneuer Sedan zum Stehen gekommen, in dem ein verärgertes Paar mittleren Alters saß. Die Frau fuchtelte wild mit den Armen herum.

„Ja, Ma'am?“ Er marschierte zu dem Sedan hinüber und beugte sich zu dem offenen Fenster hinunter, wobei er sein verbindlichstes Lächeln aufsetzte. „Was kann ich für Sie tun?“

„Wir müssen hier durch“, schaltete sich der Fahrer verärgert ein.

„Ich hab dir gleich gesagt, dass du nicht vom Highway runterfahren sollst, George. Nie hältst du dich an die vorgeschriebene Route.“

„Halt den Mund, Marsha.“ Nachdem der Mann die Frau mit einer unwirschen Handbewegung zum Schweigen gebracht hatte, wandte er sich wieder Devin zu. „Wir müssen hier durch“, wiederholte er mit finsterem Gesicht.

„Tja, nun …“ Devin fuhr sich mit der Hand übers Kinn. „Das Problem ist nur, dass hier gerade eine Parade anfängt.“ Wie auf ein Stichwort hin begann die Kapelle einen Tusch zu spielen, dann setzten ohrenbetäubend die Trompeten ein, denen ein nicht minder ohrenbetäubender Trommelwirbel folgte. Devin musste seine Stimme heben, um gegen das Getöse anzukommen. „Wir können die Straße erst in einer Stunde wieder freigeben“, schrie er.

Diese Auskunft entfachte einen hitzigen Streit zwischen dem Paar und zog Beschimpfungen und Anklagen nach sich. Devin behielt unerschütterlich sein verbindliches Lächeln bei. „Wohin müssen Sie denn? Vielleicht kann ich Ihnen helfen?“

„D. C.“

„Nun, das Einzige, was Sie tun können, wenn Sie in

Eile sind, ist umzudrehen und auf dieser Straße etwa fünf Meilen weiterzufahren, bis Sie auf die Route 70 kommen. Die fahren Sie in Richtung Osten, bis Sie auf die 495 stoßen. Das dauert so etwa eine Stunde."

„Ich habe dir gleich gesagt, dass du nicht vom Highway abfahren sollst", keifte Marsha.

„Woher soll ich denn wissen, dass hier in diesem Kuhkaff die Straßen gesperrt sind? Bin ich vielleicht Hellseher?" gab George beleidigt zurück.

„Wenn Sie es jedoch nicht ganz so eilig haben", versuchte Devin mit unerschütterlicher Ruhe die Wogen zu glätten, „könnten Sie Ihren Wagen auf dem Parkplatz abstellen. Es kostet nichts, und die Parade wird Ihnen sicher Spaß machen." Er blickte auf, als eine Majorette ihren Taktstock durch die Luft wirbelte und wieder auffing, begleitet vom begeisterten Applaus der Menge. „Und danach fahren Sie dann ganz gemächlich nach D. C."

„Ich habe keine Zeit für irgendeine idiotische Parade." George plusterte empört die Backen auf, sodass er aussah wie ein Hamster, und schaltete wütend in den Rückwärtsgang. Devin gelang es gerade noch, rechtzeitig zur Seite zu springen.

„Unverschämtheit", brummte er. Als er sich umdrehte, trat er Cassie dabei fast auf den Fuß. Er griff instinktiv nach ihr, ließ sie jedoch gleich wieder los, als hätte er sich an ihr verbrannt. „Entschuldige. Ich hab dich nicht gesehen."

„Ich dachte mir, es sei besser zu warten, bis du deine diplomatischen Anstrengungen beendet hast."

„Ja. George und Marsha wissen gar nicht, was sie sich entgehen lassen."

Lächelnd sah Cassie den Tambourinmädchen zu, aber im Grunde genommen hatte sie nur Augen für Devin. Wie gut er in der Uniform aussah! So kompetent und männlich. „Stimmt. Aber sag, ist dir nicht schrecklich heiß? Soll ich dir was zu trinken holen? Oder kann ich dir sonst etwas anbieten?"

„Nein, danke ... geht schon. Äh ..." In seiner Zunge war plötzlich ein Knoten. Er überlegte, wann er sie das letzte Mal in Shorts gesehen hatte. Es musste eine Ewigkeit her sein. Und die ganzen Jahre über hatte er es tunlichst vermieden, sich ihre Beine vorzustellen. „Wo ist Emma?"

„Sie schließt gerade mit der kleinen Lucy McCutcheon Freundschaft. Die beiden sind in Lucys Garten." Es fiel ihr leichter, mit ihm zu sprechen, wenn sie es vermied, ihn anzusehen. Deshalb konzentrierte sich Cassie auf die Dinge, die um sie herum vor sich gingen. „Bist du böse mit mir, Devin?"

„Nein, natürlich nicht. Warum sollte ich?" Er starrte die Prinzessin, die jetzt in einem Wagen mit zurückgeschlagenem Verdeck langsam vorbeirollte, so durchdringend an, dass die ihm ein strahlendes, hoffnungsvolles Lächeln schenkte und ihm zuwinkte. Doch er hatte nur Augen für Cassie.

„Jetzt hast du Julie ganz durcheinander gebracht", murmelte Cassie.

„Julie? Wer ist Julie?"

Ihr kurzes Auflachen überraschte sie beide. Dann starrten sie sich wieder an. „Bist du sicher, dass du mir nicht böse bist?"

„Nein. Ja. Ja, ich bin sicher." Um seine Hände in Sicherheit zu bringen, rammte er sie in die Taschen seiner Uniformjacke. „Dir bin ich nicht böse, sondern mir. Wie ich schon sagte, ich war an diesem Tag irgendwie völlig daneben."

„Ist mir gar nicht aufgefallen."

Das Getöse, das die nächste vorbeiziehende Kapelle veranstaltete, hallte in seinen Ohren nach. Er war sich sicher, dass er sich verhört hatte. „Wie bitte?"

„Ich habe gesagt, dass ..." Sie unterbrach sich, als sein Walkie-Talkie zu quäken anfing.

„Sheriff. Sheriff. Hier ist Donnie. Wir haben im Quadrant C ein kleines Problem und brauchen Sie. Hören Sie mich, Sheriff?"

„Quadrant C, du lieber Himmel", brummte Devin. „Sieht wirklich zu viele Krimiserien, der Junge."

„Ich lass dich jetzt wohl besser allein“, sagte Cassie rasch, als Devin sein Funkgerät auf Senden stellte. „Du hast zu tun.“

„Wenn du …“ Er fluchte, weil sie sich ohne ein weiteres Wort umdrehte und in der Menge verschwand. „MacKade“, bellte er in sein Walkie-Talkie.

Das kleine Problem stellte sich als eine harmlose Rempelei zwischen einigen Schülern zweier rivalisierender Highschools heraus. Devin machte der Sache im Handumdrehen ein Ende und schnauzte Donnie an, weil er nicht allein damit fertig geworden war.

Als der letzte Stiefeltritt verklungen, die letzte Fahne in der Ferne verschwunden und der letzte Luftballon gen Himmel aufgestiegen war, beeilte er sich, zum Park zu kommen, um den Ansturm der Massen in geordnete Bahnen zu leiten, die sich jetzt mit Sack und Pack auf den Weg machten, um die festliche Stimmung mit einem Picknick zu krönen. Unterwegs gab er der Reinigungsmannschaft den Befehl zum Einsatz und half ein paar weinenden Kindern, ihre Mütter im Gewühl wiederzufinden.

Nachdem er den Pflichtteil des Tages schließlich beendet hatte, fuhr er in sein Büro und stellte sich in Vorbereitung auf die Kür unter die eiskalte Dusche, anschließend versenkte er erleichtert seine Uniform bis zum nächsten offiziellen Ereignis in den Tiefen seines Kleiderschranks. Als er schließlich im Park ankam, war das fröhliche Treiben schon in vollem Gange.

Devin entdeckte Shane, der mit Frannie Spader, der üppigen Rothaarigen, die sein Bruder ihm vor ein paar Tagen so großzügig ans Herz gelegt hatte, schmuste.

Rafe und Jared spielten Cricket, und Regan und Savannah saßen mit ihren Babys auf einer Decke unter einer alten Eiche im Schatten und plauderten.

Hunde jagten sich, und Kinder tollten durch die Gegend, und dort war auch Cy, der Bürgermeister, der einen höchst lächerlichen Anblick bot in seinen schreiend bunten, groß gemusterten Bermuda-Shorts, die entschieden zu viel von seinen haarigen Beinen enthüllten.

Mrs. Metz kaute voller Hingabe an einem Hühnerbein, feuerte mit vollem Mund ihre in einen Wettkampf verwickelten Enkel an und tratschte mit Miss Sarah Jane.

Heiliger Himmel, dachte Devin, ich mag sie, wie sie da sind, mit ihren Schrullen und Fehlern. Ich mag sie wirklich alle.

Die Hände in den Gesäßtaschen seiner verwaschenen Jeans, schlenderte er gemächlich über den Rasen, blieb hier und da stehen, um ein paar Worte zu wechseln, sich eine Beschwerde anzuhören oder den neuesten Tratsch erzählen zu lassen.

Gerade als er mit dem alten Mr. Wineberger über die verschiedenen Techniken des Beschlagens von Pferdehufen diskutierte, kam Emma mit ausgebreiteten Armen über den Rasen auf ihn zugerannt. Er hob sie hoch, wirbelte sie ein paarmal herum und behielt sie auf dem Arm, während Mr. Wineberger kurzatmig eine wagemutige Theorie aufstellte. Doch jetzt war Devin nicht mehr bei der Sache. Rasch eiste er sich von Mr. Wineberger los und wandte sich dem Kind zu.

Klein-Emma duftete nach Sonnenschein und fühlte sich zart und zerbrechlich an wie ein Porzellanpüppchen. Aber sie war mittlerweile schon fast sieben, und bald schon würde sie zu schwer sein, um auf den Arm genommen zu werden. Devin seufzte und drückte sie kurz an sich.

„Warum bist du denn traurig?" fragte sie und sah ihn mit großen Augen an.

„Ich bin nicht traurig", gab er zurück. „Ich hab nur daran gedacht, dass du mir bald über den Kopf wachsen wirst. Was hältst du von einem Eis?"

„Au ja. Eine rosa Kugel, bitte."

„Okay, eine rosa Kugel also", stimmte er lachend zu, setzte sie ab und marschierte Hand in Hand mit ihr zum Eisstand, wo er zwei Kugeln kaufte. Dann setzte er sich mit ihr ins Gras und schaute den Baseballspielern zu.

„Los, raff dich schon auf, Dev!“ schrie Rafe, der seinen Bruder entdeckt hatte. „Spiel mit!“

„Ich rühre mich nicht von der Stelle. Schließlich hab ich nicht jeden Tag so ein hübsches Mädchen an meiner Seite.“

„Mama sagt auch, dass ich hübsch bin.“

Er lächelte Emma zu und fuhr ihr liebevoll durchs Haar. „Das bist du wirklich.“

„Mama aber auch.“

„Und wie.“

Emma kuschelte sich an ihn, sie wusste, dass er dann den Arm um sie legen würde, genau so, wie sie es gern hatte. „Sie weint fast gar nicht mehr.“ Hingebungsvoll leckte sie an ihrem Eis, ohne zu bemerken, wie Devins Körper sich anspannte. „Früher hat sie ständig geweint, die ganze Nacht. Aber jetzt nicht mehr.“

„Das ist schön“, gab er einsilbig zurück.

„Und bald bekommen wir von Ed ein kleines Kätzchen, und wir wohnen in einem ganz neuen Haus, wo niemand rumschreit und Geschirr zerdeppert oder Mama haut. Connor spielt jetzt Baseball und schreibt Geschichten, und ich darf Lucy mit nach Hause bringen und in meinem Zimmer mit ihr spielen. Ich hab ganz tolle Vorhänge gekriegt, mit kleinen Hündchen drauf, und neue Schuhe, da, schau mal." Stolz streckte Emma die Beine aus und zeigte Devin ihre pinkfarbenen Sneakers.

„Sie sind wirklich schön."

„Und das ist alles nur deswegen, weil du den bösen Mann weggejagt hast. Connor hat gesagt, dass du ihn eingesperrt hast, damit er Mama nicht mehr hauen kann." Sie schaute ihn treuherzig an, das Mündchen verklebt mit Erdbeereis, die Augen groß und klar. „Ich hab dich lieb."

„Oh, Emma, Süße …" Statt seinen Satz zu vollenden, wühlte er sein Gesicht kurz in ihre seidenweichen Locken. „Ich hab dich auch lieb. Du bist mein liebes kleines Mädchen."

„Ich weiß." Sie spitzte ihre roten Lippen und schmatzte ihm einen klebrigen Kuss auf die Wange. „Ich muss jetzt wieder zu Lucy. Sie ist nämlich meine beste Freundin, musst du wissen." Damit sprang sie auf. „Und danke für das Eis." Sie lächelte das Lächeln ihrer Mutter, winkte ihm noch einmal kurz zu und stürmte dann davon.

Devin sah ihr hinterher und fuhr sich mit der Hand übers Gesicht.

Rafe forderte ihn ein zweites Mal zum Mitspielen

auf, und diesmal ließ sich Devin, froh über die Ablenkung, nicht umsonst bitten.

Savannah beobachtete von ihrem Platz aus den wie aus dem Ei gepellten Rechtsanwalt Jared MacKade, der in ein eingehendes Gespräch mit dem Bürgermeister vertieft war, während seine Brüder übermütig wie junge Fohlen herumtobten und jeden anschrien, der ihnen bei ihrem Spiel in die Quere kam.

„Ich liebe Picknicks", bemerkte Savannah.

„Hmm … Ich auch." Regan streckte sich. „Sie sind so entspannend." Sie lächelte Cassie an, die sich mittlerweile ebenfalls zu ihnen gesellt hatte. „Bleib ganz ruhig", sagte sie, weil Cassie aufgrund der Schreierei, die sich die drei Brüder lieferten, zusammengezuckt war und nun wie schützend die Arme um sich legte. „Sie meinen es nicht so."

„Ich weiß." Cassie nahm sich vor, in Zukunft nicht so überempfindlich zu sein. Die MacKades waren eben ein rauer Haufen. Dennoch legte sie ihre Arme noch fester um sich, als sie jetzt sah, dass Bryan und Connor angesaust kamen und sich mit Feuereifer ebenfalls in die Schlacht warfen.

„Bleib ganz ruhig", wiederholte Regan.

„Ja. Natürlich."

Es war doch nur gut, dass Connor ganz im Gegensatz zu früher jetzt so aus sich herausging, schrie und herumtobte wie alle anderen Jungen in seinem Alter auch, oder etwa nicht? Er war viel zu lange viel zu still gewesen. Zu verängstigt, dachte sie schuldbewusst. Doch nun wurde er von Tag zu Tag lebhafter, und sie durfte ihn durch ihre Ängstlichkeit keinesfalls bremsen. Jetzt sagte Devin irgendetwas zu ihm, was ihn ganz besonders zu freuen schien, denn er starrte ihn einen Moment überrascht an und strahlte dann übers ganze Gesicht.

„Er ist wirklich schrecklich lieb zu den Kindern“, murmelte Cassie. „Devin, meine ich“, fügte sie einen Moment später erklärend hinzu.

„Immer, wenn er bei uns vorbeikommt, hat er Nate schon auf dem Arm, noch bevor er die Tür hinter sich zugemacht hat.“ Regan blickte lächelnd zu ihrem Sohn, der mit Feuereifer an einem leuchtend roten Kauring kaute. „Er blutet.“

Alarmiert flogen Cassies Blicke zu Nate. „Wo denn?“

„Nein, nicht Nate. Devin, er blutet am Mund. Hat jemand ein Taschentuch?“

„Ich.“ Cassie kramte in ihrer Tasche und sprang auf.

Als sie zu Devin hinüberrannte, grinste Regan. „Sie hat noch nichts gemerkt, oder was meinst du?“

„Nein, sie ist vollkommen ahnungslos.“ Savannah

lehnte sich bequem mit dem Rücken gegen den dicken Stamm der Eiche. Layla machte gerade ein Nickerchen, was Savannah für eine ausgezeichnete Idee hielt. Sie beschloss, es ihrer Tochter gleichzutun. „Wenn er will, dass sie was merkt, wird er sich schon ein bisschen mehr anstrengen müssen."

„Er ist der einzige MacKade, der die Dinge immer ganz langsam angeht."

Savannah hob die Brauen, bevor sie die Augen schloss. „Ich möchte wetten, dass er sich schon noch schnell genug bewegt, wenn die Zeit dafür reif ist. Cassie wird keine Chance haben."

„Falsch", gab Regan weich zurück. „Sie wird die Chance ihres Lebens haben."

„Devin! Wart einen Moment!" rief Cassie außer Atem.

Er schaute sich um, sah sie auf sich zukommen und tat das, was er sich schon seit langen Jahren antrainiert hatte, wenn sie in seine Nähe kam. Er steckte die Hände in die Hosentaschen. „Was ist denn?"

„Dein Mund", keuchte sie, als sie bei ihm angelangt war. „Himmel, du musst einen Ball direkt ins Gesicht bekommen haben."

„Mein Mund?"

„Er blutet." Behutsam tupfte sie ihm das Blut aus den Mundwinkeln. „Ich hab gerade noch gesehen, wie du dich auf Shane gestürzt hast, um ihm den Ball abzunehmen, dann musste ich die Augen zumachen, weil es so gefährlich aussah."

„Es ist Baseball", erinnerte er sie mit feierlichem Ernst, wobei er an sich halten musste, um nicht vor Wonne laut aufzustöhnen, als sie ihm mit dem Finger über seine geschwollene Unterlippe fuhr.

„Ja, ich weiß." Sie lächelte. „Connor ist auch ganz verrückt danach. Es war lieb von dir, dass du ihn hast mitspielen lassen."

Devins Herzschlag beschleunigte sich dramatisch. Wenn sie jetzt nicht sofort aufhörte, an ihm rumzufummeln, konnte er für nichts mehr garantieren. „Es geht schon", brachte er mühsam heraus.

Es war sein Tonfall, die nur mühsam gezügelte Ungeduld, die sie aufhorchen ließ. „Du bist eben doch noch böse auf mich."

„Ich bin nicht böse auf dich. Wie oft soll ich dir das eigentlich noch sagen, verdammt noch mal? Ich bin nicht böse." Heftiger als beabsichtigt riss er ihr das blutverschmierte Taschentuch aus der Hand und hielt es ihr unter die Nase. „Da, schau her! Was ist das?"

„Blut. Lauter Blut. Ich habe dir doch gesagt, dass dein Mund …"

„Ganz genau, Blut", unterbrach er sie grimmig. „Das ist das, was durch meine Adern fließt – Blut, kein

Eiswasser. Und wenn du noch länger an mir herumfummelst, mit den Händen an meinem Gesicht und deinem Finger auf meinen Lippen, dann ..." Zähneknirschend brach er ab. „Ich bin nicht böse auf dich", fuhr er einen Moment später ruhiger fort. „Ach, was soll's! Ich brauche Bewegung!"

Cassie kaute nachdenklich auf ihrer Unterlippe herum, während sie ihm hinterherschaute, bis er in dem kleinen Wäldchen zu ihrer Rechten verschwunden war. Die Vorstellung, dass sie seine Freundschaft verlieren könnte, verlieh ihr den Mut, den sie benötigte, um ihm zu folgen.

Als er Schritte hinter sich hörte, drehte er sich um. In seinen Augen loderte ein Zorn, der sie wie ein Pfeil mitten ins Herz traf.

„Entschuldige", sagte sie außer Atem, nachdem sie mit ihm auf gleicher Höhe war. „Bitte entschuldige, Devin."

„Hör endlich auf, dich bei mir zu entschuldigen, Cassie. Es gibt wirklich keinen Grund dafür." Wo zum Teufel sind plötzlich all die Leute? fragte er sich. Warum war hier in diesem verdammten Wäldchen keine Menschenseele? Er konnte es nicht riskieren, mit ihr allein zu sein, solange er sich derart schlecht unter Kontrolle hatte wie im Moment. „Geh zurück, Cassie. Los, mach schon."

Sie machte Anstalten, sich umzudrehen. Es war ihr bereits zur zweiten Natur geworden, das zu tun, was man ihr befahl. Doch plötzlich verspürte sie ein Widerstreben. In halber Bewegung hielt sie inne und wandte sich ihm wieder zu. Nein, diesmal würde sie das tun, was sie für richtig hielt. Es war einfach zu wichtig.

„Wenn du nicht böse bist auf mich, so bist du doch zumindest über irgendwas ungehalten. Und ich will nicht der Grund dafür sein."

Es fiel ihr schwer, ja, es ängstigte sie, einen Schritt auf ihn zuzumachen, da der Zorn in seinen Augen noch immer nicht erloschen war. Sie wusste, dass er ihr nicht wehtun würde, natürlich wusste sie das. Aber konnte sie sich dessen wirklich ganz sicher sein? Nur weil es Devin war – Devin, den sie mochte und den sie als Freund nicht verlieren wollte –, war sie bereit, das Risiko einzugehen.

„Es ist bestimmt deswegen, weil ich dich geküsst habe", platzte sie nun heraus. „Es hatte nichts zu bedeuten, weißt du. Ich habe mir gar nichts dabei gedacht."

Sein Zorn verrauchte, und seine Augen wurden ausdruckslos, vollkommen ausdruckslos. „Ich weiß."

„Du hast mich zurückgeküsst." Ihr Herz klopfte jetzt so wild, dass sie kaum hörte, was sie sagte. „Du hast gesagt, dass du auf dich selbst böse bist, weil du das getan hast, aber ich will das nicht. Es hat mir nichts ausgemacht."

„Es hat dir nichts ausgemacht", wiederholte er langsam, und es war, als würde er den Worten nachlauschen. „Okay. Lass es uns ganz einfach vergessen. Und jetzt geh zurück."

„Warum hast du mich auf diese Weise geküsst?" Ihr Mut verließ sie, und der Satz versiegte in einem kaum mehr verständlichen Flüstern.

„Wie ich dir schon gesagt habe, ich war an dem Tag einfach völlig daneben." Wenn sie nicht sofort aufhörte, ihn mit diesen großen, sanften Augen anzustarren, würde er sich am Ende doch noch vergessen. „Verdammt noch mal, was willst du eigentlich von mir? Ich habe mich entschuldigt, oder etwa nicht? Und ich habe gesagt, dass es nicht wieder vorkommen wird. Ich versuche mich von dir so gut wie möglich fernzuhalten, und es bringt mich langsam, aber sicher um. Ich habe zwölf Jahre lang darauf gewartet, dich endlich einmal küssen zu dürfen, und als es dann so weit war, hätte ich dich am liebsten bei lebendigem Leibe verschlungen. Ich wollte dich nicht ängstigen und dir auch nicht wehtun."

Sie hatte kaum verstanden, was er gesagt hatte, sie merkte nur, dass ihre Knie nachzugeben drohten, jedoch nicht aus Angst. Angst kannte sie gut genug, um sie erkennen zu können. Doch was es dann war, das sie plötzlich eisern im Griff hielt, blieb ihr verborgen.

„Du hast mir nicht wehgetan." Sie musste schlucken. „Es hat mir nichts ausgemacht. Und es macht mir noch immer nichts aus."

„Ich will dich aber wieder küssen."

„Es macht mir nichts aus", wiederholte sie, weil es die einzigen Worte waren, die ihr noch einfielen. Ihr Kopf war leer.

Sie bewegte sich nicht, als er auf sie zukam. Sollte sie ihn berühren? Wie sollte sie sich verhalten? Sie hätte gern seine Arme berührt, doch sie wagte es nicht. Sie waren so muskulös, bestimmt wohnten ihnen Bärenkräfte inne.

Einen Moment später jedoch brauchte sie keine Angst mehr zu haben und auch nicht mehr zu denken oder versuchen zu raten. Er umrahmte zart ihr Gesicht mit den Händen und legte seine Lippen auf ihre, sanft, so sanft und zärtlich, wie sie es sich nie hätte träumen lassen.

Ihr Herz begann zu flattern wie ein kleiner Vogel, der seine Käfigtür unerwarteterweise offen findet. Als er sie nun zärtlich enger an sich zog, nur ein klein wenig enger, wäre sie plötzlich am liebsten mit ihm verschmolzen. Ihre Lippen öffneten sich zu einem Seufzer stiller Verwunderung.

Das war es, was er schon immer hatte tun wollen, wonach er sich seit zwölf Jahren sehnte. Ihr zu zeigen, dass ein Mann auch liebevoll und zärtlich sein konnte. Dass nicht jeder Mann war wie Joe Dolin.

Ja, das ist es, dachte er verschwommen, während er seinen Kuss ganz langsam vertiefte, bis sie erneut leise aufseufzte.

Nun, da sie in seinen Armen lag, erschienen ihm plötzlich all die Jahre, die er auf sie gewartet hatte, nur noch wie Minuten.

Der Trubel und das fröhliche Geschrei auf der Wiese hinter ihr waren nicht mehr als Fliegengesumm in ihren Ohren. Sie ließ nicht los, und der Kuss dauerte an, trug sie leicht wie auf Engelsschwingen weit fort in eine Welt, in der keine Zeit existierte.

Er beendete den Kuss erst, als ihre Finger von seinem Handgelenk langsam abrutschten.

Als er den Kopf hob und seine Hände von ihrem Gesicht nahm, waren ihre Augen noch immer geschlossen.

„Cassie."

Sie öffnete die Augen und schaute ihn an, ihr Blick war verhangen wie der einer Schlafwandlerin. „Ich weiß nicht, was ich sagen soll." Nein, das stimmte ja gar nicht. Sie wusste es ganz genau. „Möchtest du mich noch einmal küssen?"

Nur weil er durch die harte Schule einer zwölfjährigen Abstinenz gegangen war, konnte er sich jetzt davon zurückhalten, laut aufzustöhnen. „Nicht jetzt“, sagte er seufzend und hielt sie sich auf Armeslänge vom Leib. Wenn sie nur ein wenig näher käme, würde er nicht anders können, als sie sich über die Schulter zu werfen und sie hinter einem großen Felsen in das weiche Moos zu betten. „Ich denke, wir sollten es uns ein bisschen einteilen.“

„Noch nie in meinem Leben hat mich jemand so geküsst wie du. Und noch nie habe ich bei jemandem das gefühlt, was ich eben gefühlt habe.“

„Cassie.“ Ihre Worte heizten sein Begehren an. Eilig versuchte er die Flammen auszutreten und nahm ihre Hand. „Komm, lass uns gehen. Ich … ich habe noch nichts zu Mittag gegessen.“

„Oh, du musst ja am Verhungern sein.“

„Richtig.“ Am liebsten hätte er lauthals über sich selbst gelacht, als er sie jetzt durch das Wäldchen zurück zur Wiese zog.

5. KAPITEL

„Ich weiß es wirklich ungeheuer zu schätzen, Cassie." Regan setzte den fröhlich vor sich hin brabbelnden Nate in seine Wippe, beugte sich über ihn und gab ihm einen Kuss, während er bereits zu schaukeln begann und einen Moment später vor Wonne krähte. „Normalerweise nehme ich ihn ja mit in den Laden, aber da ich heute Kunden von auswärts habe, die eingehend beraten werden möchten, bin ich heilfroh, beide Hände frei zu haben. Und Rafe muss heute auf zwei Baustellen."

„Es macht mir doch überhaupt keine Mühe", gab Cassie, die sich an der Spüle zu schaffen machte, zurück. „Ich wüsste nichts, was ich lieber täte, als mit einem Baby zu spielen."

„Er ist ein toller Bursche, findest du nicht auch?" fragte Regan. „Ich kann's gar nicht glauben, dass er schon fünf Monate ist." Sie bedachte ihren Sohn mit einem stolzen Blick. „Ich habe ihn erst vor einer Stunde gestillt, aber hier sind die Fläschchen, falls er doch wieder Hunger bekommt. Da drüben habe ich dir einen Stoß Windeln hingelegt und Strampelhöschen zum Wechseln, und …"

„Ich seh schon. Regan, mach dir bloß keine Gedanken. Ich weiß, wie man mit einem Baby umgehen muss."

„Natürlich weißt du das." Regan warf ihr Haar zurück. „Ich habe ja nur ein schlechtes Gewissen, weil ich weiß, dass du mit dem Inn sowieso schon genug am Hals hast."

„Du und Rafe, ihr seid Sklaventreiber, das stimmt, aber ich bin wild entschlossen, meine Bürde in stiller Ergebung zu ertragen."

Amüsiert und überrascht wandte Regan den Kopf und schaute Cassie forschend an. „Du bist so vergnügt, und ich könnte schwören, dass ich dich singen gehört habe, als ich zur Tür reinkam."

„Ich bin glücklich", erwiderte Cassie, damit beschäftigt, einen Stapel Frühstücksteller in die Spülmaschine zu stellen, schlicht. „Ich wusste gar nicht, dass ich so glücklich sein kann. Dieses Haus hier ist für mich das schönste Haus der Welt."

Regan gab Nate einen Klapperring, der in allen Farben des Regenbogens schillerte. „Dann macht dich also die Arbeit hier glücklich?"

„Absolut. Nicht dass ich etwa für Ed ungern gearbeitet hätte, aber ich lebe einfach gern hier, Regan. Ich fühle mich hier geborgen." Als ihr Blick nun zum Fenster hinaus in den Garten wanderte, begann sie zu strahlen. „Und den Kindern geht es nicht anders."

„Und deshalb singst du?“

Cassie beugte sich ein bisschen tiefer über die Spülmaschine und beschäftigte sich angelegentlich mit den Tellern. „Na ja ... es gibt auch noch einen anderen Grund. Aber ich glaube, du musst dich beeilen. Du musst doch deinen Laden aufmachen.“

„Ich kann mir ein paar Minuten Verspätung erlauben. Das ist eben einer der vielen Vorteile, wenn man selbstständig ist.“

Wenn es auf der Welt einen Menschen gab, dem sie sich anvertrauen konnte, dann war es Regan. Cassie richtete sich auf und holte tief Luft. „Devin – es ist wegen Devin. Aber vielleicht mache ich mehr daraus, als es eigentlich ist. Oder es ist mehr, als ich ... ach, ich weiß einfach nicht. Willst du einen Kaffee?“

„Cassie.“

„Er hat mich geküsst“, platzte sie jetzt heraus und hielt sich gleich darauf die Hand vor den Mund, weil sie vor Glück am liebsten laut aufgelacht hätte. „Ich meine geküsst, richtig geküsst, verstehst du? Nicht wie Rafe mich küsst oder wie Shane oder Jared. Ich meine, wie ... Oh Gott, meine Hände fangen schon an zu schwitzen.“

„Da wurde es aber auch allerhöchste Zeit“, gab Regan trocken zurück. „Ich hab ja schon fast geglaubt, er schafft es nie.“

„Du bist nicht überrascht?“

„Cassie, dieser Mann würde für dich nackt über glühende Kohlen kriechen.“ Regan beschloss, dass eine Tasse Kaffee nicht schaden könne, und ging zur Kaffeemaschine, um sich selbst zu bedienen. „Und wie war's?“

Cassie fuhr sich nervös mit der Hand durchs Haar. „Was war wie?“

Breit grinsend lehnte sich Regan gegen den Tresen und nippte an ihrem Kaffee. „Ich könnte mir vorstellen, dass er mit Rafe mehr gemein hat als ein gelegentlich überschäumendes Temperament und das gute Aussehen. Also muss es ein umwerfender Kuss gewesen sein.“

„Es war bei dem Picknick vor zwei Tagen. Mir ist jetzt immer noch ganz schwindlig.“

„Gut so. Dieser MacKade ist für dich. Und nun? Wie geht es weiter?“

„Ich weiß nicht.“ Cassie griff nach einem Lappen und begann die Spüle abzuwischen. „Weißt du, Regan, damals, als es mit Joe und mir anfing, war ich noch keine sechzehn. Ich war noch sehr jung, ohne Erfahrung. Ich bin noch nie mit einem anderen Mann zusammen gewesen.“

„Oh.“ Regan hob die Brauen. „Ich verstehe. Nun, dann ist es doch nur allzu natürlich, dass dich der Gedanke an eine körperliche Beziehung ein bisschen nervös macht."

Da ihre Handflächen wirklich feucht waren, legte Cassie jetzt den Lappen weg und wischte sie sich an ihrer Schürze ab. „Ich mag Sex nicht", erklärte sie unumwunden, während sie sich wieder an der Spülmaschine zu schaffen machte. „Irgendwie hab ich einfach eine Abneigung dagegen."

„Cassie, ich weiß, dass dir die Therapie geholfen hat."

„Ja, das hat sie, und ich bin dir wirklich sehr dankbar, dass du mich überredet hast hinzugehen. Ich bin seitdem viel selbstsicherer geworden. Aber das hier ist etwas anderes. Nicht alle Frauen haben Spaß an Sex. Das hab ich jedenfalls gelesen. Doch egal", fuhr sie fort, ehe Regan sich dazu äußern konnte, „ich komm schon damit klar. Allerdings bin ich im Moment noch nicht so weit, ihm da … entgegenzukommen."

„Das ist völlig idiotisch", blaffte Regan. „Du redest gerade so, als sei miteinander zu schlafen eine Pflicht wie … wie …" Nach den richtigen Worten suchend, schaute sie um sich. „Wie abzuwaschen, verdammt noch mal", sagte sie schließlich und deutete auf die Spüle.

„So hab ich's auch nicht gemeint." Weil Regan ihre Freundin war, zwang sich Cassie zu einem Lächeln, obwohl ihr im Moment nicht danach zu Mute war. „Was ich damit sagen wollte, war, dass ich für Devin wirklich etwas empfinde. Schon immer. Das ist etwas anderes. Aber ich wäre nie im Traum darauf gekommen, dass er sich von mir angezogen fühlt. Ich fühle mich sehr geschmeichelt."

Regans Erwiderung bestand aus einem gemurmelten Fluch, angesichts dessen sich Cassies Lächeln noch vertiefte.

„Ja, wirklich. Er sieht irrsinnig gut aus und hat eine tolle Art, mit Menschen umzugehen. Ich weiß, dass er mir niemals wehtun würde."

„Nein", erwiderte Regan lebhaft. „Das würde er ganz bestimmt nicht."

„Es war schön, ihn zu küssen, und ich denke, mit ihm zu schlafen könnte wirklich nett sein."

Regan verschluckte sich fast an ihrem Kaffee. Wenn Devin so war wie Rafe, dann war „nett" mit Sicherheit nicht das richtige Wort. „Hat er dich denn schon gefragt?"

„Nein. Er wollte mich nicht mal ein zweites Mal küssen, obwohl ich Lust hatte. Und das wollte ich dich eigentlich fragen. Wie kann ich ihn wissen lassen, dass … dass es mir nichts ausmacht, mit ihm … so … zusammen zu sein?"

Es war nur ihrer starken Willenskraft zu verdanken,

dass Regan nicht anfing zu lachen. Behutsam stellte sie ihre Tasse ab. „Mach dir keine Gedanken, Cassie, lass die Dinge einfach laufen."

„Willst du damit sagen, dass ich überhaupt nichts tun soll?"

„Tu, was dir richtig erscheint. Aber verwechsle Devin niemals mit Joe. Verwechsle vor allem nicht die Frau, die mit Joe gelebt hat, mit der Frau, die du heute bist. Ich denke, für dich hält das Leben noch ein paar Überraschungen bereit."

„Eine ist mir schon präsentiert worden." Cassie fuhr sich mit der Fingerspitze über die Lippen. „Es war wundervoll."

„Gut so. Dann sei jetzt offen für die nächste." Regan gab Cassie einen schnellen Kuss auf die Wange, dann beugte sie sich über die Wippe und streichelte Nate ein letztes Mal über den Kopf. „Und halt mich auf dem Laufenden, ja?"

Bis Cassie die Gästezimmer aufgeräumt, die Wäsche gewaschen und Nate gefüttert hatte, wurde es elf. Nachdem sie das Baby gewickelt hatte, stellte sie den Kleinen in seiner Tragetasche in Emmas Zimmer, damit er ungestört ein Schläfchen machen konnte. Sie war eben dabei, ein Hähnchen in den Backofen zu schieben, da läutete es.

Ihr Herz machte einen kleinen Satz in der Hoffnung, es könnte Devin sein, beruhigte sich jedoch gleich wieder, als sie sich beim Öffnen der Tür ihrer Mutter gegenübersah.

„Hallo, Mama." Cassie küsste ihrer Mutter die welke Wange. „Schön, dich zu sehen. Komm rein. Ich habe gerade Eistee gemacht und einen Kirschkuchen gebacken."

„Du weißt doch, dass ich tagsüber keine Süßigkeiten esse." Constance Connors scharfer Blick tastete das Wohnzimmer ihrer Tochter Millimeter für Millimeter ab. Als sie die zusammengerollte Katze unter dem Esstisch entdeckte, rümpfte sie die Nase. Tiere gehörten nicht in die Wohnung.

Die Stores waren zurückgezogen, sodass das Sonnenlicht ungebrochen durch die Fenster hereinfallen konnte. Die Polstermöbel waren leicht fadenscheinig, aber alles wirkte sehr gepflegt. Wie hätte es auch anders sein sollen? Schließlich hatte sie ihrer Tochter von Kindesbeinen an Ordnung eingebläut.

Ordnung war nach Gottesfurcht immerhin die zweitwichtigste Tugend im Leben.

Die bunten Kissen überall waren allerdings mehr als überflüssig. Viel zu auffallend. Mrs. Connors schnaubte missbilligend, als sie stocksteif auf einem der Stühle am Esstisch Platz nahm.

„Möchtest du ein Glas Eistee, Mama?“

„Ich kann es gut eine Stunde ohne irgendetwas zu trinken oder zu essen aushalten.“ Constance straffte die Schultern und stellte die Füße wie abgezirkelt nebeneinander auf den Boden, während sie die Handtasche in ihrem Schoß fest umklammerte. „Setz dich, Cassandra. Die Kinder sind in der Schule, wie ich sehe.“

„Ja. Es geht ihnen sehr gut. Sie werden etwa in einer Stunde hier sein. Ich hoffe, du bleibst so lange. Sie würden sich bestimmt freuen.“

„Ich bin deinetwegen gekommen.“ Sie ließ ihre Handtasche aufschnappen. Ihr Ehering war schmal und trug keinen Stein. Genauso glanzlos war die Ehe ihrer Eltern gewesen, erinnerte sich Cassie jetzt. Manchmal hatte sie schon den Verdacht gehabt, ihr Vater wäre nur gestorben, um endlich seiner Frau zu entkommen.

Cassie sagte nichts und wartete, bis ihre Mutter einen Umschlag hervorzog. Sie brauchte nicht erst einen Blick auf die Handschrift zu werfen, um zu wissen, von wem er kam.

„Das ist der letzte Brief, den mir dein Mann geschrieben hat. Er kam heute Morgen mit der Post.“ Constance streckte den Arm aus. „Hier. Ich möchte, dass du ihn liest.“

Cassie faltete die Hände in ihrem Schoß. „Nein."

Constance kniff die Augen zusammen und starrte ihre Tochter an. „Cassandra, du wirst jetzt auf der Stelle diesen Brief lesen."

„Nein, Mama. Das werde ich nicht. Er ist nicht mehr mein Mann."

Constances schmales, blasses Gesicht wurde rot vor Zorn. „Du hast ein Gelübde abgelegt vor Gott."

„Und ich habe es gebrochen." Es fiel ihr schwer, unglaublich schwer, Stimme und Hände ruhig zu halten und dem Blick ihrer Mutter nicht auszuweichen.

„Bist du darauf auch noch stolz? Du solltest dich schämen."

„Ich bin nicht stolz. Aber du bringst mich auch nicht dazu, es zu bereuen, Mama. Joe hat das Gelübde lange vor mir gebrochen."

Sie weigerte sich, den Brief, den ihr ihre Mutter noch immer hinhielt, zur Kenntnis zu nehmen, und schaute ihr unverwandt in die Augen.

„Liebe, Ehre und Vertrauen, Mama. Wie kann er mich geliebt haben, wenn er mich geschlagen hat? Hat er mich geehrt, wenn er mich mit Fausthieben eingedeckt hat? Oder wenn er mich vergewaltigt hat?"

„Ich verbiete dir, so über deinen Mann zu sprechen. Was fällt dir ein!"

„Ich bin damals, nachdem er mich so geschlagen

hatte, dass ich kaum mehr kriechen konnte, und meine Kinder außer sich waren vor Angst, zu dir gekommen, weil du der einzige Mensch warst, den ich hatte. Und du hast mich zurückgeschickt."

„Weil dein Platz zu Hause war. Du hattest die Pflicht, aus deiner Ehe das Beste zu machen."

„Ich habe zehn Jahre lang mit allen Mitteln versucht, das Beste daraus zu machen, und er hat mich fast umgebracht. Du hättest für mich da sein sollen, Mama. Du hättest zu mir halten sollen."

„Ich habe das getan, was richtig war." Constances Mund war nur noch eine dünne Linie. „Wenn du ihn gezwungen hast, dich zu disziplinieren, war das nicht …"

„Mich zu disziplinieren!" Obwohl seitdem schon eine lange Zeit vergangen war, war Cassie außer sich. Empört sprang sie auf. „Er hatte überhaupt kein Recht dazu, mich zu disziplinieren. Ich war seine Frau! Er hätte mich zu Tode diszipliniert, wenn ich nicht schließlich den Mut gefunden hätte, etwas dagegen, gegen ihn, zu unternehmen. Wärst du dann zufrieden gewesen, Mama? Dann hätte ich mein Gelübde gehalten. Bis dass der Tod euch scheidet."

„Du übertreibst maßlos. Und was früher war, ist vorbei. Er hat seine Fehler eingesehen. Es kam alles nur von seiner Trinkerei und von den Frauen, die ihn ständig in Versuchung geführt haben. Er bittet dich um Verzeihung und hofft, dass du bereit bist, dein Gelübde aufrechtzuerhalten, genau wie er es zu tun beabsichtigt."

„Ich verzeihe ihm aber nicht, und mich bekommt er auch nicht mehr. Wie kannst du verlangen, dass ich wieder zu ihm zurückgehe? Ich bin deine Tochter, dein einziges Kind. Du solltest auf meiner Seite sein." Aus Cassies Augen war alle Unsicherheit und Ängstlichkeit gewichen. Ihr Blick war hart wie Stahl. „Wie kannst du Partei ergreifen für einen Mann, der mich so unglücklich gemacht hat? Willst du denn nicht, dass ich glücklich bin?"

„Ich will, dass du einfach nur das tust, was von dir erwartet wird. Und ich erwarte, dass du tust, was man dir sagt, verstehst du das?"

„Ja, das war schon immer das Einzige, worum es dir ging. Warum, glaubst du wohl, habe ich geheiratet, Mama?" Cassie konnte es kaum glauben, dass es ihr Mund war, aus dem diese Worte sprudelten, aber sie konnte auch nichts dagegen tun. „Ich habe es nur deshalb getan, um endlich von dir wegzukommen, um dieses Haus, in dem nie jemand gelacht oder irgendwelche Gefühle gezeigt hat, endlich hinter mir lassen zu können."

„Du hast es zu Hause gut gehabt." Diesmal war es

Constances Stimme, die zitterte. „Und du hast eine anständige christliche Erziehung genossen."

„Nein, habe ich nicht. An einem Elternhaus ohne Liebe ist nichts Anständiges oder Christliches. Ich werde dafür sorgen, dass meine Kinder nicht so aufwachsen müssen, nicht mehr jedenfalls. Du bist meine Mutter, und ich will deine Gefühle respektieren, soweit ich kann. Alles, worum ich dich bitte, ist, dass du es umgekehrt genauso machst. Ich sage es dir ein für alle Mal: Ich will mit Joe nichts mehr zu tun haben. Nichts. Absolut gar nichts."

Constance erhob sich jetzt ebenfalls. „Hättest du vielleicht die Güte, mir zu verraten, was das heißen soll? Du redest wirres Zeug."

„Hör auf, ihm zu schreiben, Mama. Und auch dem Gefängnisdirektor."

„Ich denke ja überhaupt nicht daran."

„Dann bist du in meinem Haus nicht mehr willkommen, Mama. Wir haben uns nichts mehr zu sagen."

Constance glaubte ihren Ohren nicht trauen zu können. Sie starrte ihre Tochter fassungslos an. „Du musst den Verstand verloren haben."

„Oh nein, Mama. Ganz im Gegenteil. Ich scheine ihn erst vor noch nicht allzu langer Zeit gefunden zu haben. Leb wohl, Mutter."

Cassie ging entschlossen zur Tür und hielt sie auf. Sie versteifte sich, als Constance mit zusammengekniffenen Lippen an ihr vorbeiging. Erst nachdem sie die Tür geschlossen hatte, begann sie zu zittern.

Langsam, unsicheren Schrittes, wankte Cassie zum Tisch zurück und setzte sich. Sie legte die Arme fest um sich und wiegte den Oberkörper leise hin und her, um sich zu beruhigen.

So saß sie noch immer, als Devin zehn Minuten später an den Holzrahmen der Fliegengittertür klopfte. Da die Tür offen stand, konnte er sie sehen, sah, wie sich ihr Oberkörper hin- und herbewegte wie ein Schilfrohr im Wind.

Dieser Anblick war nicht neu für ihn. Genauso hatte sie damals dagesessen, in seinem Büro, als sie gekommen war, um gegen ihren Ehemann Anzeige zu erstatten.

Ohne einen Moment zu zögern, stieß er die Fliegengittertür auf und war schon mit ein paar langen Schritten bei ihr.

„Cassie."

Sie sprang auf. Als er die Hand nach ihr ausstreckte, wich sie zurück. „Ich … ich habe dich gar nicht raufkommen hören. Ich war … ich sollte …" In ihrem Kopf wirbelte alles wild durcheinander. Sie versuchte eine Ausrede zu finden, um ihm nicht erzählen zu müssen, was vorgefallen war. Wie immer. Blass vor Gram starrte sie ihn aus tränenumflorten Augen an. Dann riss sie sich zusammen. „Ich bringe dir ein Glas Eistee. Ich habe ihn gerade erst gemacht“, bot sie hastig an, drehte sich auf dem Absatz um und verschwand in die Küche, um zwei Gläser und den Glaskrug zu holen. „Ich habe auch Kirschkuchen“, rief sie ihm durch die offene Tür von der Küche aus zu. „Ganz frisch aus dem Backofen.“

Sie zuckte zusammen und wirbelte herum, als sich seine Hand auf ihre Schulter legte. Das gefüllte Glas rutschte ihr aus der Hand und zersplitterte mit einem lauten Krachen auf dem gekachelten Boden.

„Oh mein Gott, auch das noch.“ Plötzlich wurde ihr die Brust eng, und sie hatte das Gefühl, keine Luft mehr zu bekommen. Sie konnte nichts dagegen tun. „Ich muss … ich muss …“

„Lass“, sagte er, als sie Anstalten machte, sich zu bücken und die Scherben aufzusammeln. Er versuchte seine Stimme ganz ruhig zu halten. Als er ihr nun erneut die Hand auf die Schulter legte, bemerkte er, dass sie zitterte wie Espenlaub. Sie versuchte sich ihm zu entziehen. Diesmal nicht, war alles, was er denken konnte. Nein, nicht diesmal. „Komm her zu mir“, flüsterte er. „Bitte komm.“

Sobald sie in seinen Armen lag, brach der Damm. Sie lag schluchzend an seiner Schulter, und ihre heißen

Tränen durchnässten sein Hemd. Er küsste ihr Haar, streichelte ihren Rücken. „Sag's mir. Sag mir, was geschehen ist, damit ich dir helfen kann."

Sie stammelte, immer wieder von wilden Schluchzern unterbrochen, unzusammenhängende Worte, doch es dauerte nicht lange, bis er sich zumindest ansatzweise zusammenreimen konnte, was vorgefallen war. Heißer Zorn stieg in ihm auf, während er sie zurück ins Wohnzimmer führte, ihr beruhigend über den Kopf streichelte und ihre nassen Wangen küsste.

„Du hast getan, was du tun musstest. Und es war richtig."

„Aber sie ist doch meine Mutter." Cassie hob ihm ihr von Tränen verwüstetes Gesicht entgegen. „Ich habe sie weggeschickt. Ich habe meine Mutter weggeschickt."

„Und wer hat dich damals weggeschickt, Cass?"

Sie begann wieder zu schluchzen. „Es war aber nicht recht."

„Lassen Sie meine Mutter los!" Die Tür flog auf, und Connor kam ins Zimmer gestürmt. Seine Hände waren zu Fäusten geballt, und sein Gesicht war rot vor Zorn. Alles, was er sah, war ein Mann, der seine Mutter festhielt. Und seine Mutter weinte. Ein Bild, das er zu oft in seinem Leben gesehen hatte. „Wenn Sie sie nicht sofort loslassen, bringe ich Sie um!"

„Connor!“ Cassie hatte sich aus Devins Armen befreit und starrte jetzt schockiert ihren Sohn an. War das ihr kleiner sanftmütiger Junge, der keiner Fliege etwas zu Leide tun konnte? Als ihr Blick zur Tür flog, sah sie Emma, die Augen angstvoll aufgerissen. „Sprich nicht so mit Sheriff MacKade.“

Doch Connor hörte überhaupt nicht zu. Seine Augen schleuderten Blitze, als er einen Schritt auf Devin zumachte. „Wagen Sie es nicht noch einmal, meine Mutter anzufassen.“

Devin hob nur ganz leicht eine Augenbraue und ließ seine Arme fallen.

„Ich habe dir gesagt, dass du nicht so mit ihm sprechen sollst“, wiederholte Cassie.

„Er hat dir wehgetan. Er hat dich zum Weinen gebracht.“ Connor bleckte die Zähne, ein zehnjähriger Krieger. „Er soll gehen.“

„Er hat mir nicht wehgetan.“ Obwohl sie noch immer zitterte, trat Cassie zwischen die beiden. „Ich war außer mir – Grandma hat mich so aufgeregt – und Sheriff MacKade hat versucht, mich zu trösten. Ich will, dass du dich augenblicklich bei ihm entschuldigst.“

Devin sah, wie die Arme des Jungen herabsanken und sich der Zorn in seinem Gesicht in Beschämung wandelte. Connor nicht aus den Augen lassend, legte er Cassie eine Hand auf die Schulter.

„Ich möchte mit Connor sprechen. Allein. Ich denke, wir müssen einiges klären.“ Er drückte kurz Cassies Schulter. „Cassie, ich glaube, ich habe das Baby weinen gehört. Wollt ihr beide, Emma und du, nicht mal nach ihm schauen?“

„Oh, mein Gott, Nate. Ich habe ihn ganz vergessen.“ Mit ihrer Beherrschung am Ende, fuhr Cassie sich mit der Hand durchs Haar.

„Na, geh schon“, sagte Devin und gab ihr einen sanften Schubs. „Con und ich werden einen kleinen Spaziergang machen.“

„Okay. Komm, Emma, Nate weint.“ Sie holte tief Atem und hielt ihrer Tochter, die mittlerweile hereingekommen war, die Hand hin. „Und von dir erwarte ich, dass du dich entschuldigst, Connor, hast du mich verstanden?“

„Ja, Mom.“ Auf seine Schuhspitzen starrend, folgte Connor Devin nach draußen.

Er wusste genau, was jetzt kam. Die unvermeidliche Tracht Prügel. Sein Vater hatte ihn auch immer zu einem Spaziergang aufgefordert, und dann hatte er ihm, weit weg vom Haus, sodass seine Mutter seine Schreie nicht hören konnte, mit seinem Gürtel den blanken Hintern versohlt. Und diesmal würde es wieder genauso kommen. Nichts hatte sich verändert, alles war ebenso wie früher.

Schweigend gingen sie den Waldweg entlang. Weil er wusste, dass es mehr Zeit brauchen würde, um das Vertrauen des Jungen zu erwerben, widerstand Devin dem Drang, seinen Arm um Connors Schultern zu legen. Als sie an die Stelle kamen, an der im Bürgerkrieg zwei blutjunge Soldaten aufeinander geschossen hatten, blieb er stehen.

Er ließ sich auf einem Felsen nieder und bedeutete dem Jungen, der mit angespanntem, weißem Gesicht und trotzig gerecktem Kinn dastand, sich ebenfalls zu setzen. Zögernd folgte Connor der Aufforderung.

„Ich bin sehr stolz auf dich, Connor."

Der Kopf des Jungen zuckte hoch. Diese Worte waren das Letzte, was er zu hören erwartet hatte. „Wie bitte, Sir?"

Devin kramte in seiner Hosentasche nach dem Zigarettenpäckchen. „Ich muss dir sagen, dass ich sehr erleichtert bin", fuhr er fort, nachdem er sich Feuer gegeben und den ersten Zug tief inhaliert hatte. „Ich mache mir ziemliche Sorgen um deine Mutter. Sie hat eine böse Zeit hinter sich. Aber jetzt, wo ich weiß, dass du ein Auge auf sie hast, bin ich um einiges beruhigter."

Connor war viel zu verwirrt, um so etwas wie Stolz empfinden zu können. Er starrte Devin verständnislos an, die Augen noch immer wachsam. „Ich ... ich war unverschämt zu Ihnen."

„Finde ich nicht."

„Sie werden mich also nicht schlagen?"

Devin, der eben die Zigarette zum Mund führen wollte, hielt auf halbem Wege inne. Dann sank seine Hand ganz langsam herab, und er ließ die Zigarette zu Boden fallen, wo er sie unter seinem Stiefelabsatz zerquetschte. So wie er Joe Dolin zerquetscht hätte, wenn er ihm in diesem Moment zwischen die Finger gekommen wäre.

„Ich würde nie im Leben meine Hand gegen dich erheben, mein Junge. Weder heute noch morgen." Er sprach ruhig und überlegt und ließ Connor dabei nicht aus den Augen. „Ebenso wenig wie gegen deine Mama oder gegen deine Schwester." Er streckte jetzt die Hand aus und wartete. „Ich gebe dir mein Wort, Connor", fuhr er fort. „Ich würde mich freuen, wenn du einschlagen würdest."

Sprachlos griff der Junge nach der dargebotenen Hand. „Ja, Sir."

Devin drückte Connors Hand kurz und zog den Jungen ein Stückchen an sich. Und grinste. „Du hättest dich nicht gescheut, mir einen Kinnhaken zu verpassen, wie?"

„Zumindest hätte ich es versucht." Die Gefühle, die plötzlich in Connor hochstiegen, erschreckten ihn. Vor allem aber hatte er Angst, dass er gleich losheulen würde wie ein Baby. „Früher habe ich ihr nie geholfen. Ich habe einfach dabeigestanden und nichts unternommen."

„Das war nicht deine Schuld, Connor."

„Ich habe nichts unternommen", wiederholte er tonlos. „Er hat sie ständig geschlagen, Sheriff, fast jeden Tag."

„Ich weiß."

„Nein, das können Sie gar nicht wissen. Sie haben es doch nur erfahren, wenn er sternhagelvoll war und so laut herumgebrüllt hat, dass die Nachbarn die Polizei gerufen haben. Aber da war noch mehr. Es war schlimm."

Devin nickte. Er verstand. Was passiert war, war passiert, jetzt konnte man nur noch zusehen, dass man den Schaden möglichst gering hielt. „Er hat dich auch geschlagen, stimmt's?" tastete er sich nach einem Moment des Schweigens behutsam vor.

„Ja, aber sie weiß nichts davon." Plötzlich war alle Tapferkeit vergessen, Connor warf sich an Devins Brust und presste das Gesicht gegen seine Schulter. „Er hat es gemacht, wenn sie nicht dabei war", flüsterte er.

Wieder stieg rasender Zorn in Devin auf, ein Zorn, auf den er nicht vorbereitet war und den er kaum in Zaum halten konnte. Er drückte den Jungen beruhigend an sich. „Und Emma? Hat er deine Schwester auch geschlagen?“

„Nein, Sir.“ Connor machte sich von Devin los und versuchte seine Fassung wiederzufinden. „Emma hat er meistens überhaupt nicht beachtet, weil sie ja nur ein Mädchen war. Aber erzählen Sie bitte Mama nichts davon, dass er mich geschlagen hat. Dann würde sie sich nur noch viel schlechter fühlen.“

„Nein, ich sag nichts.“

„Ich hasse ihn so sehr. Am liebsten würde ich ihn umbringen.“

„Das kann ich gut nachfühlen.“ Als der Junge nur schweigend den Kopf schüttelte, nahm Devin seine Hand und schaute ihm tief in die Augen. „Doch, glaub mir, ich kann es. Ich will dir was sagen: Ich habe mich früher sehr viel geprügelt.“

„Ich weiß, ich habe davon gehört.“ Connor schniefte, war jedoch heilfroh, dass es ihm bisher wenigstens gelungen war, die Tränen zurückzuhalten. „Die Leute reden heute noch darüber.“

„Ja, ich weiß. Früher hat es mir gefallen, wenn sie sich das Maul über mich und meine Brüder zerrissen haben, und es gab eine Menge Leute, mit denen ich glaubte, eine Rechnung begleichen zu müssen. Manchmal hatte ich auch wirklich guten Grund dazu, manchmal aber auch nicht. Doch wie auch immer, mit der Zeit habe ich gelernt, mich etwas zurückzunehmen. Das ist wichtig, weißt du. Man muss einen Schritt zurücktreten und sich das Bild von etwas weiter entfernt ansehen. Und wenn du jetzt glaubst, deinen Vater …"

„Nennen Sie ihn nicht so", fiel ihm Connor hitzig ins Wort, was ihn gleich darauf zum Erröten brachte. „Sir."

„Gut, also du glaubst, es deinem Vater heimzahlen zu müssen. Damit hast du nicht Unrecht, du hast allen Grund dazu. Doch lass uns einen Schritt zurücktreten und uns die Dinge in Ruhe betrachten. Joe Dolin hat sich im Sinne des Gesetzes schuldig gemacht und ist dafür bestraft worden. Mehr kann man nicht verlangen."

„Aber ich werde es nicht zulassen, dass er oder irgendein anderer meiner Mutter noch mal wehtut."

„Da hast du mich ganz auf deiner Seite." Das finster entschlossene Gesicht des Jungen musternd, entschied Devin, dass Connor es verdiente, die Wahrheit über das, was vorgefallen war, zu erfahren. „Willst du wissen, was vorhin los war?"

„Ja, Sir."

„Deine Grandma hat deine Mama heute Vormittag total aus der Fassung gebracht."

„Sie will, dass Mama sich wieder mit ihm versöhnt, aber das werde ich nie zulassen."

„Deine Mama denkt genauso. Und das war der Grund, weshalb sie deine Großmutter schließlich aus dem Haus gewiesen hat. Das war hart für sie, Connor, wirklich hart, verstehst du? Aber sie hat es dennoch getan."

„Und Sie haben ihr geholfen. Es tut mir wirklich schrecklich leid ..."

„Du brauchst dich nicht zu entschuldigen", fiel Devin ihm rasch ins Wort. „Ich weiß, dass Cassie dieser Meinung ist, aber wir beide wissen es besser. Du hast vollkommen richtig gehandelt, Connor. Ich hätte es an deiner Stelle genauso gemacht."

Ein größeres Lob hätte Connor nicht zuteil werden können. Er hatte so gehandelt, wie der Sheriff in seiner Situation auch gehandelt hätte. „Ich bin sehr froh, dass Sie ihr helfen wollen. Ich werde alles tun, was Sie von mir verlangen."

Dieser Vertrauensbeweis wog für Devin schwerer als Gold. „Ich muss dir noch sagen, dass Joe zurzeit mit einem Straßenreinigungskommando tagsüber Freigang hat."

Connors Gesicht spannte sich an. „Ich hab schon davon gehört. Schulkameraden haben es mir erzählt."

„Es gibt zwar keinen besonderen Grund zur Beunruhigung, aber ich möchte dich trotzdem bitten, die Augen offenzuhalten. Es kann nie schaden. Du bist hell im Kopf und hast ein gutes Beobachtungsvermögen. Das ist der Grund, weshalb du so gute Geschichten schreibst."

Connor fühlte sich angesichts dieses Lobs sichtlich unbehaglich, aber er gab dennoch unumwunden zu: „Ich schreibe gern."

„Ich weiß. Du hast den richtigen Blick auf die Dinge, weißt, worauf man achten muss. Und das ist der Grund dafür, weshalb ich dich bitte, auf deine Familie aufzupassen. Ich möchte, dass du mir sofort Bescheid sagst, wenn dir irgendetwas Ungewöhnliches auffällt, versprichst du mir das?"

„Ja, Sir."

„Sag mal, musst du mich eigentlich dauernd Sir nennen? Es macht mich ganz nervös, ehrlich."

Connor wurde wieder rot, dann grinste er. „Irgendwie schon, Sir. Es ist wie eine Spielregel."

„So. Findest du." Devin beschloss, die Angelegenheit fürs Erste ruhen zu lassen. Es gab im Moment Wichtigeres. „Jeder Mann wäre stolz darauf, dich zum Sohn zu haben, Connor, ist dir das eigentlich klar?"

„Ich will aber nie mehr im Leben einen Vater."

Die Hand, die er gehoben hatte, um sie auf Connors Schulter zu legen, blieb in der Luft hängen. Devin schluckte einen Fluch hinunter und befahl sich, ganz ruhig zu bleiben. „Dann lass uns sagen, dass jeder Mann stolz darauf sein würde, dich als Freund zu haben, einverstanden?“

„Ja, Sir.“

Da waren sie wieder, diese Augen, die ihn so vertrauensvoll anblickten. „Und jetzt geh zurück, sonst macht sich deine Mama womöglich noch Sorgen, dass du mich zusammengeschlagen hast.“ Als Connor angesichts dieser Vorstellung zu kichern begann, rubbelte Devin ihm das Haar. „Also geh nach Hause und erzähl ihr, dass wir uns geeinigt haben, klar? Ich komme später irgendwann vorbei und spreche auch noch mal mit ihr.“

„Ja, Sir.“ Connor erhob sich und blieb noch einen Moment unschlüssig stehen. Ganz offensichtlich hatte er noch etwas auf dem Herzen, was ihm nicht ganz leicht über die Lippen gehen wollte, doch schließlich gab er sich einen Ruck. „Kann ich irgendwann mal bei Ihnen im Büro vorbeikommen und Ihnen ein bisschen bei der Arbeit zusehen?“

„Sicher.“

„Ich pass schon auf, dass ich nicht im Weg herumstehe. Es ist nur, weil … weil…“ Connor stolperte über seine eigenen Worte und unterbrach sich. „Ich kann also?“

„Sicher kannst du. Jederzeit. Aber meistens ist es ziemlich langweilig, das sag ich dir gleich.“

„Das kann nicht sein“, widersprach Connor entschieden. „Vielen Dank, Sheriff. Für alles.“

Devin sah dem Jungen hinterher, wie er davonrannte. Ganz kurz flammte der Wunsch nach einer Zigarette in ihm auf, doch dann fiel ihm ein, dass er das Rauchen aufgegeben hatte und nur noch in Ausnahmesituationen zum Glimmstängel griff.

Connor wollte keinen Vater mehr, das machte seinen Plan, Cassie zu erobern und den beiden Kindern ein guter Vater zu sein, um einiges schwieriger. Aber er würde es schaffen, er musste nur ganz behutsam vorgehen, Schritt für Schritt.

Und der erste Schritt war natürlich Cassie. Wenn er vorsichtig genug vorging, würde sie vielleicht alle anderen Schritte mit ihm gemeinsam machen.

6. KAPITEL

Eigentlich war heute Devins freier Tag, aber er verbrachte dennoch am Morgen zwei Stunden damit, an der Highschool, wo die Jungen in den Umkleideraum der Mädchen eine harmlose Rauchbombe geworfen hatten, für Ruhe und Ordnung zu sorgen.

Nachdem alles wieder unter Kontrolle war und er den jugendlichen Bombenbastlern einen gehörigen Rüffel erteilt hatte, fuhr er auf geradem Weg zum Inn.

Er hatte eine Überraschung für Cassie – eine Überraschung, von der er hoffte, dass sie sie zum Lächeln bringen würde.

Als er ankam, fand er sie in ein Gespräch mit zwei weißhaarigen alten Damen verwickelt, die, wie er heraushörte, ohne Voranmeldung hereingeschneit waren und sich nun in aller Ausführlichkeit über die Geschichte des Hauses informierten.

Devin lehnte sich gegen den Türrahmen, beobachtete Cassie und schmunzelte. Sie macht ihre Sache gut, das kann man nicht anders sagen, dachte er.

„Mrs. Berman, Mrs. Cox, darf ich vorstellen, das ist Sheriff MacKade."

„Sheriff." Mrs. Cox rückte ihre Brille gerade und

strahlte ihn durch die Gläser hindurch an. „Oh, wie aufregend."

„Antietam ist ein ruhiges Städtchen", gab er zurück. „Auf jeden Fall um einiges ruhiger als im September 1862." Cassie hatte eben von der großen Schlacht erzählt, die damals hier stattgefunden hatte. „Darf ich Sie darauf aufmerksam machen, dass Sie genau an der Stelle stehen, wo damals ein junger Soldat erschossen wurde?"

„Oh, mein Gott!" Mrs. Cox griff sich ans Herz. „Hast du das gehört, Irma?"

„Mit meinen Ohren ist noch alles in Ordnung, Marge." Mrs. Berman beäugte die Treppe, als würde sie erwarten, dort noch immer eine Blutlache vorzufinden. „Mrs. Dolin hat uns gerade eine kleine Unterrichtsstunde in Geschichte erteilt. Wir haben uns entschieden, hier Station zu machen, nachdem wir in einer Broschüre entdeckt haben, dass es in diesem Haus spukt."

„Ja, Ma'am. Das tut es."

„Sheriff MacKade ist einer der Brüder des Besitzers", erklärte Cassie. „Er kann Ihnen wahrscheinlich noch einiges mehr erzählen als ich."

„Ach nein, das glaube ich nicht", entgegnete Devin. „Sie müssen wissen, dass Mrs. Dolin im Gegensatz zu mir nämlich tagtäglich mit den Gespenstern zusammenwohnt. Erzähl ihnen doch noch die Geschichte von den beiden Soldaten, Cassie.“

Obwohl sie die Geschichte mehrmals pro Woche vortrug, hatte Cassie plötzlich Mühe, sich in Devins Gegenwart nicht gehemmt zu fühlen. Sie faltete die Hände über ihrer Schürze und holte tief Luft.

„Zwei junge Soldaten“, begann sie dann, „verloren während der Schlacht bei Antietam den Anschluss an ihr jeweiliges Heer und irrten in den Wäldern, die direkt hinter dem Inn liegen, herum. Die Meinungen darüber, ob sie versuchten, wieder Anschluss an ihre Truppe zu finden, oder ob sie die Absicht hatten zu desertieren, sind geteilt. Man weiß es offensichtlich nicht genau. Natürlich hörten sie das Geschützfeuer, aber sie wagten sich nicht vor, weil sie nicht wussten, bei welchem Heer sie landen würden, und Angst hatten, in die gegnerischen Linien zu geraten. Irgendwann trafen sie aufeinander – Feinde, wie sie auf den ersten Blick bemerkten, denn der eine trug eine blaue Uniform und der andere eine graue.“

„Die armen Jungen“, murmelte Mrs. Berman.

„Sie schossen aufeinander, verwundeten sich gegenseitig und krochen schließlich schwer verletzt in entgegengesetzte Richtungen davon. Der eine, der Konföderierte, schaffte es bis zu diesem Haus. Man erzählt sich, er habe geglaubt, nach Hause zu kommen, denn alles, was er sich ersehnte, war, sicher im Schoß seiner Familie zu sein. Einer der Sklaven fand ihn draußen im Garten und schleppte ihn schließlich ins Haus. Die Hausherrin war eine Südstaatenlady. Sie hieß Abigail, Abigail O'Brian Barlow, und hatte einen reichen Yankee geheiratet, einen Mann, den sie nicht liebte. Aber sie fühlte sich natürlich an ihr Ehegelübde gebunden."

Devin hob eine Augenbraue. Das war eine neue Wendung der Geschichte, die er seit seiner Kindheit kannte.

„Als ihr Blick auf den Jungen fiel, fühlte sie sich an ihre eigene Jugend und an ihr Zuhause erinnert. Ihr Herz floss über vor Mitleid mit ihm, und sie ordnete an, ihn die Treppe hinaufzutragen, wo sie beabsichtigte, seine Wunden zu versorgen. Sie sprach mit ihm, hielt seine Hand und versicherte ihm, dass alles gut werden würde, während zwei Sklaven ihn diese Treppe hier hinaufschleppten. Sie wusste, dass sie nie mehr in ihr Zuhause zurückkehren würde, aber sie wollte dafür sorgen, dass zumindest der Junge wieder heimkehren konnte. Der Krieg hatte sich mittlerweile in seiner ganzen Grausamkeit gezeigt, ein sinnloser Kampf und sinnloser Schmerz, genau wie ihre Ehe. Abigail glaubte, wenn sie diesem armen Jungen helfen könnte zu überleben, dann hätte ihr eigenes Leben zumindest einen Sinn erfüllt."

Mrs. Cox kramte Papiertücher aus ihrer Handtasche, reichte eins davon ihrer Schwester und putzte sich geräuschvoll die Nase.

„Und dann kam ihr Mann die Treppe herunter“, fuhr Cassie fort. „Sie liebte ihn nicht, aber sie hasste ihn auch nicht, sie zollte ihm Respekt und gehorchte dem Mann, den sie geheiratet hatte, dem Vater ihrer Kinder. Er hatte ein Gewehr bei sich, und sie sah die Mordlust in seinen Augen. Sie schrie ihn an, nicht zu tun, was er zu tun beabsichtigte, sie bettelte. Die Hand des Jungen lag in ihrer, sein Blick war auf ihr Gesicht geheftet, und wenn sie den Mut gehabt hätte, hätte sie sich über ihn geworfen, um ihn mit ihrem eigenen Körper zu schützen.“

Nun war es Cassie, die auf die Stufen schaute und seufzte. „Aber so viel Mut brachte sie nicht auf. Ihr Mann feuerte sein Gewehr ab und tötete ihn. Abigail hielt die ganze Zeit über seine Hand. Er starb hier, dieser junge Soldat, an dieser Stelle. Und sie starb mit ihm. Ihr Herz starb. Seitdem sprach sie mit ihrem Mann nie mehr ein Wort und begann ihn zu hassen. Sie trauerte so lange, bis sie zwei Jahre später verschied. Und noch heute kann man oft, sehr oft, den Duft der Rosen, die sie liebte, in diesem Haus riechen und ihr Weinen hören.“

„Oh, was für eine traurige Geschichte.“ Mrs. Cox

betupfte sich die Augen. „Irma, hast du jemals eine so traurige Geschichte gehört?"

Mrs. Berman schniefte. „Sie hätte besser das Gewehr genommen und diesen Dreckskerl erschossen."

„Ja." Cassie lächelte leise. „Vielleicht ist das der Grund, weshalb sie noch immer weint." Sie schüttelte die beklommene Stimmung, die die Geschichte jedes Mal von neuem in ihr erzeugte, ab und geleitete die beiden alten Damen die letzten Stufen hinunter. „Wenn Sie möchten, können Sie es sich jetzt im Salon gemütlich machen, und ich werde Ihnen die versprochene Tasse Tee bringen."

„Das wäre furchtbar lieb." Mrs. Cox schniefte noch immer. „So ein herrliches Haus. Und was für ausgesucht schöne Möbel."

„Sie stammen alle aus dem ‚Past Times', dem Antiquitätengeschäft von Mrs. MacKade in der Main Street. Wenn Sie Zeit haben, können Sie irgendwann dorthin gehen und ein bisschen herumstöbern. Mrs. MacKade hat wirklich wundervolle Sachen, und alle Gäste des Inns bekommen zehn Prozent Rabatt."

„Zehn Prozent", murmelte Mrs. Berman und beäugte einen schön geschwungenen Garderobenständer.

„Devin, möchtest du auch eine Tasse Tee?"

Er hatte Mühe, in die Gegenwart zurückzufinden.

Er fragte sich gerade, ob Connor seine Fantasie wohl von seiner Mutter geerbt hatte.

„Ein andermal. Ich habe draußen im Auto einige Sachen für oben. Für deine Wohnung."

„Oh."

„Ladys, es war mir ein Vergnügen. Ich wünsche Ihnen noch einen angenehmen Aufenthalt hier und viel Spaß."

„Was für ein gut aussehender Mann", schwärmte Mrs. Cox, nachdem Devin hinausgegangen war, und presste die Hand auf ihr Herz. „Du lieber Gott, Irma, sag doch, hast du jemals einen so gut aussehenden jungen Mann gesehen?"

Doch Mrs. Berman war bereits damit beschäftigt, den antiken Tisch im Salon genauestens in Augenschein zu nehmen.

Nachdem Cassie die Damen im Salon mit Tee versorgt hatte, glaubte sie vor Neugier jeden Moment sterben zu müssen. Eigentlich hatte sie gar keine Zeit, nach oben in ihre Wohnung zu gehen, aber schließlich machte sie sich – mit schlechtem Gewissen natürlich – doch auf den Weg.

Plötzlich blieb sie überrascht stehen. Devin stand von Sonnenschein übergossen auf ihrer Veranda und setzte gerade eine Schaukel zusammen.

„Ist der perfekte Platz für sie, hier in der Sonne, findest du nicht auch?“

„Ja, wirklich. Rafe hat gar nichts gesagt, dass er hier eine Schaukel anbringen lassen will.“

„Er weiß überhaupt nichts davon. Ich wollte es.“ Als er sah, dass ihr Gesicht einen besorgten Ausdruck annahm, fuhr er fort: „Mach dir keine Gedanken, ich bringe es ihm schon bei. Er hat sicher nichts dagegen.“ Er grinste. „Ich fand, es sei eine gute Art, ab und zu ein paar Stunden mit dir an einem schönen Nachmittag zu verbringen. Und wir könnten uns zum Beispiel jetzt zusammen draufsetzen, und du küsst mich noch mal, was hältst du davon?“

„Oh.“

„Du hast doch selbst gesagt, es würde dir nichts ausmachen.“

„Nein ... Ja ...“ Da war es wieder, das Flattern in ihrem Bauch. „Musst du denn nicht arbeiten?“

„Ich habe heute frei. Irgendwie zumindest.“ Er umschloss ihre Hand. „Du siehst wunderhübsch aus heute, Cassie.“

Automatisch strich sie ihre Schürze glatt. „Ich habe noch nicht mal meine Schürze ausgezogen. Ich war eben beim Saubermachen.“

„Wirklich hübsch“, murmelte er, zog sie zu sich heran und drückte sie neben sich auf die Schaukel.

„Vielleicht sollte ich uns was zu trinken holen.“ Sie wollte schon aufstehen, doch er hielt sie fest.

„Irgendwann wirst du’s schon noch mal spitzkriegen, dass ich nicht herkomme, damit du mir kalte Drinks servierst.“

„Connor hat erzählt, dass du dir Sorgen um mich machst. Aber das ist unnötig. Ich hatte allerdings gehofft, dass du bald mal vorbeikommst, weil ich dir dafür danken wollte, was du für Connor getan hast. Wie du ihn behandelt hast, meine ich. Ich glaube, es hat ihm sehr gut getan, weißt du.“

„Ich habe doch gar nichts gemacht. Was er bekommen hat, hat er verdient. Connor ist wirklich ein prima Junge, Cassie.“

„Ich weiß.“ Sie holte tief Atem und entspannte sich gerade genug, um sich anlehnen zu können. Die Schaukel schwang in einem sanften Rhythmus vor und zurück, vor und zurück. Cassies Mundwinkel bogen sich nach oben, einen Moment später lachte sie.

„Was ist so lustig?“

„Ach, ich weiß nicht. Wahrscheinlich nur, weil wir hier auf einer Schaukel sitzen wie Teenager.“

„Nun, wenn du jetzt sechzehn wärst, wäre das mein nächster Schritt.“ Er hob seinen Arm und legte ihn ihr beiläufig um die Schulter. „Sehr subtil, ha, ha.“

Sie lachte wieder und wandte ihm ihr Gesicht zu.

„Als ich sechzehn war, warst du aber alles andere als subtil. Oder war es nur ein Gerücht, dass du mit den Mädels immer in den Steinbruch …“

Ein Kuss war der beste Weg, ihr das Wort abzuschneiden. Er küsste sie sanft, so sanft, und genoss das leise Beben, das ihren Körper durchlief, in vollen Zügen.

„Na ja, vielleicht nicht ganz so subtil“, knüpfte er wieder da an, wo sie aufgehört hatten, nachdem er seine Lippen von ihren gelöst hatte. „Hast du Lust, mit mir in den Steinbruch zu gehen?“ Als sie zu stottern begann, lachte er. „Na, dann eben ein andermal. Für heute gebe ich mich mit einem Kuss zufrieden.“

Wäre sie eine andere gewesen, hätte er sich möglicherweise über den konzentrierten Ausdruck, der sich jetzt auf ihrem Gesicht ausbreitete, amüsiert. Doch da sie die war, die sie war, ging ihm die Art, wie sie ihm mit äußerstem Bedacht ihre Lippen entgegenhob und sie dann, den Bruchteil einer Sekunde zögernd, auf seinen Mund drückte, zutiefst zu Herzen.

„Entspann dich“, flüsterte er gegen ihren Mund. „Stell deinen Verstand mal für eine Minute ab, ja? Meinst du, das gelingt dir?“

„Ich …“ Sie brauchte ihn nicht abzustellen, er stellte sich ganz von selbst ab, als seine Zunge zärtlich begann, die ihre zu liebkosen, und seine Hände anfingen, ihre Seiten zu streicheln, auf erregende Weise immer ganz knapp an ihren Brüsten vorbei.

„Ich schmeck dich so gerne." Er küsste ihre Schläfen, ihre Augen, dann wieder ihre Lippen. „Ich träume davon."

„Du hast von mir geträumt?"

„Schon mein halbes Leben. So wie jetzt wollte ich dich schon seit vielen, vielen Jahren in den Armen halten. Für immer."

Seine Worte zerrissen den feinen Schleier, der sich jedes Mal über ihr Bewusstsein senkte, wenn er sie küsste. „Aber …"

„Du warst verheiratet." Seine Lippen wanderten an ihrer Wange hinunter. „Ich habe nicht schnell genug geschaltet. Joe hat dich mir vor der Nase weggeschnappt. An dem Tag, an dem ihr geheiratet habt, habe ich mich sinnlos betrunken. Ich wusste nicht, was ich sonst hätte tun können. Am liebsten hätte ich ihn umgebracht, aber dann dachte ich mir, wenn du ihn geheiratet hast, musst du ihn wohl auch mögen. So war das."

Er konnte anscheinend nicht aufhören. „Ich habe dich so sehr geliebt, dass ich manchmal glaubte, sterben zu müssen. Ich bildete mir ein, dass ich einfach irgendwann umkippen und tot sein würde, verstehst du, was ich meine?"

Erschrocken machte sie sich von ihm los. „Sag doch so was nicht."

Obwohl er das Gefühl hatte, schon viel zu viel preisgegeben zu haben, konnte er sich jetzt nicht mehr bremsen. Nun musste er das, was er begonnen hatte, auch zu Ende führen. „Ich liebe dich seit mehr als zwölf Jahren, Cassandra. Ich habe dich geliebt, als du mit einem anderen Mann verheiratet warst und als deine Kinder kamen. Ich liebte dich, als ich sah, dass Joe dich quälte, und konnte nichts anderes tun, als dir einen Weg aufzuzeigen, aus dieser Hölle herauszukommen. Und ich liebe dich auch jetzt."

Aus alter Gewohnheit erhob sie sich hastig und schlang ihre Arme um sich. „Das ist unmöglich, Devin ... wie kannst du ...."

„Sag mir nicht, was ich fühle." Der Ärger, der plötzlich in seinem Ton lag, veranlasste sie, erschrocken einen Schritt zurückzuweichen. Er stand ebenfalls auf und kam auf sie zu. „Und hör auf, Angst vor mir zu haben, nur weil ich ein bisschen die Stimme erhebe. Ich kann nicht sein, was ich nicht bin, selbst für dich nicht. Aber ich bin nicht Joe Dolin, kapierst du? Ich würde dich niemals schlagen."

„Ich weiß das." Sie ließ die Arme fallen. „Ich weiß es wirklich, Devin." Sie sah, dass er mit aller Mühe sein Temperament zu zügeln versuchte. „Ich will nicht, dass du dich über mich ärgerst, Devin, aber ich weiß nicht, was ich zu dir sagen soll."

„Scheint so, als hätte ich schon alles gesagt, was es zu sagen gibt." Er begann auf der Veranda hin und her zu laufen, die Hände tief in den Taschen seiner Jeans versenkt. „Normalerweise gehe ich die Dinge langsam an und durchdenke sie gut, aber im Moment kann ich nicht mehr. Ich habe gesagt, was ich zu sagen hatte, Cass, und ich kann – will es nicht zurücknehmen. Jetzt ist es an dir zu entscheiden."

„Entscheiden?" Verwirrt hob sie die Hände und ließ sie gleich darauf wieder sinken. „Du willst mir erzählen, dass ein Mann wie du mir die ganzen Jahre über tiefe Gefühle entgegengebracht hat, ohne auch nur ein einziges Mal den Versuch zu unternehmen, sich zu erklären? Nicht ein Mal in all der Zeit?"

„Was zum Teufel hätte ich denn tun sollen? Du warst ja verheiratet. Du hattest deine Wahl getroffen, und die ist eben nicht auf mich gefallen."

„Ich wusste ja gar nicht, dass ich eine Wahl hatte."

„Mein Fehler", gab er bitter zurück. „Und jetzt habe ich den nächsten gemacht, weil du noch nicht bereit bist oder nicht bereit sein willst. Oder weil du mich vielleicht gar nicht willst."

„Ich ..." Sie hob ihre Hände und legte sie an ihre Wangen. Sie hätte beim besten Willen im Moment nicht sagen können, welche der Alternativen, die er aufgezählt hatte, zutraf. Oder ob vielleicht alles in Wirklichkeit ganz anders war. „Ich bin ganz durcheinander. Ich kann nicht denken. Du bist für mich immer ein Freund gewesen. Und, nun, der Sheriff eben, der Mann, der mir geholfen hat, und ich bin dir dankbar …"

„Wage es nicht, so etwas noch mal zu mir zu sagen." Devin spie die Worte förmlich heraus und war zu erregt, um zu bemerken, dass sie weiß wurde wie ein Bettlaken. „Verdammt noch mal, ich will nicht, dass du mir dankbar bist. Du bist doch für mich kein Sozialfall. Das habe ich nicht verdient."

„Ich wollte doch nicht … Devin, es tut mir leid. Wirklich, es tut mir schrecklich leid."

„Zur Hölle mit deinen ewigen Entschuldigungen", wütete er. „Und zur Hölle mit deiner Dankbarkeit. Wenn du glaubst, jemandem Dankbarkeit zu schulden dafür, dass er diesen Schweinehund, der dich tagtäglich verprügelt hat, eingelocht hat, dann wende dich tunlichst an meine Dienstmarke, nicht an mich. Denn wenn es nach mir gegangen wäre, dann hätte ich …" Er schluckte das, was er noch sagen wollte, hinunter und starrte sie zornig an. Sein Blick traf sie mitten ins Herz. „Ach, das willst du ja gar nicht wissen. Alles, was du von mir willst, ist, dass ich ständig mit gesenkter

Stimme spreche, meine Gefühle vor dir verstecke und meine Hände bei mir lasse."

„Nein, das ist nicht ..."

„Es macht dir nichts aus, wenn ich dich küsse, und wenn doch, dann sagst du dir, dass es das Mindeste ist, was du für mich tun kannst, weil du mir ja so dankbar bist."

Sie zuckte zusammen, einen Moment später straffte sie die Schultern. „Das ist nicht fair."

„Ich habe die Schnauze voll davon, fair zu sein. Und ich habe die Schnauze voll davon, auf dich zu warten. Ich habe die Schnauze voll davon, unglücklich verliebt zu sein. Es reicht mir, verstehst du? Zum Teufel damit."

Er ging an ihr vorbei und war schon auf halber Treppe, ehe es ihr gelang, sich aus ihrer Erstarrung zu reißen. Sie rannte hinter ihm her. „Devin. Devin, bitte, geh nicht so fort. Lass mich dir ..."

Er schüttelte wild ihre Hand ab, die sie ihm auf die Schulter gelegt hatte, und wirbelte herum. „Lass mich in Ruhe jetzt, Cass. Ich weiß doch genau, dass du willst, dass ich gehe."

Sie kannte diesen Blick, aber sie hätte niemals erwartet, ihn in seinen Augen zu entdecken. Es war der Blick eines Mannes, der außer sich war vor Zorn. Sie hatte allen Grund, ihn zu fürchten. Ihr Magen krampfte sich schmerzhaft zusammen, aber sie hielt stand. Devin würde niemals erahnen, welche Kraftanstrengung sie das kostete.

„Du hast es mir nie gesagt“, wandte sie ein, wobei sie sich bemühte, ihrer Stimme Festigkeit zu verleihen. „Du hast es mir nie gezeigt. Bis heute. Und jetzt willst du mir nicht einmal die Zeit geben, in Ruhe darüber nachzudenken. Du weigerst dich, meine Entschuldigungen anzunehmen, und ich darf nicht sagen, dass ich dir dankbar bin, obwohl es so ist. Und da es so ist, wie es ist, will ich das auch sagen dürfen. Ich kann nicht nur das tun, was du von mir erwartest, würde ich das nämlich, würde ich diesmal alles verlieren, was ich habe, nämlich mich selbst. Und das will ich nicht, nicht einmal dir zuliebe.“

„Das war klar genug.“ Er wusste, dass er im Unrecht war – nicht ganz zwar, aber immerhin genug –, doch das war ihm im Moment egal. Er wollte sie falsch verstehen, ganz bewusst, weil es das Einzige war, was den rasenden Zorn, der in ihm tobte, besänftigen konnte. „Du irrst, wenn du glaubst, ich wollte dich anders haben, als du bist, aber dagegen kann man anscheinend nichts machen. Falls du es dir anders überlegst, weißt du ja, wo du mich finden kannst.“

Devin MacKade liebte sie. Diese Erkenntnis verwirrte sie und rief zugleich Angst in ihr hervor. Noch ungeheuerlicher jedoch erschien ihr die Tatsache, dass er sie die ganzen Jahre über geliebt hatte, ohne sich ihr zu offenbaren.

Devin MacKade, der freundlichste, anbetungswürdigste Mann, den sie kannte, liebte sie, und alles, was sie ihm entgegenzubringen wusste, war Dankbarkeit.

Und jetzt hatte sie ihn verloren, seine Freundschaft, die ihr doch so wichtig war, seine häufigen Besuche, ohne die sie sich ihr Leben mittlerweile gar nicht mehr vorstellen konnte. Sie hatte ihn verloren, weil er sich eine richtige Frau wünschte, was sie nicht war, denn sie war innerlich leer.

Sie weinte nicht. Es war zu spät für Tränen. Stattdessen straffte sie die Schultern. Sie ging die Treppe nach unten ins Inn. Dort wartete Arbeit auf sie, und sie konnte am besten nachdenken, wenn ihre Hände beschäftigt waren.

Sie musste neue Blumen in die Brautsuite – Abigails ehemaliges Zimmer – bringen. Auch wenn der Raum nicht belegt war, stand stets ein frischer Strauß auf dem Tisch am Fenster. Heute Morgen hatte sie es vergessen.

Und doch duftete das ganze Zimmer nach Rosen. Plötzlich spürte sie, wie ihr ein Schauer den Rücken hinabrann. Sie spürte deutlich seine Anwesenheit und wandte sich um.

„Devin.“ Erleichterung, Verwirrung, Besorgnis. All das war in ihr, als sie jetzt einen Schritt auf die Tür zuging.

Doch es war nicht Devin. Der Mann war groß, schwarzhaarig und sah atemberaubend gut aus. Sie spürte seine starke Anziehungskraft deutlich. Aber sein Gesicht war nicht Devins Gesicht, und seine Kleider waren förmlich, altmodisch. Ihre Hand fühlte sich plötzlich an, als gehöre sie nicht zu ihr, und in ihrem Kopf begann es seltsam zu summen.

„Abigail, komm mit mir. Nimm die Kinder und geh mit mir fort. Verlass dieses Haus. Du liebst ihn nicht.“

Nein, dachte Cassie. Ich habe ihn nie geliebt. Und jetzt verachte ich ihn.

„Siehst du nicht, was du dir damit antust, wenn du noch länger hierbleibst? Wie lange willst du noch ausharren?“

„Mir bleibt nichts anderes übrig. Es ist das Einzige, was ich tun kann.“

„Ich liebe dich, Abby. Ich liebe dich so sehr. Ich könnte dich glücklich machen, wenn du es nur zulassen würdest. Lass uns von hier weggehen, ganz weit weg, und lass uns zusammen ein neues Leben anfangen. Ein Leben, das nur uns gehört. Ich warte doch schon so lange auf dich.“

„Wie könnte ich das? Ich fühle mich an ihn gebunden. Außerdem habe ich Kinder, und dein Leben ist hier in dieser Stadt. Du kannst nicht einfach weggehen, du hast eine Verantwortung, und die Menschen hängen an dir."

„Es gibt nichts, was ich nicht für dich tun würde. Ich würde für dich sogar töten. Und sterben. Um Gottes willen, Abigail, gib mir die Chance, dir zu beweisen, wie sehr ich dich liebe. All die Jahre über war ich um dich herum, habe mit ansehen müssen, wie unglücklich du warst, und konnte dir doch nicht helfen. Ich konnte das Gefühl, nichts tun zu können, kaum ertragen. Doch das ist jetzt vorbei. Er ist nicht da. Wir könnten fliehen und schon weit weg sein, ehe er zurückkommt. Warum sollten wir uns deshalb schuldig fühlen? Ich will nicht mehr mit dir im Salon sitzen und mir vormachen, ich würde dich nicht lieben, würde dich nicht brauchen. Ich kann nicht mehr einfach nur dein Freund sein."

„Du weißt, wie sehr ich dich schätze und wie wichtig du mir bist."

„Sag mir, dass du mich liebst."

„Ich kann nicht. In mir ist nichts, nur Leere. Er hat mich umgebracht."

„Komm mit mir, bitte. Dann wirst du wieder anfangen zu leben."

Was auch immer oder wer auch immer dort an der Tür gestanden haben mochte, er oder es verblasste langsam und war schließlich ganz verschwunden. Nur der Rosenduft hing noch immer unverkennbar in der Luft. Cassie fand sich schwankend einen Moment später in der Wirklichkeit wieder, eine Hand Halt suchend ausgestreckt, aber sie griff ins Leere.

In ihrem Kopf summte es noch immer. Jetzt wurde ihr schwindlig, die Beine sackten unter ihr weg, und sie sank langsam zu Boden.

Was war geschehen? Hatte sie geträumt? Halluziniert?

Als sie eine Hand an ihr Herz legte, spürte sie sein wildes Pochen.

Sie hatte die Gespenster schon vorher gehört, ihre Anwesenheit auch gespürt, gesehen jedoch hatte sie bisher noch nie eines. Keinen der Barlows und auch den armen getöteten Soldaten nicht. Aber jetzt hatte sie den Mann gesehen, der Abigail geliebt hatte. Den Mann, der sie liebte.

Wer war er gewesen? Das würde sie wohl niemals erfahren. Warum war Abigail nicht mit ihm gegangen? Warum hatte sie die Hand, die er ihr hinstreckte, nicht genommen und war mit ihm davongelaufen? Davongelaufen, um ihr Leben zu retten?

Abigail hatte ihn geliebt. Cassie holte tief Atem.

Ja, dessen war sie sich sicher. Die Gefühle, die in der Luft gelegen hatten, waren fast mit Händen greifbar gewesen, so stark waren sie. Sie spürte sie noch immer. Es war Liebe, verzweifelte, hoffnungslose Liebe.

Weinst du deshalb? dachte Cassie. Weil du nicht mit ihm gegangen bist, weil du ihn verloren hast? Du hast seine Hand nicht ergriffen, und dann gab es irgendwann nichts mehr, woran du dich festhalten konntest. Du hattest Angst, ihn zu lieben, und das hat ihm das Herz gebrochen.

So wie sie heute Devin das Herz gebrochen hatte.

Cassie überlief ein Schauer, sie hob den Kopf. Warum? fragte sie sich. Warum hast du das getan? Aus Angst? Weil du Zweifel hattest? Oder aus alter Gewohnheit? Ihre Reaktion erschien ihr plötzlich völlig übertrieben. Alles, was Devin gewollt hatte, war Zuneigung. Aber sie hatte es nicht über die Lippen gebracht, ihm zu sagen, wie viel er ihr bedeutete. Es war ihr nicht möglich gewesen, es ihm zu zeigen.

Würde sie sich ihm verweigern, so wie Abigail es getan hatte, oder würde sie ihre Chance ergreifen?

War sie nicht lange genug feige gewesen?

Sie fuhr sich mit dem Handrücken über die Stirn, auf der sich ein feiner Schweißfilm gebildet hatte, dann stand sie auf. Sie musste zu ihm. Sie musste ihn sehen, mit ihm sprechen. Wie auch immer.

Doch das war nicht ganz einfach zu bewerkstelligen. Sie hatte Kinder, und die konnte sie schwerlich sich selbst überlassen. Sie hatte Gäste, um die sie sich kümmern musste, und auch ansonsten alle Hände voll zu tun. So vergingen Stunden, es wurde Abend, und mit jeder Minute, die verstrich, vergrößerten sich ihre Zweifel. Sollte sie zu ihm gehen oder sollte sie nicht?

Schließlich jedoch gelang es ihr, ihre Bedenken beiseite zu schieben, indem sie sich sagte, dass er sie liebte. Das war genug.

„Ich bin dir so dankbar, Ed, wirklich."

„Nun mach mal halblang." Ed, die es sich bereits mit einer Schale Popcorn vor dem Fernseher gemütlich gemacht hatte, winkte ab. „Auf diese Weise komme ich wenigstens mal dazu, das Café ein bisschen früher zu schließen. Ich habe mir einen freien Abend redlich verdient."

„Die Kinder schlafen schon." Cassie war noch immer nicht ganz beruhigt. „Ich glaube nicht, dass sie noch mal aufwachen."

„Oh, mach dir nur über die beiden Engelchen keine Gedanken. Und über deine Gäste auch nicht", fügte Ed hinzu, Cassies Besorgnis vorwegnehmend. „Falls irgendjemand etwas braucht, soll er einfach hier anrufen, ich komme dann. Ich schau mir das Video an, das ich mir mitgebracht habe, und hau mich dann auch in die Falle."

„Aber du nimmst mein Bett, ja? Du hast es mir versprochen. Ich lege mich dann hier im Wohnzimmer auf die Couch, wenn ich zurück bin."

„Hm-hm …" Ed war bereit zu wetten, dass das nicht vor morgen früh sein würde. „Sag Devin einen schönen Gruß von mir."

Cassie zupfte nervös an ihrem Kragen herum. „Ich geh nur rasch rüber in sein Büro, um kurz was mit ihm zu besprechen. Es wird nicht lange dauern."

„Wenn du meinst, Honey."

„Er ist böse auf mich, Ed. Er ist so böse, dass er mich vielleicht sogar rausschmeißt."

Ed drückte die Stopptaste auf der Fernbedienung, drehte sich um und bedachte Cassie mit einem langen, wissenden Blick. „Also mal ganz ehrlich, Honey, wenn du ihn so anschaust wie jetzt mich, wird er dich ganz bestimmt nicht rausschmeißen, sondern dich höchstens nach hinten in seine Höhle verschleppen." Als Cassie instinktiv die Arme um sich legte, lachte Ed. „War doch nur Spaß. Devin würde dich niemals zu etwas drängen, das du nicht willst, das weißt du doch so gut wie ich. Ein Mann wie er hat es überhaupt nicht nötig, eine Frau zu drängen. Er muss einfach nur sein, wie er ist, das ist schon perfekt."

„Wie kommst du denn darauf, dass ich zu ihm will, um … um …"

„Cassie, Honey, was glaubst du eigentlich, wen du vor dir hast? Ich bin doch nicht von gestern. Du hast mich angerufen und gefragt, ob ich heute Nacht hier schlafen kann, weil du zu Devin musst. Woran sollte ich schon denken, wenn nicht an das? Kannst du mir das vielleicht mal verraten?"

Cassie schaute an sich herunter. Ihr Blick wanderte über ihre ordentlich gebügelte Baumwollbluse, die einfache Hose, die flachen Schuhe. Sah so eine Femme fatale aus? Wohl kaum. „Ed, ich bin in solchen Sachen nicht besonders gut."

Ed hob das Kinn. „Dafür ist Devin umso besser, möchte ich wetten. Deshalb mach dir bloß keine Gedanken."

„Regan hat gesagt, ich solle ihn das Tempo bestimmen lassen. Vielleicht sollte ich ja doch lieber nicht hingehen."

„Also wirklich, Schätzchen. Irgendwie hast du einfach keine Ahnung. Manchmal braucht sogar ein richtiger Mann einen kleinen Schubs. Also hör jetzt endlich auf, dir den Kopf zu zerbrechen und die Hände zu ringen. Geh zu ihm, Schluss, fertig, aus."

„Ich sollte irgendwas mit meinem Haar machen, findest du nicht auch? Und meinen Lippenstift habe ich mir bestimmt auch schon wieder abgeleckt, stimmt's? Außerdem sollte ich wohl besser ein Kleid anziehen."

„Cassie." Ed schob ihre Brille etwas herunter und musterte Cassie über den Rand hinweg eingehend. „Du siehst wunderbar aus. Richtig frisch. Und im Übrigen möchte ich wetten, dass es ihm piepegal ist, was du anhast, verdammt noch mal. Ihn wird einzig interessieren, dass du da bist. Also, los, mach dich jetzt endlich auf die Socken."

„Na gut. Wenn du meinst, dass es so gut ist." Cassie straffte die Schultern und griff nach ihrer Handtasche. „Dann geh ich jetzt. Ich … ich gehe. Und wenn du irgendetwas brauchst …"

„Ich bin wunschlos glücklich. Du bist ja immer noch da. Verschwinde endlich."

„Ich gehe ja schon."

Ed zog die Brauen zusammen, während sie Cassie hinterhersah, die widerstrebend zur Tür ging. Armes Kind, dachte sie. Sie sieht aus, als ob sie die Befürchtung hätte, direkt in einen Kugelhagel zu laufen.

Mit einem Seufzer schob Ed die Brille hoch und drückte auf den Knopf der Fernbedienung.

Sie setzte ihr ganzes Geld auf Devin MacKade. Er würde ganz bestimmt gewinnen.

7. KAPITEL

Du solltest wirklich langsam Schluss machen und dich in die Falle hauen, sagte sich Devin, der mit hochgelegten Beinen an seinem Schreibtisch saß und las.

Es fiel ihm einfach nichts ein, was er hätte tun können. Irgendwo musste er Dampf ablassen. Vorhin hatte er kurz überlegt, ob er nicht zur Farm rausfahren sollte, um mit Shane einen Streit anzufangen. Es würde leicht sein. Zu leicht. Das war der Grund, weshalb er die Idee wieder verworfen hatte.

Er sagte sich, dass er sich zu schade dafür war. Auf diese Weise hatte er als Jugendlicher seine Konflikte gelöst, nun ja, vielleicht auch noch als junger Erwachsener, aber heute doch nicht mehr. Dabei sah er großzügig über den Umstand hinweg, dass er sich erst in der vergangenen Woche mit Shane einen Boxkampf geliefert hatte.

Es war bereits nach zehn Uhr abends, was es wenig wahrscheinlich machte, dass noch ein Anruf kam, der ihn ablenken könnte. Er hätte nicht hier zu sein brauchen, aber er mochte die Atmosphäre in seinem Büro, die Stille und Einsamkeit und das ganze Drumherum, das ihm so angenehm vertraut war.

Er überlegte, ob er sich noch mal einen Kaffee aufbrühen sollte, bevor er zu Bett ging, verwarf diesen Gedanken jedoch gleich wieder, weil er den Aufwand scheute.

Er konnte sich nicht erinnern, jemals in seinem Leben so erzürnt und zugleich so müde gewesen zu sein. Normalerweise hatte Wut eine genau entgegengesetzte Wirkung auf ihn. Sein Blut erhitzte sich, und sein Adrenalinspiegel stieg an. Doch jetzt war er völlig k.o. Er vermutete, dass es daher kam, weil sich sein Ärger zum größten Teil gegen ihn selbst richtete.

Wenn eine Frau einen Mann verletzte, war es für den Mann die natürlichste Sache von der Welt, seine Verletztheit in Wut zu verwandeln. Hatte er einen Fehler gemacht?

Und jetzt schmollst du, dachte er, das Gesicht verziehend. Er vermisste sie mehr, als wenn sie tot wäre. Die ganzen Jahre über hatte er sie vermisst.

Er sollte lieber endlich seinen blöden Hintern hochkriegen und etwas unternehmen, statt weiter hier herumzusitzen und darüber zu brüten, was er hätte tun sollen oder nicht.

Doch er hatte keine Ahnung, was er unternehmen könnte – außer sich selbst zu bemitleiden. Er hatte sich weit vorgewagt, zu weit, und hatte eine Bauchlandung gemacht.

Zur Hölle damit, dachte Devin, lehnte sich zurück,

das Buch auf seiner Brust, und schloss die Augen. Er befahl sich, an etwas anderes zu denken.

Er musste mit dem Bürgermeister sprechen, damit der veranlasste, dass am Ende der Reno Street ein Stoppschild angebracht wurde. Drei Unfälle innerhalb eines Jahres waren ein guter Grund, die Dinge energisch voranzutreiben. Dann war da noch der Vortrag, den er versprochen hatte an der Highschool zu halten, und außerdem sollte er Shane dieses Jahr unbedingt wieder beim Heumachen helfen …

Langsam driftete er ins Reich der Träume hinüber. Irgendwie war er vom Heufeld vor ihre Schlafzimmertür gekommen. Cassie? Nein, das war nicht Cassie.

Abigail. Liebe und Verlangen erwachten in ihm. Warum sah sie nicht, dass sie ihn ebenso brauchte wie er sie und mit ihm gehen musste? Wollte sie ewig so sitzen bleiben, die gefalteten Hände in den Schoß gelegt, und blicklos ins Weite starren?

Es erschien ihm, dass nichts, was er sagen könnte, sie überzeugen würde, mit ihm zu kommen. Nein, sie würde sich weiter vor ihm verschließen und alles von sich weisen, das er ihr anbot.

Zorn vermischte sich mit Liebe und Verlangen. Er war es müde, wie ein Bittsteller vor ihr zu stehen, den Hut in der Hand.

„Noch einmal bitte ich dich nicht“, sagte er ihr. Sie schaute ihn nur schweigend an. „Ich werde nicht mehr zu dir kommen, nur damit du mir wieder mein Herz brechen kannst. Ich habe lange genug gewartet. Wenn es denn sein muss, gehe ich allein weg. Ich werde Antietam verlassen. Ich kann hier nicht leben in dem Bewusstsein, dass du ganz in meiner Nähe bist und doch außerhalb meiner Reichweite. Ich werde das bisschen, was von meinem Leben noch übrig ist, zusammenraffen und so schnell wie möglich von hier verschwinden.“

Wieder sagte sie nichts, und er wusste, das war das Ende. Er drehte sich um und ging. Ihr Weinen begleitete ihn bis hinunter auf die Straße.

Cassie stand vor dem Schreibtisch und schlang den Riemen ihrer Handtasche um ihre Finger. Sie hatte nicht damit gerechnet, ihn schlafend vorzufinden, und wusste jetzt nicht, ob sie ihn wecken oder sich besser leise wieder davonmachen sollte.

Von ihm ging nichts Friedvolles aus. Sein Gesicht wirkte angespannt, selbst jetzt im Schlaf, und seine Lippen bildeten eine dünne, harte Linie. Sie wünschte, sie hätte den Mut, die Falten, die von seinen Nasenflügeln zu den Mundwinkeln hinabliefen, zu glätten und ihn dazu zu bringen zu lächeln.

Es war das alte Problem. An Mut hatte es ihr stets gemangelt.

Als er unerwartet die Augen öffnete, zuckte sie zusammen wie ein erschreckter Hase. „Entschuldige. Ich wollte dich nicht wecken."

„Ich habe nicht geschlafen." Zumindest glaubte er das. Sein Kopf war vernebelt von Rosenduft, und einen Moment lang bildete er sich ein, dass sie das lange blaue Kleid mit dem Spitzenkragen trug.

Was natürlich völliger Unsinn war. Sie hatte wie immer eine ordentlich gebügelte Bluse und Slacks an. Er fuhr sich mit den Fingern durchs Haar. „Ich habe mir nur ein paar Dinge durch den Kopf gehen lassen. Beruflicher Kram."

„Wenn du zu tun hast, kann ich …"

„Was willst du, Cassie?"

„Ich …" Er war noch immer böse. Sie hatte es nicht anders erwartet, war darauf vorbereitet. „Ich muss dir ein paar Sachen sagen."

„Okay. Schieß los."

„Ich weiß, dass ich dich verletzt habe und dass du wütend auf mich bist. Du willst, dass ich mich nicht entschuldige. Es macht dich krank, wenn ich es tue, also werde ich es nicht tun."

„Fein. Warum machst du mir nicht einen Kaffee?"

„Oh, ich …" Sie hatte sich bereits umgedreht und

die Hand nach der Kaffeekanne ausgestreckt, als ihr aufging, was zu tun sie im Begriff stand. Sie holte tief Atem, wirbelte herum und sah ihn an. „Nein."

„Nun, das ist immerhin etwas."

„Ich bin daran gewöhnt, Menschen zu bedienen." Jetzt wurde sie wütend, was ihr nicht ungelegen kam, aber es war doch etwas, mit dem sie schlecht umgehen konnte. „Wenn es dich stört, kann ich dir auch nicht helfen. Vielleicht gefällt es mir ja, Leute zu bedienen, was weißt du schon? Mag sein, dass ich mir dann nützlicher vorkomme."

„Ich will aber nicht, dass du mich bedienst." Ihm entging nicht, dass sie wütend war. Ihre Augen sprühten regelrecht vor Zorn, und er war fasziniert, als er es sah. „Ich will nicht, dass du dich mir verpflichtet fühlst."

„Nun, irgendwie tue ich das aber. Ich kann nichts dagegen machen. Und die Tatsache, dass das so ist und dass ich dir obendrein auch noch dankbar bin ... schrei mich nicht wieder an, Devin."

Beeindruckt von ihrem bestimmten Tonfall machte Devin den Mund zu. Einen Moment später öffnete er ihn wieder und sagte: „Würde ich aber gern."

„Dann warte zumindest, bis ich zu Ende geredet habe." Eigentlich ist es gar nicht so schwer, dachte sie. Fast so wie mit den Kindern. Du musst nur hart, aber fair bleiben und darfst dich nicht ablenken lassen. „Ich habe gute Gründe, mich dir verpflichtet zu fühlen und dir dankbar zu sein, doch das heißt nicht, dass ich dir nicht auch noch ganz andere Gefühle entgegenbringe."

„Welcher Art?"

„Das weiß ich nicht genau. Ich glaube, ich habe noch nie für einen Mann wirklich etwas empfunden, aber ich möchte deine Freundschaft und deine … Zuneigung nicht verlieren. Nach den Kindern bist du für mich der wichtigste Mensch, Devin. Wenn ich mit dir zusammen bin …" Sie kam immer mehr aus dem Konzept, und dafür hasste sie sich. „Ich fand es zum Beispiel heute Nachmittag – bevor du die Nerven verloren hast – unheimlich schön. Es war irgendwie etwas ganz … Besonderes."

Ihr Anblick rührte ihn zutiefst. „Okay, Cassie, warum können wir nicht …"

„Ich bin hierher gekommen, um mit dir ins Bett zu gehen."

Ihm fiel der Unterkiefer herunter. Noch bevor er sich fassen konnte, flog die Tür auf, und Shane kam hereinmarschiert.

„He, Dev. Hallo, Cassie. Wollte nur mal hören, ob du vielleicht Lust hast, ein paar Runden Billard mit mir zu spielen. Warum kommst du nicht einfach mit,

Cassie? Es wird wirklich langsam Zeit, dass du es auch lernst."

„Zieh Leine, Shane", murmelte Devin, ohne Cassie aus den Augen zu lassen.

„Sei kein Spielverderber, Dev, du hast doch eh nichts zu tun als hier rumzuhocken und zu schmökern und eine Tasse abgestandenen Kaffee nach der anderen in dich reinzukippen." Versuchsweise hob er die fast leere Kaffeekanne, die auf der eingeschalteten Wärmeplatte stand, hoch und schnüffelte daran. „Diese Brühe wird dich eines Tages noch umbringen."

„Verdufte endlich."

„Was ist denn eigentlich los? Dabei wollte ich doch nur …" Verständnislos schüttelte Shane den Kopf. Einen Moment später jedoch, als er den Blick auffing, mit dem sein Bruder Cassie anstarrte, und sah, wie sie zurückstarrte, ging ihm ein Licht auf. „Oh. Oooh", wiederholte er dann lang gezogen.

„Ich gebe dir noch genau zehn Sekunden, dich dünne zu machen."

„Schon gut, schon gut, ich gehe ja schon. Woher sollte ich denn wissen, dass du und Cassie …"

„Morgen", sagte Devin ruhig und schaffte es schließlich, seinen Fuß vom Schreibtisch zu nehmen, „werde ich dich auseinandernehmen, stell dich schon mal darauf ein, Shane."

„Verstanden. Da ich vermute, dass ihr keine Lust habt, Billard zu spielen, verabschiede ich mich jetzt. Äh … willst du vielleicht gleich hinter mir abschließen?“ erkundigte er sich mit süffisantem Grinsen, als Devin sich erhob, dann machte er, dass er hinauskam.

„Was hast du gesagt, bevor mein idiotischer Bruder reinplatzte?“ Devin ging um den Schreibtisch herum und kam langsam auf sie zu.

„Dass ich hergekommen bin, um mit dir ins Bett zu gehen.“

„Ist ja nicht zu fassen. Ist das deine Art, zerdeppertes Geschirr zu kitten und dir meine Freundschaft zu erhalten? Eine neue Art von Entschuldigung vielleicht?“

„Nein.“ Oh, wieder einmal hatte sie alles falsch gemacht. Er sah überhaupt nicht danach aus, als wäre er an einem Liebesabenteuer interessiert, er wirkte nur fassungslos. „Ja, vielleicht. Ich bin nicht sicher. Ich weiß eigentlich nur, dass ich dachte, dass es das ist, was du willst. Stimmt das nicht?“

„Ich habe dich gefragt, was du willst.“

„Das kann ich dir sagen.“ Himmel, hatte sie das nicht längst laut und deutlich gesagt? „Ich bin hergekommen, stimmt’s? Ich habe Ed angerufen und sie gebeten, heute Nacht bei den Kindern zu bleiben, und jetzt bin ich hier." Sie schloss kurz die Augen. „Es ist nicht leicht für mich, Devin."

„Das sehe ich." Noch immer fassungslos, schüttelte er den Kopf. „Lass mich ganz ehrlich sein. Natürlich begehre ich dich, Cassie, aber ich will einfach nicht, dass du denkst, es mir schuldig zu sein, nur damit die Dinge zwischen uns wieder in Ordnung kommen."

Jetzt tat sie etwas, das sie schon einmal getan hatte. Damals hatte es funktioniert. Sie legte die Hände an seine Wangen, stellte sich auf die Zehenspitzen und küsste ihn.

„Und jetzt wartest du darauf, dass ich mich auf dich stürze", brummte Devin heiser.

„Ja, weil ich nicht so gut darin bin." Sie warf ihre Handtasche auf einen Stuhl. „Das bin ich nie gewesen."

„In Bezug auf Sex?"

„Natürlich in Bezug auf Sex", erwiderte sie. „Wovon sprechen wir denn sonst im Moment?"

„Ich kann mich nur wundern", sagte er kopfschüttelnd, als er sah, wie sie, ganz entgegen ihrer sonstigen Gewohnheit, hektisch im Zimmer auf und ab rannte.

„Ich weiß nicht, was du willst oder wie ich es dir geben soll. Wenn du das tust, was du sonst mit anderen Frauen auch immer tust, wird es schon klappen. Es ist nicht so, dass ich es nicht mögen würde, ich bin sicher, es wird mir gefallen. Es ist nicht deine Schuld, dass ich mich so ungeschickt anstelle und so verkrampft bin oder dass ich keinen Orgasmus bekomme."

Er starrte sie an, und sie unterbrach sich entsetzt. Die Sache begann sich zum reinsten Albtraum auszuwachsen. „Wie bitte?"

Jemand anders hat diese Frage gestellt, dachte sie kopflos, doch als sie wieder aufschaute, war weit und breit nur er. Und doch musste es jemand anders gewesen sein. Alles, was ihr blieb, war, sich mit Macht der Schameswelle, die sie fortzureißen drohte, entgegenzustemmen und weiterzureden.

„Ich will damit nur sagen, dass ich mit dir schlafen will, wirklich. Ich bin mir sicher, dass es schön werden wird, weil ich es auch schön finde, wenn du mich küsst. Deshalb wird alles andere auch schön werden, ich bin überzeugt davon. Und wenn du die Initiative ergreifen würdest, käme ich mir wenigstens nicht ganz so blöd vor."

Was zum Teufel sollte er jetzt tun? Schon als er sie geküsst hatte, war ihm nicht entgangen, dass sie, obwohl Mutter von zwei Kindern und fast ein Jahrzehnt lang verheiratet, im Grunde genommen noch immer fast so etwas wie eine Jungfrau war.

Das machte ihm Angst.

Er erwog ihr zu sagen, dass sie es ganz langsam angehen sollten. Dann aber wurde ihm klar, dass das ein falscher Weg war. Sie hatte sich so weit vorgewagt, er durfte sie jetzt nicht zurückstoßen.

„Ich soll mit dir machen, wonach mir zu Mute ist?“ fragte er vorsichtig.

Ihr fiel ein Stein vom Herzen, und sie lächelte. „Ja.“

Ihr Angebot bewirkte ein vertrautes Ziehen in seinen Lenden. Er war sich allerdings darüber klar, dass er sein Begehren im Zaum halten musste, wenn er wollte, dass auch sie etwas davon hatte. „Und ich soll dir sagen, was du tun sollst, und dann tust du es?“

„Ja.“ Oh, es war wirklich ganz einfach. „Wenn du nicht zu viel von mir erwartest und …“

„Dann sollten wir vielleicht am besten so anfangen.“ Er legte seine Hand auf ihre Schultern und näherte sich mit seinen Lippen ihrem Mund. „Das ist zum Beispiel etwas, das ich sehr gern mag, Cassie.“

„Einverstanden.“

„Ich will dir sagen, dass du keine Angst vor mir zu haben brauchst, ich werde dir nicht wehtun.“

„Ich habe keine Angst. Ich weiß, dass du mir nicht wehtun wirst.“

„Und ich will dir etwas versprechen.“ Er tupfte kleine Küsse auf ihre Wangen und spürte, wie sich ihre Schultern langsam unter seinen Händen entspannten.

„Okay."

„Wenn du sagst, ich soll aufhören, werde ich sofort aufhören. Also lass mich bitte wissen, wenn ich etwas tue, das du nicht magst."

„Das wirst du schon nicht."

Als er ihr Ohrläppchen küsste, durchzuckte es sie. „Versprich es mir."

„Ich verspreche es."

Jetzt nahm er sie an der Hand und führte sie in das kleine Hinterzimmer, in dem er zu übernachten pflegte. Es war dunkel. In dem Raum stand nicht mehr als ein schmales Bett und ein wackliger Tisch mit einem Aschenbecher darauf, den er nur noch selten benutzte.

„Wir sollten es nicht hier machen. Besser wäre es wohl, ich würde mit dir irgendwohin fahren, wo es gemütlicher ist."

„Nein." Es musste jetzt sein, hier und jetzt. Sie wollte es hinter sich bringen. Und was spielte die Atmosphäre schon für eine Rolle, wenn es dunkel war und sie die Augen geschlossen hielt? „Hier ist es gut."

„Wir wollen es aber besser machen als einfach nur gut."

Er zündete eine Kerze an, sodass der Raum zumindest schwach erleuchtet war. Selbst wenn sie erregt sein sollte, kann sie die Erregung im Moment nicht spüren, dachte er, aufgeregt wie sie ist. In ihren Augen war sie im Begriff, sich zu opfern.

Er würde ihr zeigen, dass es auch anders ging.

„Ich liebe dich, Cassie." Es spielte keine Rolle, dass sie ihm nicht glaubte. Er würde es ihr beweisen. Er küsste sie erneut, langsam, tief und geduldig. Er legte sein ganzes Gefühl in diesen Kuss. „Umarme mich", flüsterte er.

Gehorsam, um ihm eine Freude zu machen, legte sie die Arme um ihn. Als sie spürte, wie hart sein Körper war, bekam sie einen kleinen Schreck. Er musste stark sein wie ein Bär. Wie seltsam es war, ihn in den Armen zu halten. Während er ihren Hals küsste, streichelte sie seinen Rücken.

„Ich möchte dich sehen." Er spürte, wie sie sich anspannte, doch seine Lippen wanderten unbeirrt weiter über ihre Kehle hinab zu ihrer Halsgrube. Er störte sich nicht an ihrer Schüchternheit. Im Gegenteil, er fand diesen Umstand eher anregend. „Du hast so ein hübsches Gesicht." Er hielt sie mit Blicken fest, während er ihre Bluse langsam aufknöpfte. „Augen wie Nebel und dieser sexy Mund."

Sie blinzelte kurz, als er ihre Bluse öffnete. Niemand hatte ihr jemals gesagt, dass irgendetwas an ihr sexy sei. Dann glitt sein Blick tiefer, und der unartikulierte

Ton, der jetzt tief aus seiner Kehle aufstieg, verursachte ihr ein Flattern im Bauch.

Er bedeckte ihre Brüste mit seinen Händen, hielt sie so behutsam fest, als seien sie aus wertvollem Glas, das ganz leicht zerbrechen konnte, wenn man unachtsam damit umging.

„Hübsch."

„Sie sind zu klein."

„Perfekt." Er hob seinen Blick und schaute ihr wieder in die Augen. „Einfach perfekt." Er sah, wie ihre Lider flatterten, als er mit den Daumen über ihre Knospen strich. Als sie sich verhärteten und ein Schauer durch Cassies Körper lief, wobei ihre Augen dunkel wurden, erhitzte sich das Blut in seinen Adern.

Was tat er da? Warum drückte und zerrte er nicht an ihr herum? In ihrem Kopf begann sich alles zu drehen. Benommen hörte sie ihr eigenes Stöhnen.

„Musst du unbedingt deine Augen zumachen?" fragte er. Es war nicht ganz einfach, die Hände ruhig zu halten, nicht auf dieser Haut, die sich anfühlte wie gesponnene Seide. „Ich mag es, wenn sie sich verschleiern, wenn ich dich streichle. Ich liebe es, dich anzufassen, Cassie."

„Ich bekomme keine Luft."

„Du atmest aber ganz regelmäßig. Nur dein Herz klopft ein bisschen schnell." Er küsste ihre Schulter, dann richtete er sich auf und zog sich das Hemd aus. „Fühl mal meins."

Oh mein Gott, dachte Cassie, als er mit nacktem Oberkörper vor ihr stand. Er sah aus wie aus einem dieser teuren, eleganten Hochglanzmagazinen entsprungen, Arme und Brust muskulös, mit einer glatten, herrlich geschmeidigen Haut. Sie zögerte nur den Bruchteil einer Sekunde, ehe sie eine Hand auf seine Brust legte und lächelte. „Es hämmert. Willst du jetzt?"

„Oh, Cassie." Ein verzweifeltes Aufstöhnen hinunterschluckend, zog er sie in seine Arme und genoss das Gefühl, ihre Haut an seiner Haut zu spüren, in vollen Zügen. „Ich habe doch noch nicht mal angefangen."

Weil sie ihn vollkommen missverstand, zog sie die Brauen zusammen, schluckte ihr Unbehagen hinunter und griff ihm beherzt in den Schritt.

Er ließ, einen Fluch ausstoßend, von ihr ab und wich ein Stück zurück. Erschrocken schlang sie die Arme um sich, um ihre Blöße zu bedecken, und starrte ihn an.

„Ich dachte … ich dachte, du willst … du hast gemeint …" Großer Gott, seine Männlichkeit war hart und so groß.

Er beschloss, gute Miene zum bösen Spiel zu machen. „Darling, mach das um Himmels willen nicht noch mal. Ich will mich nicht selbst beschämen, und wir haben noch nicht mal richtig angefangen. Lass mich dich noch ein Weilchen streicheln."

„Es macht mir nichts aus, und du bist doch schon ganz …"

„Ich weiß selbst, was ich bin. Du hast gesagt, du tust, was ich will", erinnerte er sie. „Und jetzt will ich, dass du mich anschaust."

Als sie seiner Aufforderung gefolgt war und den Blick gehoben hatte, begann er wieder ihre Brüste zu streicheln. Er sah den überraschten Ausdruck, der über ihr Gesicht huschte, und spürte, wie sich ihre Brust rascher hob und senkte.

Als sie schließlich die Augen schloss, nahm er sie in die Arme, hob sie hoch und legte sie aufs Bett. Er kniete sich neben sie und ließ seine Lippen über ihren Hals, das Schlüsselbein, ihre Brüste wandern.

Sie krallte sich in seine Schultern, und ihr Körper hob sich ihm entgegen, während er langsam mit der Zunge ihre Knospen zu umkreisen begann. In ihrem Schoß entfaltete sich eine plötzliche Hitze, die sie sich nicht erklären konnte und von der sie glaubte, fast verzehrt zu werden. Um ihren Kopf wieder klar zu bekommen, schüttelte sie ihn.

„Devin."

Er streichelte sie weiter mit seiner Zunge. „Soll ich etwa aufhören?"

„Nein. Nein."

„Gott sei Dank."

Ein Schauer durchlief ihren Körper. Devin legte sich auf sie und suchte ihren Mund. Als er sie jetzt zu küssen begann, wühlten sich ihre Hände in sein Haar, ihr Atem kam stoßweise. Ihre Lippen waren heiß.

Seine Finger tasteten nach ihrem Hosenknopf. Er öffnete ihn und zog dann den Reißverschluss auf. Als er ihr die Hose über die Hüften schob, versteifte sie sich nur ein wenig.

Sie würde ihm seinen Spaß nicht verderben, das hatte sie sich geschworen. Was auch immer jetzt kommen mochte, sie würde es klaglos über sich ergehen lassen. Sie war längst entschädigt worden, weil alles andere vorher so schön gewesen war. Solche Gefühle wie eben hatte sie noch niemals verspürt. Es war seltsam, aber das Ziehen in ihren Lenden war nicht unangenehm, sondern im Grunde genommen sogar erregend. Doch das konnte nicht sein, weil sie eine Frau war, die kein Verlangen empfinden konnte. Seine Hände waren hart und seine Handflächen rau, und doch lag in seinen Berührungen eine Zartheit, die sie staunen machte. Wenn es nach ihr gegangen wäre, hätte er sie bis in alle Ewigkeit so weiterstreicheln können. Wie eine Verdurstende das Wasser nahm sie seine Zärtlichkeiten in sich auf und gab sich den

Schauern hin, die sie in immer kleineren Abständen durchfuhren.

Gleich war sie nackt, und dann würde es vorbei sein. Aber er würde sie sicher und warm in den Armen halten, wenn sie es hinter sich gebracht hatten. Davon war sie felsenfest überzeugt. Und das würde ihr reichen.

Die Kerze verbreitete ein weiches Licht, und sie fühlte plötzlich eine Zärtlichkeit in sich aufsteigen, die sie schier zu überwältigen drohte. Er hatte in ihr das Gefühl erzeugt, begehrenswert, wirklich begehrenswert zu sein. Sie legte ihm die Arme um den Nacken und zog ihn zu sich herunter.

Als er sich nicht wie erwartet über sie warf, um in sie einzudringen, öffnete sie verwirrt die Augen und schaute ihn an. Er machte sich von ihr frei, legte sich neben sie und begann wieder, ihren Körper zu streicheln.

„Dräng mich nicht“, sagte er sanft. „Ich möchte mich noch ein wenig an dir erfreuen.“

Zu ihrem Erstaunen begann er nun, über ihre Haut, ihre Augen, ihre Brüste, ihren Bauch und ihre Beine zu sprechen. Das, was er sagte und wie er es sagte, flüsternd, mit belegter Stimme und unverhülltem Begehren, entfachte erneut dieses nie gekannte, unerklärliche Feuer in ihrem Schoß.

Sie registrierte voller Dankbarkeit, dass er nicht zu erwarten schien, dass sie etwas erwiderte. Das wäre ihr unmöglich gewesen, weil sie schon genug Mühe hatte zu atmen.

Sie war so unglaublich süß, ihre Unschuld rührte und erregte ihn zugleich. Diese Unschuld aber war es auch, die ihn immer wieder mahnte, sein Verlangen im Zaum zu halten und langsam, Schritt für Schritt, auf sie zuzugehen. Zwölf Jahre, dachte er, während er hörte, wie sie den Atem anhielt, als er mit seinem Finger an der Innenseite ihres Oberschenkels hinauffuhr, und gleich darauf laut ausatmete. Wenn ein Mann es schaffte, so lange zu warten, brachte er selbst dann noch, wenn sich das Blut in seinen Adern in glühende Lava verwandelt hatte, die Geduld eines Heiligen auf.

Wieder küsste er ihre Brüste. Sie waren klein und fest und dufteten nach Frühling. Unter seinen Lippen fühlte er ihr Herz pochen, schnell und hart. Es gab keinen Zweifel – das, was er tat, bereitete ihr Lust.

Er wollte ihr mehr geben, wollte ihr alles geben. Sie sehnte sich ebenso sehr danach wie er selbst, das konnte er deutlich spüren.

Nur wusste sie es im Gegensatz zu ihm noch nicht. Deshalb begann er sie nun zwischen ihren Schenkeln zu streicheln, bis sie sich unter seinen Händen zu winden begann und laut aufstöhnte. Er würde ihr zeigen, wie man den Gipfel erstürmte und dass man den Fall nicht zu fürchten brauchte.

Es war zu heiß, einfach zu heiß. Sie brannte innerlich lichterloh und konnte nicht stillhalten. Ihr Begehren leckte plötzlich an ihr wie gierige Flammen, und es schien nichts zu geben, was den verheerenden Flächenbrand aufhalten konnte. Irgendetwas in ihr jagte etwas anderem hinterher, und nichts in der Welt schien diese wilde Jagd aufhalten zu können. Sie bekam kaum noch Luft, der Lustschauer – Lustschauer? – waren es zu viele, und sie folgten zu rasch aufeinander. Als sie sich laut aufstöhnen hörte, biss sie sich rasch auf die Lippen, um den Laut zu ersticken.

„Du kannst schreien." Devins Stimme war heiser. „Schrei ruhig, niemand außer mir kann dich hören. Lass dich einfach los, Cassie."

„Ich kann nicht."

Er tauchte seinen Finger in sie ein, ihm schwindelte. Sie war heiß und nass und mehr bereit für ihn, als sie ahnte. „Bitte mich nicht aufzuhören", flüsterte er. „Bitte, bitte mich nicht."

„Nein. Nein. Ich mach's nicht."

Und dann entfuhr ihr ein Schrei, der sie eigentlich hätte erschrecken müssen, so laut und wild war er, doch sie hörte ihn nicht, so sehr war sie davon in Anspruch genommen, das herrlichste und befreiendste Gefühl, das sie in ihrem Leben je erlebt hatte, bis zur Neige auszukosten. Cassie bäumte sich auf und fiel einen Moment später völlig erschöpft in sich zusammen.

Devin stöhnte laut auf vor Verlangen. „Und noch mal“, flüsterte er. Um sein Begehren unter Kontrolle zu halten, krallte er sich mit der einen Hand in das zerknüllte Laken, während er sie mit der anderen erneut erregte. Wieder bäumte sie sich auf in atemloser Lust, doch als sie sich verlangend gegen seine Hand drückte, ließ er von ihr ab. Diesmal würde er ihr Begehren mit seinem Körper stillen und seines mit ihrem.

Er schob sich über sie und glitt in sie hinein. Er nahm sie trotz seiner kaum mehr bezähmbaren Begierde langsam und mit sehr viel Gefühl. Überlegt und geduldig suchte er mit seinen sanften und doch festen und tiefen Stößen ihr Begehren erneut zu wecken, obwohl er inzwischen mit seiner Selbstbeherrschung so gut wie am Ende war.

Als sie sich unter ihm aufbäumte und er spürte, dass ihr Höhepunkt unmittelbar bevorstand, ließ auch er sich los. Diesmal würde er mit ihr gemeinsam den Gipfel erklimmen. Endlich. Endlich. Mit ihr. Nur mit ihr. Nachdem er so lange gewartet hatte, war es nun so weit. Er umklammerte ihre Hand, die zur Faust geballt auf dem Laken lag. Und dann gab er sich ihr und der unbeschreiblichen Ekstase hin.

Sie hörte gar nicht mehr auf zu zittern, aber ihr war nicht kalt. Überhaupt nicht kalt. Im Gegenteil. Die Hitze, die von ihrem Körper ausging, ebenso wie von Devin, der über ihr lag, war fast unerträglich und schien in Wellen, die zwar nicht sichtbar, aber fühlbar waren, nach oben zu steigen. Devin keuchte, als hätte er eben einen Tausendmeterlauf hinter sich gebracht, er lag mit seinem vollen Gewicht auf ihr und drückte sie auf die Matratze, sodass sie die Bettfedern in ihrem Rücken spüren konnte.

Es war herrlich.

Sie verstand, zum ersten Mal in ihrem Leben, die Geheimnisse der Dunkelheit.

„Ich weiß, dass ich dich fast zerquetsche", flüsterte er schließlich heiser. „Ich roll mich jetzt langsam runter, okay?"

„Nein, geh nicht weg." Sie schlang die Arme um seinen Hals, um ihn bei sich zu halten. Er war noch immer in ihr. Es fühlte sich großartig an. „Es ist so schön."

„Ich weiß es zu würdigen, dass du das alles hast über dich ergehen lassen, obwohl du dir aus Sex überhaupt nichts machst."

Sein trockener Tonfall ließ sie aufhorchen, aber sie war zu glücklich, um zu bemerken, dass er sie aufzog. „Es hat mir nichts ausgemacht", sagte sie und lächelte gegen seinen Hals. „Devin, es war wundervoll. Wirklich, ich …"

„Ich weiß. Mehrmals. Ich habe genau mitgezählt."

Sie lachte und bemerkte mit Erstaunen, dass sie sich nicht einmal beschämt fühlte. „Hast du nicht."

„Aber selbstverständlich." Er brachte die Energie auf, den Kopf zu heben, um ihr in die Augen zu schauen. „Du kannst mir später danken."

Ihr Lächeln vertiefte sich. Noch nie hatte sie ein Mann so angesehen, so durch und durch satt und zufrieden und erschöpft. „Es war schön. Und für dich?"

„Ja, hat sich gelohnt, so lange darauf zu warten." Er nahm ihre Hand, drehte sie um und bedeckte die Innenseite mit kleinen Küssen. „Aber auf das nächste Mal will ich nicht wieder zwölf Jahre warten."

„Das musst du auch ganz bestimmt nicht." Alles kam ihr so unwirklich vor, und sie fühlte sich wie im Traum. „Du siehst wirklich umwerfend gut aus."

„Das ist der Fluch, der auf den MacKades liegt."

„Ich meine es ehrlich." Sie hob ihre Hände und legte sie an sein Gesicht. Es fiel ihr plötzlich so leicht, ihn zu berühren und mit ihren Fingerspitzen über die beiden Grübchen neben den Mundwinkeln zu fahren. „Kannst du dich noch daran erinnern, wie ich als kleines Mädchen manchmal zu euch raus auf die Farm gekommen bin, um deine Mutter zu besuchen?"

„Sicher. Du warst ein süßes kleines Ding damals, aber ziemlich mager, und ich hab dich kaum beachtet. Mein Fehler."

„Ich habe dich oft beobachtet. Vor allem im Sommer, wenn du mit nacktem Oberkörper draußen gearbeitet hast."

Er grinste anzüglich. „So, so, die kleine Cassie ..."

„Ich war eine ganze Weile ziemlich verrückt nach dir, da habe ich mir alles Mögliche zusammengesponnen." Sie kicherte. „Dass es aber mal so werden könnte wie jetzt, hätte ich mir nicht im Traum ausmalen können." Sie schwieg einen Moment. „Eigentlich kann ich es kaum glauben, dass ich das alles zu dir sage."

„Unter gewissen Umständen kann man noch viel mehr sagen." Er hoffte, dass sie das tun würde. Er spürte, dass er in ihr schon wieder hart wurde.

„Ich war ungefähr zwölf, und du warst immer sehr nett zu mir. Ihr alle. Ich bin gern zu euch rausgekommen, einfach so, weißt du, um bei euch zu sein. Aber noch schöner war es, wenn Sommer war und du kein Hemd anhattest und schwitztest. So wie jetzt." Versuchsweise fuhr sie ihm mit dem Finger über seine Schulter. „Ich finde es schön, wenn die Haut vor Schweiß glänzt. Du hast so einen schönen Körper. So tolle Muskeln ... Manchmal, wenn du zu Ed gekommen bist, habe ich gesehen, wie dir die Frauen seufzend nachgestarrt haben."

„Erzähl weiter."

„Nein, wirklich, das war so. Natürlich war es bei deinen Brüdern nicht anders, das will ich ja gern zugeben."

„Jetzt machst du alles kaputt."

Sie lachte und hob die Hand, um sich eine Strähne ihres zerzausten Haares aus dem Gesicht zu wischen. „Okay. Aber bei dir haben sie lauter und länger geseufzt."

„Schon besser."

„Und Ed sagte immer so was wie ‚Diese MacKades haben wirklich die knackigsten Brötchen im ganzen Land'." Sie schluckte ein Kichern hinunter, riss die Augen auf und hielt sich die Hand vor den Mund. „Oh, das hätte ich besser nicht sagen sollen."

„Zu spät. Nebenbei gesagt kenne ich Eds besondere Vorliebe für diesen Körperteil. Hat sie mir selbst irgendwann mal erzählt."

„Sie ist schamlos." Cassie stieß einen tiefen Seufzer aus und schlang ihre Arme wieder um Devins Hals, einen Moment später wanderten ihre Hände langsam seinen Rücken abwärts. „Aber du hast wirklich eine außergewöhnlich wohl proportionierte Sitzfläche."

„Jetzt bist du selbst dran schuld." Als ihre Finger über seinen verlängerten Rücken glitten, begann er sich in ihr zu bewegen. Nichts hätte ihn mehr erfreuen können als der Anblick ihrer Augen, die sich jetzt vor Überraschung weiteten.

„Aber wie kannst du schon wieder … Oh, mein Gott!“

„Kein Problem“, versicherte er ihr. „Es ist mir ein Vergnügen.“

Später, lange Zeit später, rollte er sich neben ihr zusammen, sein Gesicht in ihr Haar vergraben, seine Beine um ihren Körper geschlungen, und hielt sie ganz fest, genauso, wie sie es sich erhofft hatte, und genauso, wie sie es brauchte.

8. KAPITEL

Der Morgen graute bereits, als Cassie sich leise in ihre Küche schlich. Sie kam sich vor wie ein Teenager, der verbotenerweise von zu Hause ausgerückt war. Nicht dass sie früher jemals so etwas gewagt hätte. Oh nein, sie hatte sich immer eisern an alle Vorschriften gehalten.

Deshalb war sie jetzt umso aufgedrehter.

Sie hatte fast die ganze Nacht mit dem aufregendsten, bestaussehenden, zärtlichsten Mann verbracht, den sie jemals kennen gelernt hatte.

Sie, Cassandra Connor-Dolin, hatte eine Affäre.

Sie musste sich die Hand vor den Mund halten, um das Lachen, das in ihr plötzlich aufstieg, zu unterdrücken. Ihr Herz raste noch immer, und ihr war ganz schummrig.

Sie war überzeugt davon, dass sie anders aussah, und versuchte ihr Spiegelbild in dem blinkenden Chrom des Toasters zu erhaschen. Dann wirbelte sie dreimal überglücklich im Kreis herum, ehe sie die Kaffeemaschine einschaltete.

Wenig später erinnerte sie sich an ihre Mutterpflichten und ging zu den Schlafzimmern ihrer Kinder, um nachzusehen, ob alles in Ordnung war. Auf dem Weg zu Connors Zimmer lief sie Ed, die ihre feuerroten Haare auf Lockenwickler aufgedreht hatte, in die Arme.

„Oh, entschuldige“, flüsterte sie. „Ich wollte dich nicht wecken.“

„Du warst so leise wie eine Maus, aber ich war schon wach, deshalb habe ich dich gehört.“ Ed unterzog Cassie einer ausführlichen Musterung und war zufrieden mit dem, was sie sah. „Nun, wie ich sehe, geht's dir gut heute Morgen. Und rechtzeitig nach Hause gekommen bist du auch.“

Cassie warf rasch einen Blick auf ihren schlafenden Sohn, schloss leise wieder die Tür und ging dann zusammen mit Ed in die Küche. „Die Kinder haben dir keine Umstände gemacht?“

„Selbstverständlich nicht. Sie haben keinen Pieps von sich gegeben.“ Ed grinste in sich hinein, während sie Cassie beim Frühstückmachen beobachtete. „Erzählst du mir, wie es war?“

Cassie stieg das Blut in die Wangen, doch es war wohl mehr der Gedanke an die Lust der vergangenen Stunden als die Schamesröte. „Ich habe bei Devin übernachtet.“

„Das ist mir doch schon klar, Schätzchen.“ Ed, die sich schon fast wie zu Hause fühlte, legte zwei Weißbrotscheiben in den Toaster. „Deinem Gesicht nach zu urteilen, hattet ihr aber wohl was Besseres zu tun, als über den Lauf der Welt zu diskutieren, stimmt's, Cassie, Süße?"

Cassie drehte sich um und lächelte. Sie schaute Ed an, die in der einen Hand ein Marmeladenglas und in der anderen eine Milchflasche hielt, sah das hagere Gesicht, das glänzte von der Nachtcreme, die sie zentnerdick aufgetragen zu haben schien, das feuerrote, auf riesige Lockenwickler gedrehte Haar, den scheußlichen Bademantel und die Beine, die nicht viel dicker waren als Zahnstocher.

Cassie verspürte plötzlich eine tiefe Zärtlichkeit in sich aufsteigen. Ed war immer wie eine Mutter zu ihr gewesen und hatte ihr stets viel mehr Verständnis entgegengebracht als Constance Connor. Cassie stellte das Milchkännchen ab, ging auf Ed zu und legte ihr spontan die Arme um den Hals.

Überrascht drückte Ed ihre Lippen auf Cassies Haar. „Mein Baby …"

„Ich … ich fühle mich so … anders. Sehe ich auch anders aus?"

„Du siehst glücklich aus."

„Ich hab Schmetterlinge im Bauch." Cassie lachte über sich selbst und presste eine Hand auf ihren Bauch. „Fühlt sich aber gut an. Ich wusste nicht, dass es so sein kann." Bevor sie sich wieder dem Kaffee zuwandte, warf sie einen kurzen Blick in den Flur. Ihre Kinder schliefen noch, und das würde sich auch in der nächsten halben Stunde nicht ändern. „Ich bin noch nie mit einem anderen Mann zusammen gewesen als mit Joe."

„Ich weiß, Baby."

„Wir haben erst nach der Hochzeit miteinander geschlafen. Ich wollte es so. Du weißt ja, ich bin streng erzogen, und ich wollte alles richtig machen." Sie schenkte zwei Tassen Kaffee ein und schob eine davon Ed hin, dann setzte sie sich an den Küchentisch. „In der Hochzeitsnacht war ich natürlich ganz aufgeregt. Erinnerst du dich noch an das weiße Nachthemd, das du mir geschenkt hast? Es war wirklich wunderschön. Als ich mit Joe in dem Motel, in dem wir übernachten wollten, ankam, bat ich ihn um eine Stunde Zeit für mich allein. Ich hatte vor, ein langes Bad zu nehmen und ... na ja, du weißt schon."

„Das weibliche Ritual. Ja, ich weiß."

„Er kam schon früher zurück – betrunken. So hatte ich mir meine Hochzeitsnacht nicht vorgestellt. Er zerriss mir mein Nachthemd und stieß mich aufs Bett. Dann schlug er mich, und anschließend machte er sich über mich her. Es war schrecklich. Natürlich fühlte ich nichts ... nur Ekel und Schmerz."

Ed schüttelte angewidert den Kopf. „Kein Mann auf dieser Welt darf seine Frau so behandeln. Wie konnte er das tun?"

„So war es aber. Und es hörte nie auf, die ganzen zehn Jahre über nicht. Er hat mich natürlich nicht jedes Mal geschlagen, bevor er mit mir geschlafen hat, aber auch dann fühlte ich nichts. Alles ging so schnell, und irgendwie kam es mir immer ein bisschen schmutzig vor, doch ich glaubte, dass das an mir läge, und Joe unterstützte mich nach Kräften in dieser Meinung. Als ich mit Connor schwanger war, ging es mir besser, weil er sich fast nie blicken ließ. Danach allerdings wurde alles nur noch schlimmer. Er schlug mich fast jeden Tag, und hinterher vergewaltigte er mich meistens."

„Kaum zu glauben, dass du das überhaupt alles so lange mitgemacht hast."

Cassie seufzte. „Na ja, du weißt ja, meine Mutter … und ich dachte doch auch, man müsse als Frau eben …"

„So ein Blödsinn", fiel ihr Ed resolut ins Wort. „Aber ich hoffe doch, mittlerweile weißt du es besser, ja? Das hoffe ich doch."

Cassie lächelte. „Oh ja. Aber weißt du, als ich gestern Abend zu Devin ging, hätte ich nicht geglaubt … nun, ich wusste natürlich, dass er mir nicht wehtun würde, zumindest nicht so wie Joe. Ich wollte mit ihm ins Bett gehen, weil ich ihn glücklich machen wollte, aber für mich selbst hab ich mir dabei nicht das Geringste erwartet … ich meine … ich …"

„Du hast die Nacht mit einem richtigen Mann verbracht“, beendete Ed Cassies Satz.

„Ja.“ Die Erinnerung ließ Cassies Gesicht erstrahlen. „Es war so schön, dass ich schon wieder vom nächsten Mal träume.“

Ed lachte gackernd und drückte liebevoll Cassies Hand. „Schön für dich. So soll es sein.“

„Er hat gesagt, dass er mich liebt“, sagte Cassie leise. „Ich weiß, dass Männer so was sagen, wenn sie eine Frau begehren.“

„Ich denke, Devin MacKade ist ein Mann, der das, was er sagt, auch wirklich so meint. Und du? Liebst du ihn auch?“

„Ich weiß nicht. Ich bin mir einfach nicht darüber im Klaren, was Liebe eigentlich ist. Woher weiß man das? Dass ich Joe nicht geliebt habe, weiß ich, Ed. Ich habe ihn benutzt.“

„Cassandra …“

„Nein, widersprich nicht. Es ist so. Ich habe ihn benutzt, um von zu Hause wegzukommen. Ich wollte eine eigene Familie, und er war da. Ich war auch nicht fair zu ihm. Damit will ich natürlich nicht sagen, dass dies ihm das Recht gegeben hätte, mich zu schlagen“, fügte sie rasch hinzu, als sie das kriegerische Aufleuchten in Eds Augen sah. „Nichts gab ihm dazu das Recht, das ist mir klar. Aber ich habe ihn nicht geliebt, jedenfalls nicht so, wie eine Frau ihren Ehemann lieben sollte."

„Er hat auch nichts getan, um sich deine Liebe zu verdienen."

„Nein, das hat er nicht. Devin gegenüber empfinde ich so viele verschiedene Gefühle, und ich weiß nicht, ob eines davon vielleicht auch Liebe ist."

„Dann nimm dir Zeit, es herauszufinden. Und wenn die Zeit reif ist, wirst du es schon merken, Darling. Glaub mir, ich kenne mich aus."

In der Bibliothek hielt sich Cassie, wenn es möglich war, nie länger auf als nötig. Meistens richtete sie es so ein, dass irgendjemand anwesend war, wenn sie hier sauber machte.

Heute aber würde ihr das nicht gelingen. Die Kinder waren noch in der Schule und die Gäste ausgeflogen. Doch da es mittlerweile fast Mittag war, konnte sie ihre Reinigungsaktion nicht mehr länger hinauszögern, so gern sie das auch getan hätte.

Bewaffnet mit Putzeimer, Staubsauger und Staubtuch, trat sie ein. Sie stellte die Sachen ab und machte sich als Erstes daran, die Bücher abzustauben. An verregneten Nachmittagen ließen sich die Gäste gern hier nieder und griffen nach einem spannenden Buch.

Sie fröstelte, obwohl es draußen warm war. Und

plötzlich wusste sie, dass sie nicht allein war, spürte die Anwesenheit eines anderen Wesens.

Sie bildete sich ein, ihn sehen zu können – aus dem Augenwinkel heraus. Der massige Körper hatte Fett angesetzt, das Gesicht war schwammig und aufgedunsen.

Joe.

Das Erschrecken kam so jäh, dass sie den Staublappen fallen ließ, während sie auf dem Absatz herumwirbelte.

Da war niemand. Natürlich nicht. Weder Joe noch sonst jemand. Aber es war bitterkalt hier drin. Sie ging steifbeinig zum Fenster und versuchte es mit tauben Fingern zu öffnen, um die Wärme von draußen hereinzulassen.

Sie fummelte an dem Griff herum, aber es gelang ihr nicht. Ihr Atem kam stoßweise, so verängstigt war sie plötzlich.

„*Du lässt dich von ihm nicht noch einmal anfassen, hast du mich verstanden? Hure.*“

Als sie einen eisigen Luftzug zu verspüren meinte, legte sie automatisch die Hände um ihre Schultern.

„*Glaubst du, ich hätte nichts gemerkt? Bildest du dir vielleicht ein, du könntest es in meinem eigenen Haus mit fremden Männern treiben?*“

Zitternd trat sie einen Schritt zurück und schaute

sich langsam um. Beruhig dich, da ist niemand, versuchte sie sich gut zuzureden. Du siehst niemanden, also ist niemand hier. Aber woher kam dann die Stimme, die sie so klar hörte?

„Hör zu. Ich werde es niemals zulassen, dass du mich verlässt. Eher will ich dich tot sehen."

Aber du liebst mich nicht! hätte Cassie am liebsten laut herausgeschrien. Du verachtest mich. Lass mich gehen!

„Ich würde euch beide töten. Erinnere dich immer daran: bis dass der Tod uns scheidet. Der Tod ist deine einzige Möglichkeit zum Entkommen.

„Cassie."

Ihr entfuhr ein erstickter Schrei, dann wirbelte sie herum. Devin stand im Türrahmen, die Augen vor Besorgnis zusammengekniffen. Ohne zu wissen, was sie tat, warf sie sich in seine Arme.

„Devin. Devin, du musst sofort wieder weg. Mach rasch, ehe er dich sieht. Er wird dich umbringen."

„Was ist denn los? Wovon redest du eigentlich? Mein Gott, du zitterst ja wie Espenlaub. Hier drin ist es aber auch lausig kalt."

„Spürst du es auch?" Sie klapperte mit den Zähnen, als sie sich von ihm freimachte.

„Aber ja. Kalt wie in einem Kühlschrank." Er

nahm ihre Hände in seine und begann sie warm zu rubbeln.

„Ich dachte erst, es sei Joe. Ich möchte schwören, dass ich gesehen habe, wie er auf mich zukam, aber dann … auf einmal …“ Plötzlich begann sich das Zimmer vor ihren Augen zu drehen, und die Knie drohten ihr wegzusacken. Der Schwindelanfall dauerte nur einen Moment, dann fand sie sich in Devins Armen wieder. „Jetzt geht es mir aber wieder gut, wirklich Devin. Es ist vorbei.“

Die Bibliothek war wieder warm, sonnendurchflutet und hell. In der Luft hing ein schwacher Rosenduft und der Geruch nach Möbelpolitur. Devin hob sie hoch, trug sie zu dem weichen Ledersofa hinüber und legte sie sanft dort ab. „Warte, ich hole dir ein Glas Wasser.“

„Nein, nicht nötig. Mir fehlt nichts.“ Sie wollte auf keinen Fall, dass er sie jetzt allein ließ. „Es liegt an diesem Raum hier.“ Sie setzte sich halb auf. „Ich dachte, es sei Joe, aber er war es nicht. Es war Barlow.“

Sie ist noch immer ganz blass, dachte Devin besorgt. Wenigstens waren ihre Augen wieder klar. „Ist dir das schon mal passiert?“

„So noch nicht. Nicht so überdeutlich. Ich habe mich hier noch nie wohl gefühlt. Selbst in seinem ehemaligen Schlafzimmer halte ich mich lieber auf. Aber diesmal habe ich gehört, wie … Du denkst bestimmt, ich spinne."

„Nein, denke ich nicht." Er umrahmte ihr Gesicht mit beiden Händen und schaute ihr tief in die Augen. „Erzähl mir, was du gehört hast."

„Okay." Sie holte tief Luft und berichtete ihm, was geschehen war. „Er hat gesagt, er würde sie beide töten."

„Los komm, lass uns hier rausgehen. Es ist unheimlich."

„Aber ich bin doch noch nicht fertig mit Saubermachen …"

„Lass es gut sein für heute, Cassie." Er griff nach ihrer Hand. „Erinnerst du dich noch an den Tag, an dem du den beiden alten Ladys die kleine Geschichtslektion erteilt hast?"

„Mrs. Cox und Mrs. Berman. Aber ja."

„Du hast davon gesprochen, dass Abigail einen anderen Mann geliebt hat. Ich habe damals gedacht, dass du die Geschichte einfach ein wenig aufgepeppt hast, um sie romantischer erscheinen zu lassen."

„Nein, so ist es nicht, Devin. Wie es genau ist, kann ich allerdings auch nicht erklären. Ich weiß nur, dass ich ihn wirklich und leibhaftig gesehen habe."

Er blieb vor der Treppe, die zu ihrer Wohnung hinaufführte, stehen. „Wen?"

„Den Mann, den sie geliebt hat. Ich war in ihrem Zimmer, und als ich aufschaute, stand er an der Tür. Er schaute mich an und sprach zu mir, als sei ich Abigail. Aber sie war auch da, ich konnte es deutlich fühlen. Ihr Herz war gebrochen, und sie ließ ihn gehen. Hat ihn angefleht zu gehen. Weißt du, Devin, ich glaube, sie ist nicht einfach so gestorben, sondern sie hat sich umgebracht."

Sie waren mittlerweile in Cassies Wohnzimmer angekommen und ließen sich auf der Couch nieder. „Wie kommst du denn darauf?"

„Ich weiß nicht, ich kann es nicht erklären, es ist nur so ein Gefühl. Es schien ihr der einzige Ausweg zu sein. Vielleicht komme ich nur deshalb darauf, weil ich auch manchmal so gedacht habe."

Nichts, was er über sie wusste, hatte ihn mehr erschreckt als dieses Geständnis. „Ich hätte dir geholfen. Ich wollte dir immer helfen."

„Ich weiß, aber ich konnte es nicht zulassen. Ich konnte nicht zulassen, dass mir überhaupt irgendjemand half. Auch Ed und Regan habe ich ja lange Zeit nicht an mich herangelassen. Natürlich war das falsch, heute weiß ich das, aber damals war es mir unmöglich, das zu sehen. Bis es so schlimm wurde, dass ich es wirklich nicht mehr länger aushalten konnte. Erst als mir klar wurde, dass er mich beim nächsten Mal wahrscheinlich umbringen würde, habe ich es geschafft, mich an Außenstehende zu wenden.“ Sie nahm seine Hand. „Ich erzähle dir das nicht, um dich aufzuregen, sondern um dir zu erklären, woher ich weiß, was in Abigail vorging. Sie hatte niemanden, der ihr helfen konnte. Und das wusste er. Er hatte ganz bewusst dafür gesorgt, dass sie von den anderen Frauen in der Stadt abgeschnitten war und dass es für sie keinen Menschen gab außer ihm. Die Sklaven hatten viel zu viel Angst vor ihm, als dass sie sich in ihrer Not an sie hätte wenden können.“

Wieder stand ihr ein ganz klares Bild vor Augen. „Er hat sie auch geschlagen, Devin. Ich sah heute seine Faust. Nicht die von Joe, aber es ist dasselbe, weißt du. Genau dasselbe. Und als er den Jungen vor ihren Augen erschossen hat, wusste sie, dass er zu allem fähig war. Sie gab auf. Nicht einmal der Gedanke an ihre Kinder vermochte sie schließlich von dem abzuhalten, was sie als ihren einzigen Ausweg ansah.“

„Aber du bist nicht sie, Cassie.“

„Und doch hätte es mir ähnlich ergehen können, Devin, glaub mir.“

„Ist es aber nicht“, erwiderte er mit Bestimmtheit. „Du bist hier, und du bist mit mir zusammen. Es gibt nichts mehr, vor dem du Angst haben müsstest.“

„Ich bin es auch müde, Angst zu haben.“ Sie schloss

die Augen und legte den Kopf an seine Schulter. „Ich bin froh, dass du hier bist.“ Sie seufzte tief. „Warum bist du eigentlich gekommen?“

„Ich habe mich für eine Stunde im Büro freigemacht. Ich hatte Sehnsucht nach dir. Ich wollte mit dir zusammen sein.“

„Ich hab den ganzen Morgen an dich gedacht. Fast hätte ich aus Versehen in Emmas Thermoskanne statt Tee Kaffee eingefüllt, so in Gedanken vertieft war ich.“

„Wirklich?“ Ein größeres Kompliment konnte er sich kaum vorstellen. Als sie jetzt den Kopf hob, sah er, dass die Farbe in ihre Wangen zurückgekehrt war. „Hast du dir vorgestellt, wieder mit mir im Bett zu sein?“

„Ja.“

„Wenn du möchtest, ich habe noch eine Stunde“, sagte er leise.

Sie blinzelte. „Aber … aber es ist mitten am Tag.“

„Hm-hm.“ Er hatte sie bereits vom Sofa hochgezogen und schob sie mit sanftem Nachdruck zur Tür.

„Devin, es ist helllichter Tag.“

„Stimmt, Cassie.“ Sie waren im Schlafzimmer angekommen. Er nahm seinen Gürtel ab, in dem seine Waffe und sein Piepser steckte, und hängte ihn vorsichtig an den Türknauf.

„Es ist …“ Ihr Herz geriet ins Stolpern, als er die Hand ausstreckte und begann, ihre Bluse aufzuknöpfen. „Es ist fast Mittag.“

„Ja, ich werde wohl mein Mittagessen ausfallen lassen müssen, aber das tu ich für dich gern.“ Nachdem er ihr die Bluse abgestreift hatte, brachte er sein Gesicht ganz dicht vor ihres. Er lächelte. „Soll ich aufhören, Cassie?“

Sie legte den Kopf zurück. „Ich glaube nicht“, flüsterte sie willig.

Es war so einfach, so ungeheuer einfach, dies alles erneut geschehen zu lassen. Es fiel ihr so leicht, das Gefühl zu genießen, das seine über ihren Körper streichenden Hände in ihr auslösten. Als sie nun die Arme um seinen Hals legte und sich an ihn schmiegte, fühlte sich alles so richtig an, dass sie sich sogar ihrer Nacktheit zu schämen vergaß.

Er entkleidete sie, er ließ sich Zeit dabei und schaute sie immer wieder an, bis sie schließlich so vor ihm stand, wie Gott sie erschaffen hatte. Dann küsste er sie, seine Hände waren geduldig und zärtlich, weil er wusste, dass es das war, was sie brauchte.

Nachdem er sich ebenfalls seiner Kleider entledigt hatte, hob er sie hoch und trug sie zum Bett, das sie am Morgen so ordentlich gemacht hatte, und legte sie nieder. Ihre Augen waren geschlossen, doch auf ihren Wangen lag bereits eine zarte Röte, die von erwachendem Verlangen kündete.

In der vergangenen Nacht hatte es nur das Licht einer Kerze, ein schmales Feldbett und einen Raum, in dem es nach abgestandenem Kaffee roch, gegeben. Heute waren sie von hellem Sonnenlicht, Vogelgezwitscher und dem Duft, der dem Strauß auf dem Tisch am Fenster entströmte, umgeben.

Er schenkte ihr Lust. Ein ganzes Meer von Lust, in dem sie versank, wieder auftauchte und erneut versank. Alle Zögerlichkeit, alle Scheu, alle Scham waren plötzlich von ihr abgefallen, als hätte dergleichen niemals existiert.

Wenn er mit den Fingerspitzen über ihre Haut strich, überlief sie ein Schauer. Ihr Pulsschlag beschleunigte sich. Seine Lippen auf ihrer Brust machten sie süchtig, und sie wölbte sich ihm entgegen, als er Anstalten machte, von ihr abzulassen. Sein Atem ging schneller und schneller, und seiner Kehle entstiegen lustvolle Seufzer, während er mit der Zunge ihre harten Knospen umkreiste. Er erschien ihr so unglaublich schön, und das nicht etwa nur wegen seines außergewöhnlich guten Aussehens, sondern wegen seiner inneren Schönheit, seines beeindruckenden Charakters, der ihr gestern zum ersten Mal in voller Gänze zu Bewusstsein gekommen war.

Es machte ihr Spaß, ihre Hand über seinen Bizeps zu legen und die Muskeln spielen zu fühlen. Sie bewunderte seinen Körperbau und seine Kraft, der Anblick des schwachen Abdrucks von seinen Zähnen an ihrer Schulter jagte ihr einen Lustschauer den Rücken hinab. Bald wurden ihre Hände kühn genug, um die Reise seinen Bauch abwärts anzutreten.

Er sog scharf den Atem ein und zuckte zusammen. Sie riss die Augen auf, als sie spürte, wie sein Kopf hochschnellte. Für einen Augenblick, der ihr schien wie die Ewigkeit, sah sie etwas Dunkles, Gefährliches in diesen moosgrünen Augen aufblitzen. Etwas, das ihr Blut zum Sieden brachte.

Er nahm sein Begehren an die Kette wie einen wilden Hund. Seine Muskeln spannten sich an, und der Schweiß brach ihm aus allen Poren.

„Du brauchst keine Angst zu haben." Seine Stimme war rau wie Sandpapier, doch seine Lippen, die an ihrem Ohrläppchen knabberten, waren weich wie der Flaum eben geschlüpfter Küken.

Sie wollte ihm sagen, dass sie keine Angst hatte, dass sie vor ihm überhaupt keine Angst haben konnte, was auch immer geschehen mochte. Und dass sie wissen wollte, was es war, das eben in seinen Augen gestanden hatte. Doch sie kam nicht dazu, weil er sie mit seinen Küssen schon wieder fast bis an den Rand der

Bewusstlosigkeit trieb, an diesen nebelverhangenen, warmen Ort seliger Vergnügungen.

Ihr Stöhnen war lang anhaltend und laut, als sie schließlich den Höhepunkt erreichte. Nicht weniger zurückhaltend stöhnte sie, als er sich auf sie legte und in sie eindrang. Sie öffnete sich ihm weit und empfing ihn mit Freuden. Nichts hätte sie mehr in Erstaunen versetzen können als die Erkenntnis, dass sie sich unbewusst mit ihm im selben Rhythmus bewegte.

Und dann war sein Mund an ihrem Ohr, und sie hörte zwischen keuchenden Atemzügen, wie er ihren Namen immer wieder vor sich hin flüsterte. Immer wieder. Nur ihren Namen. Bis sie beide zusammen die lustvollste Ekstase erlebten.

„Ich liebe dich." Er hatte noch immer nicht genug von ihr, als er sich von ihr herunterrollte. „Ich will, dass du dich daran gewöhnst, das zu hören."

„Devin …"

„Nein, sag nichts. Ich weiß, was du jetzt sagen willst. Ich erwarte nichts von dir. Lass dir Zeit." Er vergrub sein Gesicht in ihrem Haar und atmete tief den Duft, der ihn an eine sonnenbeschienene Wiese erinnerte, in sich ein. „Ich will einfach nur, dass du dich daran gewöhnst. Und wenn es so weit ist, sagst du mir Bescheid, dann werde ich dich nämlich fragen, ob du mich heiraten willst."

Sie versteifte sich. „Das kann ich nicht. Daran darf ich nicht mal denken. Die Kinder … Das geht mir alles zu schnell."

„Mir nicht." Er wurde nicht ärgerlich, ja, er gestattete sich nicht einmal, sich von dem Schreck, den er aus ihrer Stimme heraushörte, entmutigen zu lassen. Stattdessen streichelte er ihren Arm und fügte mit ruhiger Geduld an: „Ich bin im Warten mittlerweile geübt, deshalb kann ich ruhig noch eine Weile länger warten. Ich habe das eben nur gesagt, weil ich möchte, dass du dir im Klaren darüber bist, wohin ich will. Ich möchte dich, und ich möchte die Kinder, aber es macht mir nichts aus zu warten, bis du so weit bist."

„Und was ist, wenn ich niemals so weit bin? Devin, ich weiß wirklich nicht, ob jemals in meinem Leben wieder ein Eheversprechen über meine Lippen geht. Ich kann es dir nicht sagen."

„Mir hast du die Ehe bisher nicht versprochen. Das ist alles, was zählt." Er erhob sich halb und stützte sich auf seinen Ellbogen, sodass er ihr Gesicht genau studieren konnte. Ich habe sie erschreckt, dachte er. Doch nun war es zu spät. Was er ausgesprochen hatte, konnte er nicht mehr zurücknehmen. „Ich liebe dich. Lass das einfach einige Zeit auf dich einwirken, dann werden wir schon sehen, was passiert."

„Aber siehst du denn nicht …“

„Ich sehe nur dich, Cassie.“ Sein Kuss war eine süße Überredung und dauerte an, bis ihre Hand, die sie erhoben hatte, um ihn von sich wegzudrängen, schlaff wurde. „Nur dich.“

9. KAPITEL

Er trinkt bestimmt eine Tasse Kaffee nach der anderen, ging es Connor durch den Kopf, während er Devin in dessen Büro am Schreibtisch gegenübersaß und ihm bei der Arbeit zusah. Der Junge hatte ein Heft vor sich liegen, über das er sich nun beugte und seine Beobachtungen hineinschrieb. Er hatte tausend Fragen, aber er behielt sie noch für sich. Er würde sie erst stellen, wenn er den richtigen Zeitpunkt für gekommen hielt.

Devin spürte, dass der Junge ihn beobachtete, und schaute auf. Wie ein alter Uhu, dachte er. Weise und geduldig. Wahrscheinlich konnte er noch Stunden um Stunden hier sitzen, still wie eine Maus, und die Dinge, die um ihn herum vorgingen, registrieren. An Bryan jedoch, der seinen Freund begleitet hatte, machten sich die ersten Anzeichen von Ungeduld bemerkbar, und Devin beschloss, allen eine kleine Pause zu gönnen.

„Donnie, du übernimmst jetzt. Wir gehen zum Lunch zu Ed's."

„Alles klar."

„Und wenn die Jungs von der Staatspolizei wegen dem Messner-Fall anrufen, sag ihnen, dass sie am Montag meinen Bericht kriegen."

„Alles klar", sagte Donnie wieder und beugte sich

mit zusammengezogenen Augenbrauen über die Akte, die er eben bearbeitete.

Sobald die drei auf der Straße waren, begannen die beiden Jungen, Devin mit ihren Fragen zu bombardieren.

„Hallo, Sheriff."

Devin wandte sich um und sah mit einem innerlichen Seufzer den betagten Eigentümer des Gemischtwarenladens um die Ecke herangeschlurft kommen. Der Mann quasselte einen schier um den Verstand.

„Hallo, Mr. Grant. Wie läuft das Geschäft?"

„Oh, mal so, mal so, Sheriff. Ein Auf und Ab wie das ganze Leben." Mr. Grant legte eine Pause ein und zupfte sich einen Fussel von seinem zerknitterten braunen Hemd. „Ich dachte, ich sollte es Sie besser wissen lassen, Sheriff … nicht etwa, dass ich meine Nase in fremder Leute Angelegenheiten stecken würde. Sie wissen ja, mein Motto ist leben und leben lassen …"

In Wirklichkeit traf zwar das genaue Gegenteil zu, aber Mr. Grants Fähigkeiten zur Selbsteinschätzung waren eben schwach ausgeprägt. „Was wollten Sie mich wissen lassen, Mr. Grant?"

„Oh, ja … also, ich wollte eben nur einen Moment Luft schnappen und bin die Straße runter zur Bank gegangen. Sie hat ja über Mittag zu, wie Sie wissen."

„Ja, ich weiß."

„Ahem, ja also, da kam's mir doch so vor, als wär da jemand drin."

„Ich verstehe nicht ganz."

„Es hatte für mich den Anschein", Grant gab sich alle Mühe, sich diesmal präzise auszudrücken, „als würde da gerade jemand die Bank ausheben."

Noch bevor die beiden Jungen eine Miene verziehen konnten, reagierte Devin. „Geht schon mal vor zu Ed's. Und rührt euch nicht von der Stelle."

„Aber Devin …"

„Tu, was ich sage, Bryan. Geht jetzt, beide. Ihr wartet dort auf mich und sagt niemandem ein Wort, verstanden?"

„Und was machen Sie jetzt?" erkundigte sich Connor.

„Ich werde mich um die Angelegenheit kümmern. Jetzt geht schon endlich. Los, bewegt euch."

Als sie losrannten, sah Devin ihnen noch einen Augenblick nach, um sicherzugehen, dass sie auch gehorchten und in die richtige Richtung liefen. „Hätten Sie die Freundlichkeit, mit mir zu kommen, Mr. Grant? Dann können Sie mir an Ort und Stelle zeigen, was Sie gemeint haben."

„Aber selbstverständlich."

Die Bank, ein altes rotes Backsteingebäude, befand

sich einen halben Häuserblock die Straße hinunter, schräg gegenüber von Ed's Café. Ein rascher Blick durchs Fenster überzeugte Devin davon, dass die beiden Jungen in der Tat hineingegangen waren. Jetzt drückten sie sich neugierig die Nasen an der Scheibe platt.

Devin suchte die Straße sorgfältig ab. Da Samstag war, herrschte reger Einkaufsverkehr, auf jeden Fall genug, dass es Probleme geben könnte, wenn sich tatsächlich jemand unbefugten Zutritt zur Bank verschafft hatte.

„Haben Sie den Mann erkennen können, Mr. Grant?"

„Nicht genau. Aber ich glaube, er war jung, so etwa Ihr Alter, sah 'n bisschen so aus wie der Harris-Junge, wenn Sie wissen, wen ich meine."

Devin nickte. Dann erblickte er einen schmutzigweißen Wagen mit Nummernschildern aus Delaware hinter der Kurve. „Kennen Sie das Auto?"

Mr. Grant überlegte. „Könnte ich nicht behaupten."

„Warten Sie hier." Mit einem langen Satz war Devin bei der Tür und stieß sie leise auf. Hinter dem Kassenschalter starrte eine verstörte Kassiererin in die Mündung einer 45er.

Devin schaltete augenblicklich. Er schloss die Tür wieder und winkte Mr. Grant. „Mr. Grant, gehen Sie sofort in mein Büro rüber und geben Sie Donnie Bescheid, dass er herkommen soll. Banküberfall. Aber machen Sie rasch und sagen Sie es ihm um Himmels willen in diesem besonderen Fall einmal ohne Umschweife. Und ich will keine Sirenen. Außerdem soll Donnie draußen warten, bis ich ihm ein Zeichen gebe. Haben Sie verstanden?"

„Aber selbstverständlich, Sheriff. Ich fühle mich geehrt, Ihnen helfen zu dürfen."

„Und Sie gehen anschließend wieder in Ihr Geschäft, Mr. Grant. Kommen Sie auf keinen Fall wieder her."

Devin wollte sich eben umwenden, als er Rafe gemütlich die Straße hinunterschlendern sah. „He, Rafe!" schrie er und winkte ihn zu sich. Noch bevor Rafe ihm zur Begrüßung auf die Schulter klopfen konnte, sagte Devin: „Ich ernenne dich zu meinem Deputy."

„Himmel, Devin, Nate braucht unbedingt frische Windeln. Ich habe keine Zeit, den Deputy zu spielen."

„Siehst du das Auto dort? Das mit den Nummernschildern aus Delaware?"

„Sicher. Ich hab schließlich Augen im Kopf."

„Schließ es kurz."

Jetzt hoben sich Rafes Augenbrauen, und ein Grinsen huschte über sein Gesicht. „Tss, tss, Devin, ich kann mich aber gar nicht mehr daran erinnern, wie man das macht."

„Los, beeil dich schon." In Devins Stimme schwang Ungeduld mit. Er war im Moment nicht zu Scherzen aufgelegt.

„Was ist denn überhaupt los?"

„Irgendjemand raubt gerade die Bank aus. Fahr das Auto weg für den Fall, dass er mir entwischt. Und halt mir die Leute vom Hals."

„Du gehst da nicht allein rein, Devin, das ist zu gefährlich."

„Tu, was ich dir sage, Rafe, fahr das Auto weg, aber ein bisschen dalli. Ich geh jetzt rein. Sollte er rauskommen und mit seiner verdammten Pistole rumfuchteln, tu mir einen Gefallen und geh ihm aus dem Weg, versprichst du mir das?"

Einen Teufel würde er tun. Rafe ging mit federnden Schritten zu dem Wagen hinüber, dessen Tür nicht abgeschlossen war. Er klemmte sich hinters Steuer und schloss die Zündung kurz, während Devin seine Waffe aus dem Halfter zog.

Er war entschlossen, den Bankräuber auf seine eigene Art und Weise unschädlich zu machen und eine Schießerei zu vermeiden. Er steckte seinen Revolver hinten in seinen Gürtel, nahm den Sheriffstern ab und versenkte ihn in seiner Hosentasche. Dann stieß er die

Tür auf und schlenderte seelenruhig in die Bank, als ob nichts wäre.

„Hallo, Nancy." Er lächelte die Kassiererin, die mit schreckgeweiteten Augen hinter dem Tresen stand, an. „Hab schon befürchtet, dass ich zu spät dran bin. Gut, dass ihr noch offen habt. Ich will was einzahlen."

Obwohl ihr Gesicht vor Angst wie erstarrt war, schaffte sie es, den Mund aufzumachen. „Aber ... aber ..." stammelte sie.

„Meine Frau vierteilt mich, wenn ich ihr sagen muss, dass ich vergessen habe, das Geld einzuzahlen." Er schlenderte gemütlich auf den Tresen zu.

„Sind Sie verrückt geworden?" schrie ihn der Mann an und fuchtelte wild mit der Pistole herum. „Sehen Sie nicht, was hier los ist?" Er stand ganz offensichtlich kurz davor, die Nerven zu verlieren. „Los, legen Sie sich auf den Boden! Machen Sie schon!"

„He, he, immer mit der Ruhe. Ich bin im Moment nicht in der Stimmung. Alles, was ich will, ist ein bisschen Geld einzahlen." Während sein Blick unverwandt auf dem Gesicht des Mannes lag, wanderte seine Hand dahin, wo ein Mann gewöhnlich seine Brieftasche aufbewahrt.

Zu Devins Erleichterung schwenkte die Waffe des Mannes, die bis jetzt unsicher zwischen ihm und Nancy hin- und hergependelt hatte, jetzt endgültig herum, um ihn in Schach zu halten. „Leg dein verdammtes Geld hier auf den Tresen. Aber beeil dich!"

Als hätte er die Waffe eben erst registriert, hob Devin nun beide Hände. „Lieber Himmel, ist das hier ein Banküberfall?"

„Was hast du denn gedacht, Einstein? Los, her mit der Kohle."

„Okay, okay. Ich will keine Scherereien. Sie können es haben." Doch statt die Brieftasche zu zücken, zog Devin jetzt seinen Revolver. „Und jetzt stehen wir uns gegenüber und erschießen uns gegenseitig, oder was? Was stellst du dir vor?"

Der Mann warf wilde Blicke um sich. „Ich bring dich um! Ich schwör's, ich bring dich um!"

„Das wäre eine Möglichkeit." Eine nicht sehr wahrscheinliche, weil der Idiot seine Pistole schwenkte, als wäre sie eine Fahne. „Genauso gut kann es sein, dass ich Sie erschieße. Lassen Sie die Waffe fallen und nehmen Sie die Hände hoch. Sie sollten Ihr Schuldkonto nicht noch zusätzlich zu einem bewaffneten Banküberfall mit einem Polizistenmord anreichern."

„Ein Bulle! Ein gottverdammter Bulle! Dann muss sie eben dran glauben!" Wütend riss der Mann seine Waffe herum und richtete sie wieder auf die Kassiererin.

Devin zögerte keine Sekunde. Nancy war bereits

da, wo sie hingehörte. Auf dem Boden außerhalb der Schusslinie. Da er nahe genug stand, nahm er anstelle seiner Pistole seine Fäuste zu Hilfe.

„Verdammter Idiot."

Der Mann schaffte es gerade noch, einen Schuss in die Decke abzugeben, ehe seine Waffe in hohem Bogen in die gegenüberliegende Ecke des Raumes flog.

„Seien Sie jetzt schön brav, und nehmen Sie die Hände hinter den Kopf", befahl Devin in aller Seelenruhe, wobei er den Mann mit seiner Pistole in Schach hielt. „Wenn Sie es nicht tun, bin ich gezwungen, Ihnen das Hirn aus dem Kopf zu pusten – was mir allerdings leid täte, denn der Teppichboden ist erst ein Jahr alt."

„Verdammter Bulle. Verdammtes lausiges Drecksnest."

„Das haben Sie ganz richtig erkannt." Mit etwas mehr Kraftaufwand, als eigentlich nötig gewesen wäre, drehte Devin dem Mann die Arme auf den Rücken. Es dauerte nur einen Moment, dann klickten die Handschellen. „Wir haben hier etwas gegen Unordnung, verstehen Sie? Wir sind regelrecht allergisch dagegen. Alles okay, Nancy?"

10. KAPITEL

Cassie sagte sich immer wieder, dass es unnötig sei, sich um Devin Sorgen zu machen. Ihm war nichts passiert. Rafe hatte ihr die Geschichte von dem versuchten Bankraub erzählt, und sie wusste, dass sie seiner Version mehr trauen konnte als all den anderen, die sie inzwischen im Laufe des Tages per Telefon zu hören bekommen hatte. Einzig Connors Bericht war ansonsten noch weitgehend objektiv ausgefallen.

Es gab also keinen Grund zur Beunruhigung.

Und doch war sie so nervös, dass sie jedes Mal zusammenzuckte, wenn das Telefon läutete.

Eine Tatsache machte ihr immer wieder von neuem zu schaffen und ging ihr ständig im Kopf herum. Es war der Gedanke, dass er einem bewaffneten Mann mit leeren Händen gegenübergetreten war.

Wieder erschauerte sie und versuchte das beängstigende Bild aus ihrem Kopf zu verdrängen. Er war mitten in einen bewaffneten Banküberfall hineinmarschiert, um Leben zu retten, wobei er sein eigenes aufs Spiel gesetzt hatte. Noch nie zuvor hatte sie mit seiner Dienstmarke eine so hohe Verantwortung verbunden. Er hatte sein Leben riskiert. Unter normalen Umständen musste der Sheriff eines so verschlafenen Städtchens eher diplomatische Fähigkeiten aufbringen als Mut. Zumindest war sie bisher immer dieser Meinung gewesen.

Jetzt aber wurde ihr klar, dass sie sich geirrt hatte. Auch in Antietam gab es Einbrüche, Schlägereien, Diebstähle, gewalttätige Familienzwistigkeiten und Vandalismus. Und er hatte die Verantwortung.

Während sie über all das nachgrübelte, erkannte sie aber auch, dass ihre Sorge nicht einem guten Freund oder Liebhaber galt, sondern dem Mann, den sie liebte.

Diese Einsicht hatte etwas Unerwartetes, Schockierendes. Jetzt, nachdem sie endlich die Augen geöffnet hatte, konnte sie einen Blick in ihre Vergangenheit wagen. Soweit sie zurückdenken konnte, war Devin da gewesen. Sie hatte an ihm gehangen, ihn bewundert und ihn sich, wenn sie es recht bedachte, aus ihrem Leben gar nicht wegdenken können.

Sie hatte sich in seiner Gegenwart stets gehemmter gefühlt als in Gegenwart seiner Brüder und sich immer wieder gefragt, weshalb das so war. Jetzt wusste sie es. Es war gar nicht wahr, dass sie ihn die ganzen Jahre über nur als einen Freund oder als einen der MacKades betrachtet hatte. Ja, es wurde Zeit, genau hinzuschauen, sich klar zu werden.

Sie hatte ihm gegenüber stets viel mehr empfunden. Jetzt war sie frei und konnte ihren Gefühlen freien

Lauf lassen. Jetzt konnte sie endlich zugeben, dass es in ihrem Herzen immer einen Platz gegeben hatte, der ganz allein nur für ihn reserviert war.

Und was anderes sollte das wohl sein als Liebe? Ja, es war so. Sie liebte ihn.

Als das Telefon wieder läutete, konnte sie gar nicht schnell genug abnehmen und hatte Mühe, ihre Stimme ruhig zu halten, als sie sich meldete. Es war Savannah.

„Hi, ich wette, du hast die Neuigkeiten schon gehört, oder irre ich mich?"

„Nein. Es ist im Moment das einzige Gesprächsthema." Um sich zu beruhigen, öffnete Cassie den Kühlschrank und nahm den Krug mit Orangensaft heraus. „Hast du Devin schon gesehen, seit es passiert ist? Oder einen seiner Brüder?"

„Nein, ich selbst nicht, aber Jared. Er sagt, dass unser großer Sheriff verärgert ist über den Wirbel, der um die ganze Sache gemacht wird. Im Augenblick stattet ihm ein Fernsehteam aus Hagerstown einen Besuch ab, und die Presse war auch schon da." Cassie schwieg, und Savannah wusste genau, warum. „Es geht ihm gut, Cassie", versicherte sie ihr mit warmer Stimme. „Er hat keinen Kratzer abbekommen, glaub mir. Er ist einfach nur sauer, weil ihn die ganze Aufregung von seiner Arbeit abhält. Du kennst doch Devin. Und was ist mit dir? Geht's dir gut?"

„Mir?“ Cassie starrte den Saft an, den sie sich eben in ein Glas gegossen hatte. „Ja, mir geht's gut. Ich bin nur beunruhigt.“

„Das kann ich gut verstehen. Ich muss zugeben, dass mir auch ziemlich mulmig wurde, als Bryan mir die ganze Geschichte in den blühendsten Farben ausmalte. Aber glücklicherweise ist es ja so, dass Devin ganz gut auf sich aufpassen kann.“

„Ja.“ Cassie hob das Glas und setzte es wieder ab. „Das kann er.“

„Hör zu, würdest du mir einen Gefallen tun?“

„Sicher. Worum geht's denn?“

„Bryan will, dass Connor bei uns übernachtet. Würde es dir etwas ausmachen, ihn zu uns rüberzuschicken? Natürlich nur, wenn er Lust hat“, fügte sie hinzu.

„Oh.“ Cassie warf einen Blick aus dem Fenster in den Garten, wo Connor und Emma mit der Katze spielten. „Er wird begeistert sein, da kannst du Gift drauf nehmen. Aber ist es dir denn überhaupt recht?“

Jetzt kam ein Krachen durch die Leitung, und gleich darauf hörte Cassie, wie Savannah schrie: „Bryan MacKade, wenn du diese Fensterscheibe mit deinem verdammten Baseball einschmeißt, bist du nicht nur aus diesem Spiel raus, sondern kriegst gleich für die ganze Saison die Rote Karte! Und wie recht mir das ist", fuhr sie an Cassie gerichtet fort. „Wenn die beiden zusammen sind, hat Bryan wenigstens eine Beschäftigung und nervt mich nicht andauernd. Aber das ist noch nicht alles. Kann Emma auch mitkommen?"

„Emma? Du willst, dass Emma auch bei euch übernachtet?"

„Es war Jareds Idee. Er meinte, wir sollten schon mal üben, wie man mit kleinen Mädchen umgeht. Mit Jungen kennen wir uns mittlerweile ja aus, aber Jared hat die größten Befürchtungen, dass wir verloren sind, wenn Layla größer wird." Sie lachte, und Cassie hörte das Baby friedlich vor sich hin lallen. „Ich bring sie dir auch heil zurück."

„Sie wird ganz aus dem Häuschen sein. Aber hast du dir überlegt, dass es mit vier Kindern ganz schön chaotisch wird?"

„Schon. Aber wir haben beschlossen, dass wir aus der Vier unsere Glückszahl machen, falls du verstehst, was ich meine."

„Vier?" Cassie kicherte. „Na, da brauchst du aber wirklich noch jede Menge Übung."

„Lass uns erst mal sehen, wie wir die Nacht überstehen. Mach die beiden abmarschbereit, Cassie, ja? Jared kommt gleich rüber und holt sie ab."

„Nur unter einer Bedingung. Sobald irgendwas ist, rufst du mich an, versprochen?"

„Versprochen.“ Jetzt hörte Cassie wieder einen Krach, dann splitterte Glas. „So, das war's dann, Bryan! Also beeil dich, Cassie, es wird wirklich höchste Zeit, wie dir wohl eben nicht entgangen sein dürfte.“

Nachdem die Kinder fort waren, hatte sie endlich einmal Zeit für sich – zu viel Zeit, wie ihr gleich darauf klar wurde, weil sie sich wahrscheinlich doch nur Sorgen machen würde.

Sie ging noch einmal hinunter ins Inn, doch die Hand voll Gäste war zufrieden und bestens versorgt, sodass hier ihre Anwesenheit nicht erforderlich war. Aber sie stellte dennoch Kaffee und Kuchen in den Salon und bot den beiden Ehepaaren, die im Wintergarten Karten spielten, ein Glas Wein an.

Dann deckte sie im Speisezimmer den Frühstückstisch für den nächsten Morgen und warf noch einen letzten Blick in Speisekammer und Kühlschrank, obwohl sie wusste, dass sie für das Frühstücksbüfett am morgigen Sonntag, für das das Inn weit über die Stadtgrenzen hinaus berühmt war, bestens ausgerüstet war.

Als sie mit allem fertig war, ging sie nach draußen. Sie war es nicht gewohnt, nichts zu tun zu haben, aber natürlich hatte sie oft davon geträumt, ein Mal, ein einziges Mal nur, einen ganzen Abend allein für sich zu haben. Ein Schaumbad, ein gutes Buch, ein Spätfilm im Fernsehen.

So würde sie ihren Abend gestalten. Doch zuvor musste sie rasch noch in die Stadt fahren und sich mit eigenen Augen davon überzeugen, dass mit Devin auch wirklich alles in Ordnung war.

Sie stürmte die Treppe nach oben. Als sie die schattenhafte Gestalt auf der Schaukel entdeckte, entfuhr ihr ein leiser Aufschrei.

„Ich hab gesehen, dass du noch beschäftigt warst", sagte Devin. „Ich wollte dich nicht stören und hab deshalb hier gewartet."

Ihre Hand lag noch immer auf ihrem rasch klopfenden Herzen. „Ich dachte, du kommst aus der Stadt nicht weg. Savannah hat mir von den ganzen Interviews …"

„Ich hab Donnie dazu verdonnert, den Abend über im Büro zu bleiben. Das ist das Mindeste, was er für mich tun kann, nachdem er mich den ganzen Nachmittag mit diesem verdammten Telefon allein gelassen hat." Er hielt ihr einen großen Strauß gelber Teerosen hin. „Hab ich dir mitgebracht. Als ich an dem Blumengeschäft vorbeikam, ist mir aufgefallen, dass ich dir noch nie Blumen mitgebracht habe. Dabei weiß ich doch, wie sehr du sie liebst."

„Sie sind wirklich wunderschön. Vielen Dank." Sie

vergrub ihr Gesicht in dem Strauß und atmete tief den süßen Duft ein.

„Komm, setz dich doch ein bisschen zu mir."

Sie folgte seiner Aufforderung und setzte sich neben ihn, wobei sie den Strauß im Arm hielt wie ein Baby.

Er legte eine Hand unter ihr Kinn und drehte ihren Kopf zu sich. Forschend schaute er sie an. „Was hast du denn?"

„Nichts. Ich habe mir nur solche schrecklichen Sorgen um dich gemacht", platzte sie heraus. „Ich konnte hier nicht weg und habe ständig darauf gewartet, dass du anrufst."

„Ich habe es verschiedentlich versucht, aber es war immer besetzt."

„Ich glaube, ich kenne niemanden, der heute Nachmittag nicht angerufen hat. Und ich habe mindestens ein Dutzend verschiedene Versionen der Geschichte gehört."

„Nun, in Wahrheit war es viel weniger aufregend, als du vielleicht glaubst."

„Aber er hatte doch einen Revolver, oder etwa nicht? Du wusstest, dass er bewaffnet war, als du in die Bank gegangen bist."

„Ich muss meinen Job machen, Cassie. Ich konnte schließlich nicht so tun, als sei nichts. Er hätte jemanden verletzen können."

„Er hätte dich verletzen können."

„Anscheinend ist dir noch nicht zu Ohren gekommen, dass Kugeln wirkungslos an mir abprallen."

Ihr war nicht nach Lachen zu Mute. Sie presste ihr Gesicht an seine Schulter. „Ich bin so froh, dass dir nichts passiert ist. Und dass du jetzt hier bei mir bist."

„Ich auch." Er legte ihr den Arm um die Schultern und setzte die Schaukel in Bewegung. „Wenn ich gekonnt hätte, wäre ich schon viel früher gekommen."

„Ich weiß. Du warst in den Nachrichten."

„Ja."

„Hast du es dir denn nicht angeschaut?"

Als er den Kopf schüttelte, fuhr sie fort: „Es wird um elf wiederholt. Wir können es uns zusammen ansehen."

„Nicht nötig. Ich weiß, wie ich aussehe."

Verwundert sah sie ihn an. „Es ist dir peinlich."

Unangenehm berührt, rutschte er auf der Schaukel herum. „Nein. Ja … vielleicht ein bisschen."

Plötzlich erschien er ihr wie ein kleiner Junge, und ihr wurde ganz warm ums Herz. „Ich habe es mir dreimal angesehen und mir dabei gedacht, dass du aussiehst wie ein Filmstar."

„Scheinst ja gar nicht genug bekommen zu können." Seine Handflächen waren auf einmal feucht. Ein bisschen Distanz, MacKade, warnte er sich selbst, sonst explodierst du gleich. „Mir ist vorhin noch etwas anderes durch den Kopf gegangen. Ich habe dich bisher noch nie zum Essen eingeladen."

„Dafür warst du im vergangenen Frühjahr mit uns im Zoo und im letzten Sommer auf dem Volksfest."

Warum schaut sie mich bloß so an? fragte er sich. So hatte sie ihn noch niemals angeschaut. War das Belustigung … oder etwa … Lust … oh Gott.

„Ich meinte, nur du und ich. Ich bin wirklich gern mit den Kindern zusammen, aber …"

„Du musst mich nicht zum Essen einladen, Devin. Mir gefällt es so, wie es ist, wirklich. Ich bin glücklich damit."

„Wie auch immer. Ich würde es einfach gern irgendwann mal machen." Er hatte plötzlich das Gefühl, nicht mehr klar denken zu können, solange sie so nah bei ihm saß, den Teerosenstrauß im Arm. „Ich … äh … hier habe ich auch noch ein paar Sachen … Kuchen und Plätzchen und Pasteten und so. Die Leute haben es mir ins Büro gebracht."

„Sie sind dir dankbar." Ihr Herz klopfte schneller, sie stand auf. „Und das möchten sie dir gern zeigen."

„Ja, schon, aber ich kann es im Leben nicht allein aufessen, ich habe Donnie schon einen Teil abgegeben und dachte mir, die Kinder …" Er unterbrach sich und schaute sich um. „Ich habe sie gar nicht gesehen, als ich heraufkam. Sie werden doch wohl nicht schon im Bett sein um diese Zeit, oder?"

„Sie sind nicht da." Sie dankte im Stillen Savannah und Jared und ihrem Schicksal. „Sie verbringen die Nacht bei Savannah und Jared."

„Sie sind nicht da."

„Nein. Wir sind allein."

Er hatte sich seelisch darauf vorbereitet, ein Weilchen mit ihr zu plaudern und dann wieder zu gehen. Er hätte es nicht gewagt, sie zu fragen, ob er bleiben dürfe. Wegen der Kinder, die im Nebenzimmer schliefen.

Doch jetzt waren sie allein, und die Nacht hatte eben erst angefangen. Eine Welle von Begehren spülte über ihn hinweg. Er stemmte sich mit aller Kraft dagegen und bewerkstelligte ein entspanntes Lächeln.

„Dann kann ich dich ja heute zum Essen ausführen."

„Ich will aber nicht essen. Ich will, dass du mit mir ins Bett gehst", sagte sie leise.

Das verschlug ihm die Sprache. „Cassie." Er stand auf, ging zu ihr hin und legte ihr zärtlich eine Hand an die Wange. „Deswegen bin ich nicht hergekommen, weißt du. Es ist nämlich nicht der einzige Grund, weswegen ich gern mit dir zusammen bin."

„Ich weiß." Sie nahm seine Hand von ihrem Gesicht und bedeckte seine Handfläche mit kleinen Küssen. „Aber es ist das, was ich heute Nacht am liebsten tun würde. Ich gehe jetzt und stelle die Blumen ins Wasser."

Damit ließ sie ihn sprachlos in der Dunkelheit auf der Veranda zurück. Mehr als nur ein bisschen verwirrt folgte er ihr nach drinnen.

„Den habe ich bei Regan gekauft." Cassie füllte einen grünen Glaskrug mit Wasser. „Ich habe mir angewöhnt, mir immer, wenn ich ein bisschen Geld übrig habe, irgendetwas Schönes zu kaufen. Und das sogar ganz ohne Schuldgefühle."

„Du solltest dir überhaupt keine Schuldgefühle machen."

„Oh, ein paar Sachen gibt es schon." Geschickt arrangierte sie die Blumen in der Vase. „Aber nicht deswegen. Und wegen dir auch nicht." Sie hob den Blick. „Weißt du, was ich empfinde, wenn ich an dich denke, Devin? An uns?"

Er hielt es für das Beste, nicht zu versuchen zu sprechen, nicht im Moment, wo ihm das ganze Blut aus seinem Gehirn zu weichen schien.

„Schwindel. Du machst, dass mir ganz schwindlig wird. Du verwirrst mich. Ich habe Gefühle, die ich nie in meinem Leben hatte, und will plötzlich Dinge, von denen ich niemals geglaubt hatte, dass ich sie jemals wollen könnte. Ich bin fast neunundzwanzig, und du bist der erste Mann, der mich je wirklich richtig berührt hat. Ich will, dass du mich berührst."

Das würde er tun, sofort, sobald er davon ausgehen konnte, dass er seine Hände und sein Begehren sicher unter Kontrolle hatte. Hätte es sich bei der Frau, die hier vor ihm stand, nicht um Cassie gehandelt, er wäre bereit gewesen, ein Monatsgehalt zu verwetten, dass sie versuchte, ihn zu verführen.

Weil er noch immer schwieg und auch keinen Schritt näher kam, befürchtete sie schon, etwas falsch gemacht zu haben. „Aber wenn du heute keine Lust hast … ich meine … ich kann verstehen, dass es ein anstrengender Tag …"

„Großer Gott", brach es so explosionsartig aus ihm heraus, dass ihr Kopf alarmiert hochschnellte. Rasch riss er sich zusammen. „Komm, lass uns eine kleine Spazierfahrt machen", versuchte er abzulenken. „Es ist eine wunderbare Nacht, der Mond geht gerade auf. Ich habe Lust, mit dir ein bisschen durch die Gegend zu gondeln."

Sie war sich sicher, dass sie einen Riesenfehler begangen hatte, aber sie wusste nicht, welchen. Alles, was sie wusste, war, dass sie Lust auf ihn hatte, aber er nicht auf sie. Anscheinend bist du eine miserable Verführerin, dachte sie. Aber wie sollte das auch anders sein? Schließlich hatte sie keinerlei Übung.

„Nun gut, wenn du möchtest."

Er hörte auf Anhieb die falsche Munterkeit aus ihrem Tonfall heraus. „Cassie, glaub bitte nicht, dass ich keine Lust habe, mit dir zu schlafen. Das ist nicht der Grund. Im Gegenteil. Es ist nur so, dass ... vielleicht hat mich diese Sache heute Mittag doch mehr mitgenommen, als ich dachte. Ich muss erst ein bisschen zur Ruhe kommen, bevor ich ... bevor ich dich berühren kann."

„Warum?"

„Weil ich ... weil ich im Augenblick einfach für nichts garantieren könnte, Cassie, und wenn du mich weiter so anschaust, wie du es gerade tust, hilft mir das auch nicht weiter. Im Gegenteil. Es macht die Sache nur noch schlimmer. Ich wäre bestimmt nicht in der Lage ... ich würde dir wehtun."

„Wehtun? Aber was ist nur los, Devin? Bist du denn böse mit mir?"

„Unsinn." Er fluchte verhalten und rannte nervös vor ihr auf und ab. „Wenn ich auf dich böse bin, sage ich dir das schon, verlass dich drauf. Du raubst mir den Verstand. Ich brauche dich bloß anzuschauen, wie du so dastehst, mit gefalteten Händen, die großen grauen Augen weit aufgerissen. Es bringt mich um, verstehst du?“ Er schleuderte ihr die Worte entgegen wie eine Anklage. „Seit wir miteinander geschlafen haben, komme ich damit einfach nicht mehr klar. Wir müssen sofort hier raus, bevor ich dich bei lebendigem Leib mit Haut und Haaren auffresse.“

„Wir bleiben aber hier.“ Es überraschte sie beide, wie entschlossen ihre Stimme klang.

„Ich habe dir doch gesagt …“

„Du hast versucht, mir etwas zu sagen. Du glaubst, ich sei zu empfindsam, um mit deiner ungezügelten Lust zurechtzukommen. Um mit dir zurechtzukommen. Nun, dann muss ich dir jetzt aber sagen, dass du dich gewaltig irrst.“

„Du hast wirklich keinen Schimmer, worauf du dich da einlässt.“

„Mag sein.“ Plötzlich wild entschlossen, ging sie auf ihn zu. „Bisher, wenn wir miteinander geschlafen haben, hattest du niemals etwas davon. Das soll diesmal anders werden.“

„Mach dich nicht lächerlich. Natürlich hatte ich etwas davon.“

„Aber du hast nur das getan, was ich wollte“, erwiderte sie entschieden. Wie stark er ist, dachte sie. Ein starkes Gesicht, starke Hände, ein unbeirrbarer Blick. Kein Bild aus irgendeinem Magazin oder eine Fantasiegestalt. Ein starker Mann aus Fleisch und Blut, mit einem starken Begehren. „Du warst so rücksichtsvoll, so geduldig. Niemand hat bisher so viel Rücksicht auf mich genommen wie du."

„Ich weiß." Als er jetzt die Hand hob, um ihr durchs Haar zu streichen, tat er es sanft. „Du musst nie wieder Angst haben."

„Hör auf, mich wie ein Kind zu behandeln, Devin." Kühn nahm sie sein Gesicht zwischen ihre Hände, dieses vertraute Gesicht. „Du hältst dich immer zurück. Das muss aufhören. Ich war anfangs nur zu verwirrt, um das zu bemerken."

„Cassie, du brauchst Zärtlichkeit."

„Sag mir nicht, was ich brauche." Ihre Stimme klang scharf, und ihre Augen blitzten. „Das hatte ich lange genug in meinem Leben. Ja, ich brauche Zärtlichkeit ebenso wie Vertrauen und Respekt, aber ich will auch wie eine normale, erwachsene Frau behandelt werden."

Sanft legte er seine Hände um ihre Handgelenke. „Dräng mich nicht, Cassie." Er drückte ihr einen zärtlichen Kuss auf die Augenbraue, und das machte sie erneut zornig.

„Ich will, dass du mich so küsst, wie dir zu Mute ist", verlangte sie, dann presste sie ihre Lippen auf seine. „Zeig mir, wie dir zu Mute ist", flüsterte sie gegen seinen Mund. Sie spürte, wie er zusammenzuckte und sich gleich darauf versteifte in dem Versuch, seine Selbstkontrolle zu wahren. „Zeig mir, wie es ist, wenn du mich richtig begehrst. Ich will wissen, wie du bist, wenn du aufhörst zu denken."

Mit einem gemurmelten Fluch ergriff er von ihren Lippen Besitz. Wie schon bei dem ersten Kuss spürte sie, wie sich das Blut in ihren Adern in glühende Lava verwandelte. Jetzt endlich zeigte er ihr genau wie damals im Salon sein echtes, unverstelltes Begehren.

Als er einen Moment später versuchte, sich von ihr freizumachen, hielt sie ihn fest.

„Verdammt noch mal, Cassie."

„Tu das noch mal." Sie griff in sein schwarzes Haar und zog seinen Kopf wieder an sich. „Küss mich so wie eben." Ihr Blick, verhangen und doch wachsam, ließ ihm keinen Ausweg. „Zeig mir, wie es ist", murmelte sie. „Ich warte schon mein ganzes Leben darauf, es endlich zu erfahren." Als sie die Hand auf seine Brust legte, spürte sie, dass sein Herz hämmerte. „Nimm mich, und sei einmal nicht freundlich und rücksichtsvoll, Devin. Nimm mich einfach so, wie dir zu Mute ist."

Seine Hände zitterten, als er ihren Kopf zurückbog und erneut begann, ihren Mund mit einer Wildheit zu plündern, die sie sofort mitriss. Doch noch immer gab es einen Teil in ihm, der sich zurückhielt und ihre Reaktionen genauestens kontrollierte. Er sagte sich, dass er sofort aufhören würde – aufhören könnte –, wenn erkennbar war, dass sie sich in die Ecke gedrängt fühlte.

Einen Moment später jedoch begann er zu fürchten, dass das womöglich nur Selbstbetrug war, dass er sich selbst täuschte.

„Cassie …“

„Nein. Zeig's mir. Los, mach schon.“ Sie fühlte sich fast wie in Trance, so neu und erschütternd war für sie die Erkenntnis, dass sie ihn ebenso heftig begehrte wie er sie und keinerlei Angst vor ihm hatte. „Zeig's mir jetzt.“

Er hätte schwören mögen, dass er gehört hatte, wie etwas in ihm ausrastete. Seine Selbstkontrolle zersplitterte. Begierde spülte über ihn hinweg, primitive, fast schon brutale Begierde, die die langen Jahre des Wartens auslöschte, als hätte es sie nie gegeben.

In der Hast zerfetzte er ihre Bluse. Das Geräusch reißenden Stoffes hätte ihn vielleicht wieder zu Verstand gebracht, aber Cassie stöhnte und drängte sich an ihn. Instinktiv erkannte er, dass das Beben, das ihren Körper durchlief, nicht Angst war, sondern Lust. Diese Erkenntnis steigerte seine Erregung noch um ein Vielfaches.

„Ich … ich kann mich nicht zurückhalten.“

„Dann versuch's gar nicht erst“, flüsterte sie an

seinem Hals, wobei ihr erneut ein Lustschauer den Rücken hinabjagte. Die Hitze, die von ihm ausging, drohte sie fast zu versengen. „Streichle mich." Sie wühlte ihre Hände in sein schwarzes Haar und gab sich ganz ihrem eigenen Begehren hin. „Ich werde verrückt, wenn du mich nicht augenblicklich streichelst."

Kurz entschlossen hob er sie hoch, um sie ins Schlafzimmer zu tragen. Als sie die Beine um seine Hüften schlang und sich voller Verlangen an ihn drängte, glaubte er an seiner Lust fast ersticken zu müssen. Er geriet leicht ins Taumeln, blieb vor der Schlafzimmertür stehen und drückte Cassie gegen die Wand, um sie abzustützen. Wie ein Verdurstender beugte er sich über sie und saugte an ihren harten Knospen.

„Mehr", stöhnte sie erschauernd. „Gib mir mehr." Sie konnte es nicht fassen, dass diese Worte aus ihrem Mund kamen, konnte nicht glauben, dass dieses lasterhafte Begehren in ihr lauerte. Wie im Fieber riss sie sich die Fetzen ihrer Bluse ganz vom Leib, sodass seinen Lippen keine Grenzen mehr gesetzt waren.

Als sich seine Zähne in ihr weiches Fleisch gruben, erreichte sie den Höhepunkt und erschrak über dessen Heftigkeit.

Wie sie auf den Boden gekommen waren, wusste sie nicht mehr. Sie zog an seinem Hemd, er zerrte an ihrer Hose. Etwas zu sagen war unmöglich, unartikulierte Laute und Stöhnen war das Einzige, was sich ihren Kehlen entrang. Worte zu formen lag außerhalb ihrer Macht.

Gier packte ihn, als er ihr die Hose vom Leib riss, eine Gier, die er länger als ein Jahrzehnt unterdrückt hatte. Jetzt brach sie aus ihm heraus und raste wie eine Sturmflut über ihn hinweg. Er schob seine Hände unter ihr Becken, hob sie ein Stück hoch, um die letzte Hürde, die ihn noch von ihrem Schoß trennte, zu beseitigen. Ihr Baumwollslip hielt seinem Angriff nicht stand und ging in Fetzen. Als er sich daranmachte, mit seiner Zunge den Brand, der im geheimsten Versteck ihres Begehrens wütete, noch anzufachen, schrie sie laut auf.

Sie wölbte sich ihm entgegen, wehrlos, hilflos, ausgeliefert. Ihre Fingernägel kratzten auf der Suche nach Halt über den Boden, doch da gab es nichts, was ihren Sturz ins Nichts hätte bremsen können. Seine Zunge trieb sie vorwärts, gnadenlos, unablässig dem Höhepunkt entgegen, bis schließlich ein rauer, kehliger Schrei aus ihrer Kehle aufstieg.

„Mehr." Diesmal war er es, der forderte, war er es, der stöhnte, während sich ihre Fingernägel in das feste Fleisch seines Rückens und seiner muskulösen Schultern gruben. Als sich ihre Hand um seinen harten seidigen Schaft schloss, fühlte er sich an wie ein Vulkan kurz vor dem Ausbruch, und seine Herzschläge dröhnten in seinen Ohren wie Buschtrommeln. Er wusste, dass er es nicht mehr länger hinauszögern konnte. Sein Begehren forderte sein Recht ein.

Besinnungslos vor Lust warf er sich über sie und tauchte tief, ganz tief ein in ihren hungrigen Schoß. Er schob seine Hände unter ihr Becken und hob sie hoch, weil es ihm noch immer nicht tief genug war. Er sehnte sich danach, ganz und gar mit ihr zu verschmelzen, nur noch ein Leib zu sein.

Er gab ihr ein Zeichen, dass sie sich weniger heftig bewegen solle, und sie bemühte sich, doch es gelang ihr kaum, sich zu beherrschen. Woher hätte sie wissen sollen, dass sie zu solcher Leidenschaft fähig war, dass ein solch verzehrendes Feuer von ihr Besitz ergreifen konnte? Woher, wenn nicht er es ihr gezeigt hätte?

Und dann bäumte sich dieser wundervolle Körper für eine Sekunde auf, versteifte sich, und einen Moment später sah sie, wie der Mann über ihr, dieser Mann, den sie doch mit jeder Faser ihres Herzens liebte, wie in einem Anfall von Schmerz den Kopf in den Nacken warf und einen rauen, kehligen Schrei ausstieß. Als er bis ins Mark erschauerte und ihren Namen schrie, ließ auch sie sich los, und Tränen unbändigen Glücks stürzten ihr aus den Augen.

In demselben Moment, in dem er gesättigt über ihr zusammenbrach, spürte er ihre Tränen an seiner Schulter. Er hätte sich sofort von ihr heruntergerollt, aber sie legte die Arme um ihn und hielt ihn fest.

„Nicht. Beweg dich nicht."

„Es tut mir leid." Worte reichten nicht aus für das, was er ihr sagen wollte, nichts, was er ihr hätte sagen können, erschien ihm genug. „Ich habe dir wehgetan, Dabei habe ich dir versprochen, das nicht zu tun."

„Soll ich dir sagen, was war?" Ihre Mundwinkel bogen sich zu einem leichten Lächeln nach oben, doch er sah es nicht. Alles, was er sah, war, dass er das Wertvollste, was er besaß, mit Füßen getreten hatte. „Du hast es vergessen."

„Vergessen? Was habe ich vergessen?" Wieder machte er Anstalten, sich von ihr herunterzurollen, und wieder hielt sie ihn fest.

„Du hast vergessen, rücksichtsvoll zu sein, du hast vergessen, besorgt zu sein, du hast alles vergessen. Ich hätte nie gedacht, dass ich dich so weit bringen kann. Es gibt mir …", ein langer, zufriedener Seufzer folgte, „… Macht."

„Macht?" Seine Kehle fühlte sich an wie ausgedörrt. Er musste Cassie vom Fußboden aufheben. Großer Gott, er hatte sie auf dem Fußboden genommen. Er wollte sie aufs Bett legen, zudecken und trösten. Doch das Wort, das sie benutzt hatte, setzte ihn so sehr in Erstaunen, dass er alles andere vergaß.

„Stärke. Verführungskraft.“ Jetzt hob sie die Arme über den Kopf und streckte sich langsam und träge. „Macht. Ich habe mich noch nie in meinem Leben mächtig gefühlt. Es gefällt mir. Oh, es gefällt mir wirklich sehr gut.“ Die Augen geschlossen, summte sie lächelnd leise vor sich hin.

So sah er sie daliegen, als er nun den Kopf hob, um sie anzusehen. Eine Frau, die soeben ein gefährliches und aufregendes Geheimnis entdeckt hatte. Bei ihrem Anblick erwachten seine Triebe erneut zum Leben.

Sie … triumphiert, sinnierte er verblüfft. „Es gefällt dir“, wiederholte er und konnte es noch immer kaum glauben.

„Hm … ich möchte es wieder spüren. Und wieder und wieder.“ Sie öffnete die Augen und lachte, als sie seinen fassungslosen Gesichtsausdruck sah. „Ich habe dich verführt, stimmt's?“

„Du hast mich zerstört, Cassie. Ich habe deine Kleider zerrissen.“

„Ich weiß. Du hast dich plötzlich vollkommen vergessen. Das wollte ich. Es war aufregend. Machst du es noch mal?“

„Ich …“ Er schüttelte den Kopf, doch da sein Verstand sich weigerte, klar zu werden, gab er auf und verlor sich in den Tiefen ihrer Augen. „Jederzeit, wenn du willst."

„Darf ich deine Kleider auch zerreißen?"

Es verschlug ihm die Sprache. Er musste sich räuspern. „Wir sollten vielleicht zuerst mal vom Fußboden aufstehen."

„Mir gefällt es hier. Es hat mich erregt zu sehen, dass du mich so begehrt hast, dass du nicht länger warten konntest." Sie hob eine Hand und schob ihm eine weiche schwarze Locke aus der Stirn. „Und es gefällt mir, wie du mich gerade ansiehst." Sie fuhr sich mit der Zungenspitze über die Lippen. „Ich schmecke dich sogar noch immer."

„Oh Gott."

Als er sich erneut in ihr zu bewegen begann, durchfuhr sie ein kurzes, köstliches Beben. „Ich tu's schon wieder."

„Hm?"

„Dich verführen."

Er bekam kaum noch Luft. „Sieht ganz danach aus."

Und jetzt fühlte sie sich das erste Mal in ihrem Leben wie eine ganz normale Frau, eine Frau, die liebt und wiedergeliebt wird. „Sag mir, dass du mich liebst, Devin", flüsterte sie. „Sag mir bitte bei jedem Stoß, dass du mich liebst."

„Ich liebe dich." Hilflos vergrub er sein Gesicht in ihrem Haar. Ohne dass er es gemerkt hatte, hatte sie ihm die Zügel aus der Hand genommen, und ihm blieb nichts anderes, als vorwärts zu stürmen. „Jetzt kann ich mich nicht mehr bremsen."

„Das sollst du auch gar nicht." Sie nahm alles in sich auf wie ein trockener Schwamm das Wasser – seine Liebe, seine Leidenschaft, seine Kraft – und passte sich seiner schnellen und verzweifelt nach Erlösung suchenden Gangart an. Als sie spürte, dass sie beide kurz vor dem Höhepunkt standen, bereit waren, sich wehrlos ins Bodenlose fallen zu lassen, brachte sie ihre Lippen ganz nah an sein Ohr.

„Ich liebe dich, Devin. Ich liebe dich. Ich glaube, ich habe dich immer geliebt."

11. KAPITEL

Connor war noch nie in seinem Leben so glücklich gewesen wie jetzt. Am Anfang, als sie in das neue Haus gezogen waren, hatte er ständig Angst gehabt, dass alles bald ein Ende finden und die Dinge wieder so werden würden wie vorher, doch mittlerweile glaubte er daran, dass sein Glück ebenso wie das seiner Mutter und seiner Schwester von Dauer war.

Er hatte sich angewöhnt, seine Mutter heimlich zu beobachten, und glaubte, dass es ihr besser ging. In letzter Zeit wirkten ihre Augen viel weniger müde als früher, und sie lachte mehr, als sie jemals in ihrem Leben gelacht hatte. Er hatte seine Freude daran, wie sie ihr Heim mit schönen Dingen, die sie in Regans Laden kaufte, schmückte, aber er hütete sich, seinen Freunden gegenüber etwas darüber verlauten zu lassen, weil er befürchtete, sie könnten sich womöglich über ihn lustig machen.

Bis auf Bryan. Bryan war sein bester Freund und verstand ihn, es machte ihm nicht einmal etwas aus, dass Emma ihnen ständig wie ein kleines Hündchen hinterhertrottete. Und Bryan liebte seine Geschichten. Er konnte Geheimnisse für sich behalten und war sein Blutsbruder. Eines Tages hatten sie in den Wäldern ihre Blutsbrüderschaft in einer Zeremonie feierlich besiegelt.

Heute hatten sie es endlich geschafft, die lange ersehnte Erlaubnis zu erhalten, in den Wäldern hinter dem großen Blockhaus, das Jared für sich und seine Familie gebaut hatte, zu zelten. Auf diesen Tag hatten sie lange gewartet.

Devin hatte ihnen sein altes Zelt geliehen. Connor wusste, dass es Devin zu verdanken war, dass seine Mutter sich schließlich hatte breitschlagen lassen, ihre Zustimmung zu erteilen.

Jetzt saßen sie um das Lagerfeuer, grillten Hot Dogs und Marshmallows über den Flammen und redeten. Die aufgeschichteten Zweige knackten, und in der Luft hing der Duft von geröstetem Fleisch. In Connors Mund war der süße, klebrige Geschmack der Marshmallows. Und er war im siebten Himmel.

„Das ist das Größte“, sagte er.

„Ja. Echt cool.“ Bryan sah zu, wie sein Hot Dog, den er auf ein Stöckchen aufgespießt hatte und über die Flammen hielt, langsam schwarz wurde. Genau so, wie er es liebte. „Wir sollten es jede Nacht machen.“

Connor wusste, dass es dann nichts Besonderes mehr sein würde, aber er sagte nichts. „Ist echt toll hier draußen. Sheriff MacKade hat erzählt, dass er und seine Brüder früher ständig in den Wäldern gezeltet haben.“

„Dad liebt es, hier spazieren zu gehen.“ Und Bryan liebte es, dieses Wort zu benutzen. Dad. Er benutzte es so oft wie möglich. „Mom auch. Wahrscheinlich küssen sie sich ständig, wenn sie hier draußen sind.“ Er spitzte die Lippen, verdrehte die Augen und machte ein paar schmatzende Laute, sodass Connor lachen musste. „Ich frag mich wirklich, was an dieser blöden Küsserei dran sein soll. Ich glaube, ich würde Maulsperre kriegen, wenn ein Mädchen versuchen würde, mich zu küssen. Ekelhaft.“ Er schüttelte sich.

„Find ich auch. Echt abstoßend. Und Zungenküsse erst! Widerlich.“

Bryan tat so, als müsse er sich übergeben, und würgte überzeugend. Bald kugelten sich die beiden vor Lachen auf dem Boden.

„Shane küsst ständig irgendwelche Mädels.“ Jetzt war es an Connor, angewidert die Augen zu verdrehen. „Ich meine wirklich ständig. Ich hab gehört, wie dein Dad ihn gefragt hat, ob er süchtig ist.“

Bryan schnaubte. „Wirklich verrückt, ich werd's nie kapieren. Ich meine, Shane weiß alles über Tiere und Maschinen und den ganzen Kram, aber er mag es, wenn Mädchen bei ihm rumhängen. Mädchen! Das muss man sich mal vorstellen. Dann kriegt er immer so einen komischen Blick. Wie Devin, wenn er deine Mom anschaut. Ich weiß auch nicht, aber manche

Mädchen müssen irgendwas an sich haben. Wie ein Laserstrahl vielleicht oder so."

„Was meinst du denn damit?" erkundigte sich Connor plötzlich merkwürdig einsilbig.

„Na ja, so halt. Zoom!" Bryan machte die entsprechende Geste.

„Nein, mit Sheriff MacKade und meiner Mom ..."

„Mann, stehst du auf der Leitung? Der ist doch total verrückt nach ihr." Der Hot Dog war mittlerweile Besorgnis erregend schwarz geworden. Konzentriert blies Bryan auf das eine Ende, bevor er vorsichtig hineinbiss und seinen Mund mit Holzkohle vollstopfte. „Oder willst du bestreiten, dass er die ganze Zeit bei euch rumhängt und ihr ständig Blumen und so Zeugs mitbringt? Das war bei Mom und Dad am Anfang genauso. Er hat ihr Blumen mitgebracht, und sie ist vor Freude darüber jedes Mal fast ausgeflippt." Er schüttelte den Kopf. „Verrückt so was."

„Er kommt doch nur, um ab und zu mal nach uns zu schauen", gab Connor zurück, aber der süße Geschmack in seinem Mund war sauer geworden. „Weil er der Sheriff ist."

„Denkst du." Ganz mit seinem Hot Dog beschäftigt, entging Bryan die Panik, die in den Augen seines Kumpels stand. „Das war vielleicht am Anfang der Grund, aber das ist doch längst nicht mehr alles,

Mann. Mom hat zu Dad gesagt, sie hat gedacht, sie tritt ein Pferd, wie sie gesehen hat, wie der große böse Sheriff – so nennt sie ihn immer – die kleine Cassie ständig anstarrt wie eine Kuh, wenn's donnert." Bryan kicherte. „He, Mann, wenn sie heiraten, sind wir Cousins und Blutsbrüder. Wär das nicht irre?"

„Sie heiratet ihn aber nicht!" Connors Stimme überschlug sich, sodass Bryan vor Verblüffung das Würstchen aus den Händen rutschte.

„He, was ist denn mit dir auf einmal …?"

„Sie heiratet überhaupt nie wieder! Weder ihn noch sonst jemand!" Connor war vor Erregung aufgesprungen und ballte die Hände zu Fäusten. „Du irrst dich. Du übertreibst total."

„Überhaupt nicht. Was ist denn plötzlich los? Spinnst du jetzt oder was?"

„Er kommt ab und zu bei uns vorbei und schaut nach uns, weil er der Sheriff ist, das ist alles. Das ist der einzige Grund, warum er uns besucht. Nimm sofort zurück, was du gesagt hast!"

Unter normalen Umständen hätte Bryan damit keine Schwierigkeiten gehabt, doch nun sprang der kriegerische Funke, der in Connors Augen tanzte, auf ihn über. „Ich denk überhaupt nicht dran. Jeder, der Augen im Kopf hat, kann sehen, wie scharf Devin auf deine Mom ist."

Connor stürzte sich ohne Vorwarnung auf Bryan und riss ihn zu Boden. Ineinander verklammert, rollten sie durch den Dreck.

Ein paar Momente später hatte Bryan Connor überwältigt und hockte sich schwer atmend auf die Brust seines Freundes. Connors Lippe blutete. „Gibst du auf?“ fragte Bryan gepresst.

„Nein.“ Connor schaffte es, seinen Ellbogen freizukriegen, und stieß ihn Bryan mit voller Wucht zwischen die Rippen, das Fanal zu einem erneuten Kampf.

Wieder wälzten sie sich über den Boden, und wieder gelang es Bryan, Connor zu überwältigen. Connor hob die Faust. Doch mitten in der Bewegung hielt er inne. Er hätte schwören mögen, eben etwas gehört zu haben, etwas, das klang wie das Stöhnen eines Sterbenden.

„Hörst du das?“

„Ja.“ Connor, der sich in das zerrissene T-Shirt seines Gegners verknallt hatte, ließ nicht locker, aber er hob den Kopf. „Klingt irgendwie gespenstisch …“

„Geister.“ Bryan hatte Mühe, die Lippen zu bewegen. „Himmel, Con. Sie sind wirklich hier. Das sind die beiden Soldaten.“

Connor zuckte mit keinem Muskel. Jetzt hörte er nichts mehr bis auf den Schrei eines Käuzchens und ein leises Rascheln im Buschwerk. Aber er konnte es fühlen, und plötzlich verstand er. Das ist Krieg, dachte er, jeder kämpft gegen jeden. Kämpfen. Töten. Sterben.

Und auf einmal schämte er sich, weil er die Faust gegen Bryan erhoben hatte, obwohl der sein Bruder war. Genau wie Joe Dolin die Faust gegen seine Mutter erhoben hatte. Dieser Gedanke trieb ihm die Tränen in die Augen.

„Es tut mir leid." Es gelang ihm nicht, seinen Tränen Einhalt zu gebieten, sosehr er es auch versuchte. „Es tut mir leid."

„Schon okay, Connor, kein Problem. Hast dich doch ganz tapfer geschlagen." Unbehaglich klopfte Bryan Connor auf die Schulter und half ihm auf. Anschließend begann er systematisch, Zweige und Dornen aus seinen ramponierten Kleidern zu pflücken. „Du musst nur noch ein bisschen an deiner Deckung arbeiten, das ist alles."

„Ich will mich aber nicht wieder schlagen. Ich hasse es." Connor ließ sich wie ein Häufchen Unglück am Feuer nieder.

Bryan kramte verzweifelt nach Worten. „Mann, so ein Mist aber auch. Kannst du dir nicht eine gute Geschichte einfallen lassen, die wir zu Hause erzählen können? Irgendeinen Grund für die zerrissenen Klamotten, irgendeine Erklärung müssen wir ja schließlich angeben. Wie wär's, wenn wir sagen, dass uns wilde Tiere angefallen haben?"

„Blödsinn. Wer soll uns denn so einen Quatsch abnehmen?"

„Dann denk dir eben was anderes aus", brummte Bryan. „Dir wird schon was einfallen."

Eine Weile herrschte Schweigen, und jeder hing seinen Gedanken nach.

„Hör zu, Con", sagte Bryan schließlich. „Was ich gesagt hab, hab ich nicht so gemeint, ehrlich. Ich meine, ich wollte ganz bestimmt nicht deine Mom schlechtmachen, weil ich sie nämlich total toll finde. Und wenn irgendjemand was über meine Mom sagen würde, was mir nicht passt, würde ich ihn auch zusammenschlagen."

„Schon okay. Ich weiß ja, dass du's nicht so gemeint hast."

„Aber warum bist du denn dann so auf mich losgegangen?"

Connor, der mittlerweile ruhiger geworden war, zog seine Knie an den Körper und stützte das Kinn darauf. „Ich dachte, Sheriff MacKade kommt so oft, weil er mich mag."

„Sicher mag er dich."

„Blödsinn. Er kommt wegen meiner Mutter, das hast du selbst gesagt."

Bryan zuckte hilflos die Schultern. „Na ja, wenn er doch verrückt nach ihr ist …"

„Mir gefällt alles so, wie es jetzt ist, verstehst du? Ich will nicht, dass sich irgendwas ändert. Wir haben eine schöne Wohnung, Mama ist glücklich, und er sitzt im Gefängnis. Und wenn sie den Sheriff heiratet, ist bestimmt alles wieder im Eimer."

„Warum denn? Devin ist doch cool."

„Ich will aber keinen Vater mehr. Ich hab die Schnauze voll von Vätern." Die Augen standen groß und dunkel in Connors schmutzigem, von Tränenspuren gezeichnetem Gesicht. „Er wird das Kommando übernehmen, und alle müssen nach seiner Pfeife tanzen. Und irgendwann wird auch er anfangen mit der Sauferei und rumbrüllen und prügeln, und alles geht dann wieder von vorn los."

„Quatsch, Devin doch nicht."

„Doch, ich weiß es genau." Connor wollte sich nicht überzeugen lassen. „Alles wird sich nur noch um ihn drehen, und jeder muss machen, was er will. Und wenn nicht, dann rastet er bestimmt aus und schlägt meine Mom, und dann weint sie wieder." Plötzlich fiel ihm Devins Versprechen ein, aber er wollte sich nicht daran erinnern und schob das Bild, das in ihm aufstieg, beiseite. „Väter sind eben so."

„Meiner nicht", gab Bryan im Brustton der Überzeugung zurück. „Er hat meine Mom noch nie geschlagen. Manchmal brüllt er zwar, das stimmt, aber sie brüllt zurück. Und ab und zu brüllt sie zuerst."

„Wenn er sie noch nicht geschlagen hat, hat sie ihn wahrscheinlich einfach nur noch nicht genug geärgert."

„Oh, sie ärgert ihn sogar ziemlich oft. Einmal war er so wütend, dass ich geglaubt habe, dass gleich seine Ohren anfangen würden zu qualmen, wie in den Comics. Da hat er sie aber nur hochgehoben und sich über die Schulter geworfen."

„Sag ich doch."

Bryan schüttelte den Kopf. „Er hat ihr nicht wehgetan. Sie haben sich auf dem Rasen gewälzt und miteinander gerungen. Sie hat ihn angeschrien und verflucht. Und dann haben sie sich plötzlich geküsst." Bryan rollte die Augen. „Mann, war das peinlich."

„Wenn er wirklich wütend gewesen wäre …"

„Ich sag dir doch, dass er wütend war. Er war fuchsteufelswild."

„Hast du Angst gehabt?"

„Quatsch. Hör zu, Con, du musst echt endlich begreifen, dass Devin nicht Joe Dolin ist, verstehst du?"

„Er kämpft aber auch."

„Ja, aber doch nicht mit Mädchen oder Kindern."

„Wo ist der Unterschied?"

Connor war der hellste Kopf, den Bryan kannte, und doch schien er in diesem Punkt völlig vernagelt. „Willst du mich für dumm verkaufen? Würdest du denn jetzt nach Hause gehen und dich mit Emma prügeln?"

„Spinnst du? Ich würde nie im Leben ... das ist doch was anderes." Er unterbrach sich und brütete einige Zeit schweigend vor sich hin. „Na ja, vielleicht gibt es ja wirklich einen Unterschied. Ich muss darüber nachdenken."

„Cool." Zufrieden rieb sich Bryan seine schmerzenden Rippen. „Komm, trinken wir noch 'ne Limo, und du erzählst mir eine Gruselstory. Aber eine richtig schön horrormäßige."

Devin war schon früh wach und fütterte gerade die Schweine, als er die beiden Jungen mit ihrem Marschgepäck aus den Wäldern kommen sah. Als er die Schrammen, die blauen Flecke und die zerrissenen T-Shirts bemerkte, hob er eine Augenbraue.

„Na, muss ja eine ziemlich wilde Nacht gewesen sein", sagte er milde. „Seid ihr unter die Wölfe gefallen?"

Bryan kicherte und beugte sich nach unten, um Ethel und Fred zu begrüßen, die überschwänglich mit den Schwänzen wedelten. „Nö, Bären."

„Hm-hm …“ Devin musterte Connors aufgeplatzte Lippe. „Sieht mir eher nach einem gepflegten Boxkampf aus.“

„Unser Ball ist in eine Dornenhecke geflogen“, erklärte Connor beiläufig. „Wir sind beim Rausholen aneinandergeraten, und ich bin ausgerutscht.“

„Deine Mutter wird dir das vielleicht abkaufen“, sagte Devin zu Bryan, „aber dein Vater bestimmt nicht. Na egal, wie war's sonst?“

„Spitzenklasse.“ Bryan kletterte den Zaun ein Stückchen hoch, um die Schweine besser beim Fressen beobachten zu können. „Wir haben uns Würstchen und Marshmallows gegrillt und uns Gruselgeschichten erzählt. Wir haben sogar Geister gehört.“

„Klingt wirklich gut.“

„Danke für das Zelt“, sagte Connor steif.

„Keine Ursache. Wenn du willst, kannst du es behalten. Ich könnte mir vorstellen, dass ihr es bestimmt noch öfter braucht.“

„Ich will es aber nicht“, gab Connor mit ganz ungewohnter Unhöflichkeit zurück. „Ich will überhaupt nichts.“

Devin starrte ihn verblüfft an, und in seinem Gesicht stand viel eher Verwirrung als Verärgerung. „Tu dir ein bisschen Eis auf deine Lippe“, sagte er lediglich.

Connor drehte sich um und stapfte mit steifen

Schultern, und ohne sich von seinem Freund verabschiedet zu haben, davon.

Bryan schoss ihm einen wütenden und irritierten Blick hinterher. „Er meint es nicht so."

„Er ist sauer auf mich. Weißt du, warum?" Als Bryan den Kopf senkte und seine Hände in den Hosentaschen vergrub, seufzte Devin. „Schon gut, Bry, ich verstehe schon. Ich will nicht, dass du aus dem Nähkästchen plauderst. Wenn ich etwas getan habe, womit ich Connor verletzt habe, werde ich es selbst in Erfahrung bringen."

„Schätze, es war mein Fehler." Unglücklich scharrte Bryan mit den Schuhspitzen im Sand. „Ich hab was davon gesagt, dass du dich um seine Mom bemühst, und da ist er durchgedreht."

Devin rieb sich seinen Nacken. „Habt ihr euch deswegen geprügelt?" Wieder keine Antwort. Devin nickte. „Okay. Danke, dass du es mir erzählt hast."

„Devin." Loyalität war für Bryan bisher niemals ein Problem gewesen, doch nun fühlte er sich zwischen zwei Parteien hin- und hergerissen. „Es ist nur … er hat einfach Angst, verstehst du? Ich meine, Con ist kein Feigling oder so, aber er hat Angst, dass alles wieder so werden könnte wie vorher. Er hat sich in seinen Kopf gesetzt, dass du seine Mom genauso verprügeln würdest wie dieser Dreckskerl … ich meine wie Joe Dolin." Bryan schaute sich um, aber Connor war schon im Wald verschwunden. „Ich hab versucht ihm klarzumachen, dass das völliger Quatsch ist, aber er schnallt es einfach nicht."

„Okay. Ich habe verstanden."

„Und du bist nicht böse auf ihn?"

„Nein, bin ich nicht. Sag mal, weißt du eigentlich, was Jared für dich empfindet?"

Freude und Verlegenheit mischten sich und färbten Bryans Wangen rot. „Ja."

„Na siehst du. Und ich empfinde genau dasselbe gegenüber Connor und Emma. Ich muss ihnen nur Zeit geben, sich an diesen Gedanken zu gewöhnen."

Sie hatte versucht, sich keine Sorgen zu machen. Wirklich. Doch als sie nun aus dem Fenster sah und Connor den Weg zum Inn herauftrotten sah, fiel ihr ein Stein vom Herzen. Cassie stellte die Mehltüte beiseite und eilte aus der Küche, um ihm entgegenzugehen.

„Ich bin hier unten, Connor!" rief sie. „Hast du …" Als sie seine aufgeplatzte Lippe, sein blaues Auge und sein zerrissenes T-Shirt sah, hielt sie erschrocken inne und eilte die Treppe hinunter. „Um Gottes willen, wie siehst du denn aus? Oh, mein Kleiner, was ist denn passiert? Lass mich …"

„Mit mir ist alles in Ordnung." Noch immer zornig,

riss Connor sich von seiner Mutter los. Der Blick, mit dem er sie bedachte, machte ihr Angst. In ihm lag Zorn und Verachtung. „Mir geht es gut. Sind das nicht die Worte, die du auch immer zu mir gesagt hast, nachdem er dich geschlagen hat? Ich bin hingefallen, ausgerutscht. Ich bin in die verdammte Tür reingerannt."

„Connor."

„Also gut, dann sag ich dir eben die Wahrheit. Ich hab mich mit Bryan geprügelt. Er hat mich geschlagen, und ich hab ihn verhauen."

„Aber Honey, warum habt ihr euch denn …"

Wieder zuckte er vor ihrer Hand zurück. „Das geht nur mich etwas an. Ich muss dir nicht alles erzählen. Das machst du ja auch nicht."

Es kam nur selten vor, ganz selten, dass sie ihren Jungen zur Ordnung rufen musste. „Nein, das musst du nicht", erwiderte sie ruhig. „Aber pass auf, dass du dich nicht im Ton vergreifst, wenn du mit mir sprichst."

Seine geschwollene Lippe zitterte, doch sein Blick blieb fest. „Warum hast du das niemals zu ihm gesagt? Ihn hast du alles sagen lassen, was er sagen wollte, ebenso wie er alles tun durfte, wonach ihm der Sinn stand."

Diese erschreckende Wahrheit unverblümt aus dem Mund ihres Sohnes zu hören, beschämte sie zutiefst. „Connor, wenn du von deinem Vater redest …"

„Nenn ihn nicht so. Sag nie wieder mein Vater. Ich hasse ihn, und ich schäme mich für dich."

Sie gab einen unartikulierten Laut von sich, dann schossen ihr die Tränen in die Augen.

„Und jetzt lässt du es wieder zu", wütete Connor weiter. „Du lässt es einfach wieder zu."

„Ich weiß nicht, wovon du sprichst, Connor. Komm rein und setz dich zu mir und lass uns in aller Ruhe über das reden, was dich bedrückt."

„Da gibt es nichts zu reden. Wenn du Sheriff MacKade heiratest, laufe ich weg. Du wirst sehen, ich lauf ganz einfach weg, weil ich nicht noch mal zuschauen will, wie dich ein Mann schlägt. Ich will keinen Vater mehr."

Sie rang nach Atem. „Ich werde ihn nicht heiraten, Connor. Ich habe daran gedacht, das will ich gern zugeben, aber ich würde eine so wichtige Entscheidung niemals fällen, ohne vorher mit dir und Emma darüber gesprochen zu haben."

„Aber er will dich heiraten."

„Ja, das will er. Er liebt mich und wünscht sich eine Familie. Er mag uns, Connor. Und ich habe geglaubt, dass du ihn ebenfalls magst."

„Ich will ihn aber nicht als Vater. Jetzt geht es uns gut, und du machst alles kaputt."

„Nein, das mache ich nicht." Sie blinzelte ihre

Tränen weg. „Geh jetzt nach oben und wasch dich, Connor. Geh jetzt bitte."

„Ich werde nicht ..."

„Tu, was ich dir gesagt habe", unterbrach sie ihn streng. „Was auch immer du für mich empfinden magst, ich bin deine Mutter und trage dir gegenüber Verantwortung. Ich muss jetzt hier unten das Frühstück machen. Du wäschst dich und passt auf Emma auf, bis ich hier fertig bin." Damit drehte sie sich um und ging in die Küche zurück.

Irgendwie schaffte sie es, das Frühstück zuzubereiten, es zu servieren und wie immer mit den Gästen ein paar freundliche Worte zu wechseln. Nachdem sie so weit war, ging sie schließlich nach oben und schaute nach den Kindern. Sie schlug ihnen vor, dass sie im Garten spielen sollten, bis sie die Gästezimmer aufgeräumt hatte.

Connors steif vorgetragenes Angebot, ihr zu helfen, überhörte sie. Sie war eben dabei, in Abigails Zimmer die Bettwäsche zu wechseln, als sie hörte, wie draußen die Tür ging.

Sie wusste, dass es Devin war.

Was sie jedoch nicht wusste, war, dass Connor das Auto gehört und sich in die Halle geschlichen hatte, um zu lauschen.

„Kann ich dir irgendwie helfen?" fragte Devin.

„Nein danke." Cassie strich das Laken glatt. „Ich bin schon fertig."

„Ich habe heute Morgen Bryan und Connor getroffen. Du hast dich bestimmt aufgeregt wegen Connor. Die beiden hatten eine kleine Rangelei."

„Nein, darüber nicht."

„Darüber nicht? Worüber dann?"

Sie holte tief Atem. Dieses Gespräch hatte sie den ganzen Morgen über mit sich selbst in tausend Variationen geführt. Ihre Kinder gingen vor. Auch vor ihr persönliches Glück.

„Devin, wir müssen miteinander reden."

„Ich bin ganz Ohr."

„Connor ist völlig außer sich, er ist sehr verletzt." Sie beschäftigte sich mit dem Laken, das sie längst glatt gestrichen hatte. „Entweder hat er es gespürt, oder man hat es ihm gesagt, dass zwischen uns etwas ist, und ..."

„Ich weiß. Ich habe dir ja erzählt, dass ich die beiden heute Morgen getroffen habe. Ich denke, er ist halb verrückt vor Angst, Cassie."

„Ja, das ist er. Und aufgebracht und verletzt und wütend. Verängstigt. Wie ein Tier, das sich in der Falle sieht. Ich kann das nicht mit ansehen, Devin. Nicht nach dem, was er alles schon durchgemacht hat."

„Das hast du nicht verursacht."

„Aber all die Jahre nichts unternommen zu haben

ist ebenso, wie es verursacht zu haben. Die ersten acht Jahre seines Lebens waren ein Albtraum, dem ich die ganze Zeit über kein Ende gesetzt habe. Ich habe mir dauernd eingeredet, er würde nichts merken, so lange, bis ich es selbst geglaubt habe. Aber er wusste alles. Und er schämt sich für mich."

„Das ist nicht wahr, Cassie." Devin ging auf sie zu und nahm ihre Hand. „Wenn er das gesagt hat, dann nur deshalb, weil er auf mich wütend ist und du das nächstliegende Ziel warst. Er betet dich an."

„Ich habe ihm wehgetan, Devin, viel mehr, als mir klar war. Und Emma vielleicht auch. Ich muss die Dinge in Ordnung bringen. Ich will, dass meine Kinder das Gefühl haben, dass sie in Sicherheit sind. Sie müssen mir vertrauen. Wir dürfen uns nicht mehr sehen."

Panik stieg in ihm auf. „Du weißt genau, dass das nicht die richtige Antwort ist. Ich werde mit ihm reden."

„Nein." Cassie entzog ihm ihre Hand. „Es ist an mir zu handeln. Ich muss Connor davon überzeugen, dass er und Emma für mich an erster Stelle stehen."

„Und was soll ich jetzt tun? Mich einfach zurückziehen? Ich habe zwölf Jahre auf dich gewartet. Ich kann nicht so lange warten, bis alles perfekt ist. Wir haben uns, Cassie, und wir lieben uns. Alles andere werden wir aus eigener Kraft schaffen. Wir werden die

Dinge in Ordnung bringen, und Connor wird lernen, dass er sowohl dir als auch mir vertrauen kann. Du bedeutest mir alles, ebenso wie die Kinder. Ich brauche dich. Ich brauche euch alle."

Sie hatte das Gefühl, als würde ihr Herz in Stücke gerissen. „Devin, wenn alles anders wäre ..."

„Wir werden dafür sorgen, dass alles anders wird", sagte er mit Bestimmtheit und legte ihr die Hand auf die Schulter. „Du musst nur daran glauben."

„Ich bitte dich, nicht zu warten." Sie entzog sich ihm und trat ans Fenster. „Du hast gesagt, du brauchst mich, und das zu hören ist wundervoll, genauso wundervoll wie der Gedanke, dass du mich liebst. Aber Connor braucht mich mehr als du, weil er noch ein Kind ist. Mein Kind, mein kleiner Junge, und er hat Angst." Sie holte tief Luft und bemühte sich, die Gedanken in ihrem Kopf zu ordnen. „Du willst heiraten und sehnst dich nach einer Familie. Such dir eine Frau, die frei ist und dir geben kann, wonach du dich sehnst. Ich kann es nicht, Devin, und deshalb dürfen wir uns nie wiedersehen."

„Du erwartest von mir, dass ich tue, als sei nie etwas zwischen uns geschehen? Das ist Wahnsinn, Cassie, und das weißt du auch."

„Nein, es ist nur vernünftig. Ich bin nicht die einzige Frau auf der Welt."

„Aber die einzige, die ich liebe."

„Mach dir keine Hoffnung, Devin. Es hat keinen Zweck. Ich versuche nur fair zu sein und dir nichts vorzumachen."

„Das nennst du fair? Ist es fair, mich einfach wegzuwerfen nach allem, was zwischen uns geschehen ist? Wann zum Teufel wirst du endlich wirklich Verantwortung übernehmen, Cassie?"

Es war das erste Mal, dass er sie wirklich verletzt hatte. Sie nahm es hin, akzeptierte es. „Genau das ist es ja, was ich versuche. Verantwortung zu übernehmen heißt aber nicht, dass man immer nur das tut, was einem selbst am besten in den Kram passt. Ich will dir nicht wehtun, Devin, das musst du mir glauben. Es ist wirklich das Letzte, was ich will. Aber ich kann dir einfach nicht geben, was du am meisten brauchst. Ich kann es nicht."

Seine Blicke bohrten sich in sie wie Pfeile, und seine Stimme schien sie zu versengen. „Es ist Zeit einzusehen, dass alles umsonst war. Du hast deine Entscheidung getroffen. Sieht so aus, als sei ich jetzt am Zug."

Damit drehte er sich um und ging hinaus. Sie lauschte seinen Schritten, bis die Tür mit einem Krachen ins Schloss fiel.

Cassie setzte sich auf die Bettkante, schlug die Hände vors Gesicht und begann bitterlich zu schluchzen.

In einer Ecke des Flurs legte Connor seiner Schwester fest die Hand auf die Schulter.

„Mama weint“, flüsterte Emma.

„Ich weiß.“ Es war nicht Joe Dolin, der seine Mutter zum Weinen gebracht hatte, und es war auch nicht Sheriff MacKade.

Er war es gewesen, ganz allein er.

Während Cassie sich ihrem Schmerz hingab und Connor die Schuldgefühle wie eine Zentnerlast auf den Schultern lagen, ergriff Joe Dolin seine Chance. Er hatte gewartet, oh, er hatte so geduldig auf diese Gelegenheit gewartet.

Der Fluss floss unter der Burnside-Brücke rauschend dahin, es gab genügend Buschwerk, das ausreichend Schutz bot. Der Wachmann war gerade abgelenkt, er sprach mit einem Kollegen.

Jetzt war der richtige Moment endlich da.

Joe bückte sich und hob Abfall auf und bewegte sich langsam, vorsichtig, Schritt für Schritt, auf eine Baumgruppe, zwischen der dichtes Gesträuch wucherte, zu. Einen Augenblick später war er verschwunden. Während er auf den Wald zurannte, zog er im Laufen seine orangefarbene Weste aus und warf sie in einen Busch neben dem Fluss.

Als Devin auf dem Weg in sein Büro wieder zu sich

kam, schaffte er es gerade noch rechtzeitig, einem entgegenkommenden Sechstonner auszuweichen. Er zuckte zusammen und riss das Steuer herum. Verdammt! Er musste sich zusammenreißen.

Eine halbe Stunde später – Devin saß an seinem Schreibtisch und hackte wütend auf der Schreibmaschine herum – ging die Tür auf, und Rafe schlenderte herein. Er sah auf den ersten Blick, dass bei seinem Bruder alle Zeichen auf Sturm standen.

„Ich soll dir im Namen meiner Frau eine Esseneinladung überbringen", sagte er leichthin.

„Vergiss es."

„Regan wollte morgen die ganze Familie einladen, einschließlich Cassie und ihrer Kinder."

„Keine Zeit. Und jetzt mach dich dünne, ich habe zu tun."

Rafe verzog keine Miene. „Du weißt ja noch gar nicht, um wie viel Uhr es losgeht", gab er ungerührt zurück und trat einen Schritt vor, um einen Blick auf das zu werfen, was Devin gerade tippte. „Was zum Teufel machst du da?"

„Das siehst du doch."

„Bist du vom wilden Affen gebissen?"

„Lass mich in Frieden."

Rafe erwies Devin einen brüderlichen Dienst und riss das Blatt aus der Maschine. „Ganz locker bleiben."

Bevor Devin aufspringen konnte, legte ihm Rafe die Hand auf die Schulter. „Hör zu, wenn du willst, können wir uns prügeln, ich habe nichts dagegen. Aber wir sollten vielleicht erst ein paar einleitende Worte sprechen. Also, was ist los, Devin? Was ist denn nur passiert? Warum tippst du deine Kündigung?"

„Warum, warum. Weil es etwas ist, das ich schon vor Jahren hätte tun sollen. Ich verschwinde. Weil ich den Trott satt habe. Ich bin es leid, jeden Tag dieselben Gesichter zu sehen. Deshalb muss ich hier weg."

„Das sagst ausgerechnet du?" Rafe knüllte das Blatt zusammen und warf es auf den Boden. „Du liebst doch nichts mehr als deinen Trott. Was ist mit Cassie?"

„Nichts. Vergiss es."

„Warst nicht du es, der mich damals dazu gebracht hat, mir endlich ehrlich einzugestehen, was ich Regan gegenüber empfinde?"

„Ich muss mir nicht darüber klar werden, was ich für Cassie empfinde. Ich weiß es seit Jahren. Ich muss endlich darüber hinwegkommen."

„Hat sie dir einen Korb gegeben?" Das boshafte Glitzern in Devins Augen erschreckte Rafe nicht, es rührte ihn. „Mach schon. Hau drauf. Den ersten Schlag hast du frei."

„Ach, vergiss es." Ernüchtert ließ sich Devin in seinen Stuhl zurücksinken.

„Willst du darüber reden?"

„Es gibt nichts mehr zu reden." Er fuhr sich mit der Hand über sein Gesicht. „Ich bin müde. Connor traut mir nicht, sie traut mir nicht. Es hat sich eben herausgestellt, dass keiner von ihnen mich wirklich mag. Ich kann nicht mehr."

„Die Kids haben viel hinter sich, Devin. Und Cassie auch. Gib ihnen noch ein bisschen Zeit."

„Mir läuft die Zeit aber langsam davon, Rafe. Irgendwann will man auch etwas zurück." Devin holte tief Atem. „Ich kann nicht mehr. Es bringt mich um. Ich hau ab hier."

Bevor Rafe dazu kam, etwas zu erwidern, klingelte das Telefon. Devin stieß einen hässlichen Fluch aus und schnappte sich den Hörer. „MacKade", bellte er. Einen Sekundenbruchteil später war er auf den Beinen. „Wann? Das ist ja schon über eine Stunde her, verdammt noch mal. Warum zum Teufel hat man mich nicht eher benachrichtigt? ... Erzählen Sie keinen Mist." Er lauschte noch einen Moment, dann knallte er den Hörer auf die Gabel.

„Dolin ist geflohen." Er ging zu seinem Waffenschrank hinüber, nahm ein Gewehr raus und drückte es Rafe in die Hand. „Du bist mein Deputy."

12. KAPITEL

Joe duckte sich hinter einem kleinen Busch im Garten des Hauses seiner Schwiegermutter. Hier würde man ihn bestimmt nicht suchen. Zumindest nicht gleich. Seine Schwiegermutter war nicht zu Hause. Ihr Auto stand nicht vor der Tür, und die Vorhänge vor den Fenstern waren ordentlich zugezogen.

Er schlich zum Haus hinüber und schlug mit dem Ellbogen eine Fensterscheibe ein.

Nachdem er eingestiegen war, ging er ins Schlafzimmer. Er brauchte andere Klamotten, und er wusste, dass seine Schwiegermutter noch immer die Kleider ihres verstorbenen Ehemannes aufbewahrte.

Die alte Schachtel war morbid. Und paranoid.

Das war auch der Grund dafür, dass sie, wie er wusste, immer eine geladene Pistole in ihrer Nachttischschublade aufbewahrte. Nachdem er sich umgezogen hatte – die Hose war ihm zu eng, und das Sakko platzte an den Schultern fast aus den Nähten –, setzte er sich im Wohnzimmer in einen Sessel und wartete.

Es dauerte nicht lange, und er hörte ein Auto vorfahren. Das musste sie sein. Er erhob sich, um ihr entgegenzugehen.

„Joe, was in aller Welt …“ Sie trug in einer Hand

eine Einkaufstüte, in der anderen ihre Handtasche. Als sie ihn sah, riss sie erschrocken die Augen auf.

Er verabscheute diese bigotte alte Schachtel so sehr, dass er sie am liebsten auf der Stelle niedergeknallt hätte. Dann aber entschied er sich, sich diesen Spaß für sein geliebtes kleines Schätzchen aufzuheben. Deshalb holte er lediglich aus und schlug ihr nur mit der flachen Hand ins Gesicht.

Sie stöhnte und sackte einen Augenblick später in sich zusammen. Er fing sie auf, legte sie auf den Fußboden und fesselte sie mit einer Wäscheleine, die er sich bereits zurechtgelegt hatte. Anschließend knebelte er sie. Nachdem sie wie ein Fisch auf dem Trockenen lag, riss er ihre Handtasche auf und kramte ihre Geldbörse hervor.

„Lausige zwanzig Mäuse“, beschwerte er sich. „Hätt ich mir gleich denken können.“ Er stopfte die Geldscheine in die Hosentasche und hob ihre Autoschlüssel vom Boden auf. „Ich borg mir mal dein Auto aus. Hab vor, einen kleinen Ausflug zu machen. Du hast doch sicher nichts dagegen?“ Sie gab ein Stöhnen von sich. „Meine Frau nehm ich mit. Eine Ehefrau muss ihrem Mann schließlich überallhin folgen, stimmt's?“

Er lachte, als Constance laut aufstöhnte und irgendetwas in den Knebel lallte. „Sie weiß einfach nicht, was man seinem Ehemann schuldig ist. Wirklich." Er schnalzte missbilligend mit der Zunge. „Aber ich werd's ihr schon noch beibringen, verlass dich drauf. Willst du hören, was ich mit deiner Tochter vorhabe, alte Frau?"

Weil er an der Panik, die jetzt in ihren Augen aufflackerte, ein Vergnügen fand, das er noch ein bisschen länger auskosten wollte, ging er neben ihr in die Hocke und erzählte es ihr.

Devin hielt mit quietschenden Bremsen vor dem Inn. Seine Augen suchten jeden Baum, jeden Strauch ab, während er ums Haus herumrannte und die Stufen hinaufjagte. Er hörte nicht auf zu beten, bis er die Tür aufgestoßen hatte und Cassie am Herd stehen sah.

Er war machtlos dagegen. Er musste sie einfach in seine Arme reißen und festhalten. Ganz, ganz fest. Einen Moment nur. Nur einen kleinen Moment.

„Devin …"

„Entschuldigung." Er nahm sich zusammen und ließ sie los. Als er jetzt einen Schritt zurücktrat, war er wieder ganz Polizist. „Ich muss dich sprechen." Er warf einen Blick ins Wohnzimmer, wo Connor und Emma saßen und ihn mit großen Augen anstarrten. „Joe ist vor einer Stunde geflohen."

Cassies Knie wurden weich. Devin sah es und führte

sie zu einem Stuhl. „Setz dich hin und hör mir zu. Ich habe meine Leute losgeschickt, damit sie die Gegend nach ihm durchkämmen. Wir werden ihn finden, Cassie. Weiß er, dass du hier lebst?“

„Ich weiß nicht.“ Sie fühlte sich wie betäubt. „Vielleicht hat meine Mutter es ihm gesagt … keine Ahnung.“

„Wir dürfen kein Risiko eingehen. Du packst jetzt sofort ein paar Sachen zusammen, und dann fahre ich dich zu Jared. Um die Kinder kümmere ich mich.“

„Zu Jared?“

„Ja. Du bleibst dort mit Savannah. Jared kommt mit mir. Er muss uns bei der Suche helfen, ebenso wie Shane. Also los, beeil dich, Cassandra.“ Seine Stimme klang scharf. „Wir haben keine Zeit zu verlieren.“

„Das ist unmöglich, Devin. Ich darf nicht Savannah und die Kinder in Gefahr bringen.“

„Savannah kommt schon klar damit.“

„Meinst du wirklich?“ Auf sein nachdrückliches Nicken hin holte sie tief Atem und stand dann auf. „Okay. Wenn du es für richtig hältst. Gib mir eine Minute.“ Auf der Schwelle drehte sie sich noch einmal um. „Und du bringst auch die Kinder in Sicherheit?“

Noch bevor Devin antworten konnte, kam Connor, Emma hinter sich herziehend, in die Küche und stellte sich mit wild entschlossenem Gesicht vor seine Mutter.

„Nein, Mom, ohne dich gehe ich nirgendwohin. Ich verlass dich nicht."

„Niemand verlässt irgendjemand. Ihr geht alle dahin, wo ich es euch sage. Los, holt eure Sachen, ein bisschen dalli", blaffte Devin.

„Savannah ist nicht für mich und die meinen verantwortlich", sagte Cassie langsam.

„Mir reißt jetzt langsam der Geduldsfaden, Cassie. Ehrlich. Ich kann nicht hierbleiben und auf euch aufpassen, verstehst du das denn nicht? Also tu jetzt, was ich dir sage."

Als er jetzt herumwirbelte, sah Connor wilden Zorn in seinen Augen aufblitzen. Connors Magen krampfte sich zusammen. „Ich kann auf meine Mutter aufpassen."

Als Devin klar wurde, dass der Junge sich nicht von seinem Vorhaben abbringen lassen würde, änderte er blitzschnell seinen Plan. „Darauf zähle ich, Connor. Aber nicht hier. Los, pack ein paar Sachen zusammen und dann Abmarsch ins Auto."

„Devin, nimm die Kinder und bring sie …"

„Zum Teufel noch mal, jetzt reicht's mir!" Devin machte einen Satz auf Cassie zu, hob sie hoch und warf sie sich über die Schulter. „Raus!" herrschte er Connor an, dann begann er innerlich zu fluchen, als er sah, wie aus dem Gesicht des Jungen alles Blut wich.

„Verdammt noch mal, Junge, siehst du denn nicht, dass ich lieber sterben würde, als ihr wehzutun? Dass ich keinem von euch jemals wehtun würde?"

Und Connor sah es, er sah es so klar und überdeutlich, dass ihm die Schamesröte ins Gesicht stieg. „Ja, Sir", sagte er zerknirscht. „Ja, ich sehe es. Komm, Emma."

„Lass mich runter, Devin." Cassie machte sich nicht die Mühe zu strampeln, weil ihr klar war, dass sie kräftemäßig sowieso nicht mit ihm mithalten konnte. „Bitte lass mich runter. Wir gehen freiwillig mit."

Er stellte sie auf die Füße und ließ noch einen Moment seine Hände auf ihren Schultern liegen. „Vertrau mir, Cassie."

„Ich vertraue dir." Sie griff nach Connors Hand. „Wir vertrauen dir alle."

„Beeilt euch." Er hatte schon die Hand an der Fliegengittertür und warf einen raschen Blick nach draußen, ehe er auf die Veranda hinaustrat. „Wir haben Straßensperren errichtet, und Hubschrauber sind angefordert. Sie müssen jeden Moment hier sein. Es müsste schon mit seltsamen Dingen zugehen, wenn wir ihn nicht bis zum Einbruch der Dunkelheit gefasst hätten. Wie viele Gäste sind im Inn?"

„Im Moment gerade keiner. Heute Abend kommt eine große Familie ..."

„Ich kümmere mich darum. Mach dir keine …“

Der Schuss fiel so plötzlich, dass Cassie der Atem stockte. Einen Moment später stürzte Devin zu Boden.

„Hi, Honey.“ Joe kam die Treppe herauf, ein breites Grinsen im Gesicht, die Pistole im Anschlag. „Ich bin wieder da.“

Sie tat das Einzige, was ihr zu tun blieb. Sie stellte sich vor ihre Kinder und bot ihm die Stirn.

Sein Gesicht war härter geworden, über seiner rechten Augenbraue hatte er eine lange Narbe. Seine Augen waren dieselben wie früher. Brutal.

„Ich komme mit dir, Joe.“ Sie sah, dass Devin noch atmete, die Kugel hatte seine Schläfe lediglich gestreift, aber er blutete stark. Er brauchte einen Arzt, und das so schnell wie möglich. Sie würde ihn und die Kinder nur retten können, wenn sie sich selbst opferte. „Ich gehe mit dir, wohin immer du willst. Aber tu den Kindern nichts, ich flehe dich an.“

„Ich mach mit deiner verdammten Brut, was ich für richtig halte, du Miststück. Und du wirst genau das tun, was ich dir sage.“ Er schaute auf Devin hinunter und schnaubte verächtlich. „War wohl doch nicht clever genug, der Junge, hm? Aber ich hätte ein bisschen besser zielen sollen.“ Er beugte sich nach unten, um die Schusswunde an Devins Schläfe zu begutachten. Er lachte. „Hab ein kleines Problem mit meinem rechten Auge. Muss es wohl noch mal ganz von Nahem versuchen."

Wie in Großaufnahme sah Cassie plötzlich sein Gesicht, die Augen funkelnd vor Mordlust. Er senkte die Pistole. Kälte kam über sie, Kälte und die Gewissheit, dass sich dies alles vor langer, langer Zeit schon einmal ereignet hatte. Nur dass damals ein junger verwundeter Soldat auf dem Boden gelegen hatte und die Frau zu schwach, zu hilflos gewesen war, um ihn zu retten.

„Nein!" schrie sie und warf sich über Devin. „Er ist verletzt!" Sie wusste, dass das, was sie sagte, sinnlos war, und suchte nach anderen Worten. „Wenn du ihn umbringst, Joe, und sie schnappen dich, dann kommst du nie mehr raus aus dem Gefängnis. Weißt du, was auf Polizistenmord steht? Es lohnt sich nicht. Ich habe doch gesagt, dass ich mit dir komme."

„Du wirst keinen Fuß mehr über diese Schwelle setzen, du mieses Dreckstück. Weil ich nämlich vorhabe, dich auch zu erschießen. Und dann ..." Er lächelte ein gemeines Lächeln und richtete die Pistole auf Connor.

Cassie erstarrte, einen Moment später jedoch rappelte sie sich in Windeseile auf, warf sich auf Joe und schlug wie eine Besessene mit beiden Fäusten auf ihn ein. Selbst als er zurückschlug, ließ sie nicht von ihm ab. Sie hing an ihm wie eine Klette, die Angst um das Leben ihrer Kinder verlieh ihr Bärenkräfte. Gleich darauf versuchte Connor ihr zu Hilfe zu kommen, doch Joe schüttelte ihn ab wie eine lästige Fliege.

„Ich bring dir schon noch Manieren bei, du Schlampe." In dem Moment, in dem er mit dem Revolver ausholen wollte, um zuzuschlagen, hörte er plötzlich die Sirenen. „Später", knurrte er mit einem Blick auf Connor, der sich eben wieder aufgerappelt hatte. „Du kommst später dran, wart's nur ab." Er hielt die Waffe an Cassies Schläfe.

Er wusste, dass seine einzige Chance darin lag, in den Wald hinter dem Haus zu entkommen. „Ich bring sie um!" schrie er mit einem irren Flackern in den Augen. „Wenn irgendjemand hinter mir herkommt, bring ich sie um."

Er zerrte Cassie die Treppe hinunter.

Einen Moment später hielt das Polizeiauto mit kreischenden Bremsen vor dem Haus. Die Türen flogen auf, und Rafe und ein Deputy sprangen heraus. Connor rannte auf die beiden Männer zu. „Er hat auf ihn geschossen und Mama mitgenommen!"

Rafe stürmte die Treppe hinauf und beugte sich mit finsterem Gesicht über seinen Bruder. „Es ist weniger schlimm, als es aussieht. Nur ein Streifschuss." Er zog ein großes weißes Taschentuch aus seiner Hosentasche und stillte das Blut. „Er wird durchkommen. Connor, geh rein und ruf einen Rettungswagen." Er sah mit Erleichterung, dass Devins Lider flatterten. Einen Moment später hoben sie sich.

„Nein." Devin wehrte die Hand seines Bruders ab. „Ich bin okay. Cassie …"

„Du bist angeschossen worden, du Idiot, du kannst ihr nicht helfen." Obwohl Rafe versuchte, ihn niederzuhalten, schaffte es Devin, sich aus dem Griff seines Bruders zu befreien.

Als er Anstalten machte aufzustehen, wurde ihm schwindlig. Kopfschütteln und ein kräftiger Fluch halfen ihm schließlich auf die Beine. „Wo ist er mit ihr hin?"

„In den Wald." Connor biss sich verzweifelt auf die Unterlippe und deutete in die Richtung, in die Joe vor kurzer Zeit mit Cassie entschwunden war.

„Kümmere dich um deine Schwester", befahl Devin. Und an seinen Deputy gerichtet, fuhr er fort: „Ich brauche Männer, die den Wald durchkämmen. Du bleibst hier bei den Kids. Geht nach drinnen."

„Ich komme mit dir", sagte Rafe.

„Wenn du unbedingt willst." Devins Augen glitzerten kalt, als er seine Waffe zog und sie entsicherte. „Aber er gehört mir."

Cassie versuchte nach Kräften, Joe zu behindern, wo immer sie konnte. Sie schlug um sich, biss und kratzte wie eine Wildkatze. Die Zeiten, in denen sie ein passives Opfer gewesen war, waren für immer vorbei.

„Du hast wohl vergessen, wer hier der Boss ist, was? Hast du gedacht, du könntest mich einlochen lassen und selbst draußen ein lustiges Leben führen?“ Fluchend schob Joe seinen Revolver in den Hosenbund, damit er beide Hände frei hatte, um sich gegen ihre Attacken zur Wehr zu setzen. „Na, keine Angst, du wirst dich schon wieder an alles erinnern.“

„Sie werden dich schnappen, Joe. Du bildest dir doch wohl nicht wirklich ein, dass sie dich durchkommen lassen?“

„Vielleicht, vielleicht auch nicht. Wer kann das schon wissen? Hauptsache, ich kann meine kleine Rechnung mit dir begleichen.“ Während er sie hinter sich her zerrte, wurde ihm plötzlich klar, dass er die Richtung verloren hatte. Gingen sie im Kreis? „Ich hatte eine Menge Zeit, mir einen genauen Plan zurechtzulegen, und ich habe Freunde. Aber als Erstes müssen wir uns eine Karre beschaffen.“ Er verfluchte sich, dass er den gestohlenen Wagen zurückgelassen hatte.

„Devin wird dir nachkommen, Joe, er wird alles daransetzen, dich zu schnappen.“

„Devin, Devin!“ äffte er sie wütend nach. „Devin liegt auf dem Rücken und verblutet, falls du das vergessen haben solltest.“

„Du wirst schon sehen“, beharrte sie. „Nichts, was du mir antun könntest, könnte dem nahe kommen, was er mit dir anstellt, wenn er dich zwischen die Finger bekommt.“

„Du hast was mit ihm, stimmt's?“ Joe blieb stehen und zog ihren Kopf an den Haaren zu sich heran. Er glaubte, Stimmen zu hören, Stimmen in seinem Kopf, die das Wort sagten, bevor er es selbst aussprach. „Du Hure, du bist immer noch meine Ehefrau. Du gehörst mir, vergiss das niemals. Mir gehörst du, bis dass der Tod uns scheidet.“

„Du jämmerlicher, versoffener Schläger!“ Heißer Trotz stieg in ihr auf. „Dir gehört überhaupt nichts, nicht mal du selbst. Du kannst einem ja leidtun.“ Sie zuckte kaum zusammen, als er sie erneut an den Haaren riss. „Du traust dich nur an Schwächere ran. Nur zu, Joe, mach schon, schlag mich. Ich weiß, du musst es tun, weil es das Einzige ist, was du kannst. Doch diesmal hast du Pech gehabt, diesmal wirst du dafür bezahlen.“

Er ließ ihr Haar los und schlug ihr so hart mit der Hand ins Gesicht, dass sie zu Boden stürzte. Der Schmerz verlieh ihr nur noch mehr Kraft. Ihre Augen sprühten zornige Funken, als sie, die Hände zu Fäusten geballt, wieder auf die Beine kam.

Er machte einen Schritt auf sie zu, und sie erhob die Fäuste gegen ihn, bereit, sich zu verteidigen.

„Wenn du ihr auch nur noch ein Härchen krümmst, puste ich dir das Hirn aus dem Schädel."

Joe drehte sich langsam um. Devin stand weniger als fünf Schritte hinter ihm und hielt ihn mit seiner Waffe in Schach. Rafe MacKade gab ihm Rückendeckung. Etwas weiter entfernt trat Shane aus den Bäumen. Und Jared kam vor Cassie den Pfad herauf.

Er war umstellt.

„Lass die Waffe fallen, Dolin, und heb die Hände."

„Du bist ja wirklich mächtig mutig, MacKade." Joe leckte sich über die Lippen, während er seine Pistole langsam senkte und sie schließlich fallen ließ. „Vier gegen einen – pah."

„Stoß sie mit dem Fuß weg."

„Ein richtiger Held, MacKade. Ehrlich." Joe gab der Pistole mit dem Fuß einen Schubs. „Du hast dich die ganze Zeit über, während ich im Knast war, an meiner Frau schadlos gehalten, stimmt's?"

„Du hast schon lange keine Frau mehr." Devin wandte sich um und gab Rafe seine Waffe. „Geht zurück", forderte er seine Brüder auf. Als er Cassie einen kurzen Blick zuwarf, sah er die blauen Flecken, die langsam hervortraten. „Geh zum Blockhaus, Cassie. Savannah fährt dich zu den Kindern."

„Ich will nicht, dass du das tust."

„Oh doch." Er lächelte. „Wenigstens dieses Vergnügen gönne ich mir. Also los, Joe. Fangen wir an. Es wird wirklich höchste Zeit."

„Und wer garantiert mir, dass mir nicht einer deiner Brüder in den Rücken schießt, während ich dich zu Brei schlage, MacKade?"

„Niemand garantiert dir das. Mit dieser Unsicherheit musst du leben." Devins Lächeln wurde jetzt wild und ungezähmt. „Mach schon, Dolin, es ist deine letzte Gelegenheit, mich zwischen die Finger zu bekommen, du Dreckskerl. Also zeig, was du kannst."

Joe stieß einen hasserfüllten Schrei aus, als er sich auf Devin stürzte. Devin drehte blitzschnell eine Pirouette und landete einen rechten Aufwärtshaken, von dessen Wucht Joe zurücktaumelte.

„Macht Spaß, gegen jemanden zu kämpfen, der stärker ist als man selbst, stimmt's?" spottete Devin. „Frauen und kleine Jungen zu verprügeln ist doch öde, findest du nicht? Komm schon, du Bastard, versuch's noch mal."

Cassie befahl sich, genau hinzusehen. Er tat es für sie. Jeder Schlag, den Devin einsteckte oder austeilte, war für sie. Da war es das Mindeste, dass sie sich nicht angsterfüllt abwandte.

Doch Devin, obwohl kein Schwergewicht wie Joe, dominierte. Er war deutlich wendiger, und seine Fäuste waren hart wie Stahl. Sein Gesicht war so konzentriert, dass Cassie sich sicher war, dass er keinen der Schläge, die er einstecken musste, wirklich spürte. Alle seine Sinne waren darauf gerichtet, den Kampf zu gewinnen.

Sie wandte sich angesichts des Blutes, das in Strömen floss, nicht ab und hielt sich auch nicht die Ohren zu. Das war das Ende, das endgültige Ende, und sie musste Augenzeugin dieses Endes werden.

Devin raste so vor Zorn, dass er außer Joes Gesicht überhaupt nichts mehr wahrnahm. Jedes Mal, wenn er einen Treffer landete, verspürte er heiße Genugtuung in sich aufsteigen. Seine Knöchel waren aufgeplatzt, und sein Hemd war blutbeschmiert, ebenso wie sein Gesicht, aber er konnte nicht aufhören zuzuschlagen.

„Das ist genug." Als Dolin schließlich zu Boden gegangen war, trat Jared vor und zerrte Devin zurück, wobei er sich um ein Haar ebenfalls einen Faustschlag eingehandelt hätte. „Es ist genug", wiederholte er mit Bestimmtheit, doch allein schaffte er es nicht, Devin zurückzuhalten. Erst zu dritt gelang es ihnen, Devin, der auf Joes Brust hockte und noch immer wie ein Berserker auf ihn eindrosch, hochzuziehen.

„Sieht so aus, als hätte er sich seiner Festnahme widersetzt, Jared, oder was meinst du?“ Shane schulterte sein Gewehr und kratzte sich am Kinn.

„Das ist zumindest das, was ich gesehen habe. Auf, Devin, lass uns den Kadaver einladen. Du brauchst ein Bier und einen Eisbeutel.“

Devins Zorn war immer noch nicht restlos verraucht. Ungeduldig schüttelte er die Hand seines älteren Bruders, die auf seiner Schulter lag, ab. „Lasst mich allein. Bitte geht jetzt.“ Er wandte sich um und sah Cassie, die totenbleich und mit vor Schreck weit aufgerissenen Augen dastand, an. „Ich bin fertig.“ Er nahm seinen Sheriffstern ab und ließ ihn zu Boden fallen. „Nimm ihn. Ich gehe nach Hause.“

„Devin.“

Als Cassie Anstalten machte, auf ihn zuzugehen, hielt Jared sie zurück. „Gib ihm ein bisschen Zeit“, sagte er leise und sah Devin hinterher, der sich durch den Wald in Richtung Farm schleppte. „Er ist am Ende.“

Sie versuchte es. Sie kümmerte sich um ihre Kinder und tröstete sie. Regan und Savannah kamen vorbei, um ihr beizustehen, und sie telefonierte kurz mit ihrer Mutter. Als Cassie erfuhr, dass Constance nichts Ernsthaftes geschehen war, fiel ihr ein großer Stein vom Herzen.

Am Abend vor dem Zubettgehen nahm sie ein Beruhigungsmittel und schlief die ganze Nacht hindurch wie ein Murmeltier.

Doch am nächsten Morgen war ihr klar, dass ihr noch ein schwerer Gang bevorstand. Sie ließ es zu, dass Regan das Frühstück für die Gäste bereitete, und machte sich zum Ausgehen fertig. Sie musste zur Farm und Devin gegenübertreten.

Die einzige Sache, die sie mitnehmen musste, steckte sie in die Hosentasche.

„Du gehst zu Sheriff MacKade." Connor stand auf der Schwelle zu ihrem Schlafzimmer. Unter seinen verschwollenen Augen lagen tiefe Schatten, an den Wangen sah sie Blutergüsse, und er war noch immer erschreckend blass. Cassie wünschte sich schmerzlich, ihn in die Arme schließen zu können, doch er stand so steif da, als hätte er einen Stock verschluckt, und sie wusste, dass er es nicht zulassen würde.

„Ja. Ich muss mit ihm reden, Connor. Ich muss ihm dafür danken, was er für uns getan hat."

„Er wird sagen, dass es sein Job ist."

„Ja, das wird er. Aber das heißt nicht, dass ich ihm nicht trotzdem dankbar wäre. Er hätte getötet werden können, Connor. Für uns."

„Ich dachte im ersten Moment schon, er sei tot." Seine Stimme war brüchig. Er holte tief Atem und räusperte sich. „Da war so viel Blut. Ich hab uns schon alle tot gesehen."

Sie erschauerte und wartete einen Moment, bis sie ihrer Stimme wieder trauen konnte. „Ich muss mich bei dir entschuldigen für das, was ich dir angetan habe, Connor. Und für das, was ich unterlassen habe. Ich hoffe, du kannst mir eines Tages verzeihen."

„Ach, Mom, du konntest doch nichts dafür. Ich weiß das doch, ich hab's immer gewusst. Ich hätte das gestern nicht zu dir sagen sollen."

Er wäre ihrem Blick gern ausgewichen, aber er tat es nicht, weil er nicht feige sein wollte. „Es war gemein. Und es war nicht das, was ich wirklich empfunden habe. Ich hab's nur gesagt, um dir wehzutun, weil ich so verzweifelt war."

„Connor." Sie öffnete ihre Arme und schloss die Augen vor Glück, als er auf sie zugestürmt kam und sich hineinwarf. „Dieser Teil unseres Lebens ist vorbei. Ich verspreche dir, so wird es nie wieder werden."

„Ich weiß. Du warst sehr tapfer."

Zu Tränen gerührt, küsste sie seinen Scheitel. „Du auch, mein Kleiner."

„Diesmal", er holte tief Luft, „hat Sheriff MacKade seinen Kopf für uns hingehalten. Emma und ich wollen mitkommen. Wir haben darüber geredet. Wir wollen den Sheriff sehen."

„Es ist vielleicht besser, wenn ich erst mal allein mit ihm spreche. Er ist ... aufgebracht."

„Ich muss aber mit ihm reden. Bitte. Lass uns mit dir gehen."

Wie konnte sie ihrem Sohn etwas abschlagen, wonach es sie selbst verlangte? „Na gut. Wir gehen alle zusammen."

Devin, der auf der Veranda saß, sah sie aus dem Wald kommen. Er überlegte schon, aufzustehen und hineinzugehen, doch dann entschied er sich anders. Auf diese Art Rache zu nehmen lag ihm nicht.

Er hatte noch immer Kopfschmerzen, und seine Fingerknöchel waren geschwollen und brannten wie Feuer. Doch das war nichts, verglichen mit dem Schmerz, der durch seine Eingeweide raste, als er jetzt Cassie und ihre Kinder über den Rasen auf sich zukommen sah.

Sowohl in ihrem Gesicht als auch dem des Jungen sah er Blutergüsse. Heißer Zorn stieg in ihm auf. Dann machte sich Emma von der Hand ihrer Mutter los und rannte auf ihn zu.

„Wir sind gekommen, weil wir uns bedanken wollen, dass du den bösen Mann weggejagt hast." Sie kletterte völlig selbstverständlich auf seinen Schoß. „Du hast ein Wehweh.“ Sie spitzte das Mündchen und presste es feierlich gegen den weißen Verband an seiner Schläfe. „Ist es jetzt besser?“

Er wurde einen Moment lang schwach und drückte sein Gesicht in ihr Haar. „Ja, danke, Emma, Süße.“ Bevor Cassie etwas sagen konnte, schob er Emma von seinem Schoß. „Falls es dir noch niemand mitgeteilt hat – man hat ihn ins Staatsgefängnis gebracht. Da er sich jetzt auch noch einen versuchten Mord aufgeladen hat, wird er bestimmt nicht so schnell rauskommen. Du und deine Familie habt also bestimmt nichts zu befürchten.“

„Bist du okay?“ war alles, was Cassie herausbrachte.

„Mir geht’s gut. Und dir?“

„Auch.“ Ihre Finger öffneten und schlossen sich unablässig über Connors Hand. „Wir sind gekommen, weil wir uns bei dir bedanken wollten …“

„Ich hab nur meinen Job gemacht.“

„Ich sagte ihr, dass Sie das sagen würden“, schaltete sich Connor ein, was ihm von Devin ein mildes Lächeln eintrug.

„So berechenbar bin ich also.“ Devin wandte sich wieder Cassie zu. „Du hast dich gut gehalten, Cass. Erinnere dich immer daran. Ich habe jetzt zu tun.“ Als er Anstalten machte aufzustehen, hielt Cassie ihn mit einer Handbewegung zurück.

„Warte noch."

„Er hat dir wieder wehgetan", brach es schließlich aus ihm heraus. „Er hat euch allen wehgetan, und mir ist es nicht gelungen, euch zu schützen."

„Um Himmels willen, Devin, er hat dich doch angeschossen. Du warst bewusstlos, was hättest du denn da tun sollen?"

„Der böse Mann wollte noch mal auf dich schießen", mischte sich Emma ein, „aber Mama hat dich beschützt. Sie hat sich auf dich draufgelegt, sodass er nicht an dich rankam."

Angesichts dieser Vorstellung wich ihm alles Blut aus dem Gesicht. „Verdammt noch mal, Cassie, bist du des Wahnsinns? Wie konntest du nur?"

„Ich musste dir doch helfen. Du warst ihm ja vollkommen schutzlos ausgeliefert." Sie kramte aus ihrer Hosentasche den Sheriffstern, den er im Wald weggeworfen hatte. „Wirf nicht deinen Job hin, Devin. Ich bitte dich, tu's nicht."

Er starrte erst auf die Dienstmarke in ihrer Hand, dann in ihr Gesicht. „Kannst du dir vorstellen, wie das ist, wenn man etwas, das man unbedingt haben will, Tag für Tag sieht und weiß, dass man es doch nicht haben kann? Du willst nicht, dass ich ein Teil deines

Lebens werde, du willst mich nicht heiraten, und ich kann einfach nicht mehr zu dem Punkt zurück, wo ich mich bemüht habe, dein Freund zu sein und nichts anderes."

„Ich will dich heiraten." Emma war wieder auf seinen Schoß geklettert und legte ihre dünnen Ärmchen um seinen Hals. „Ich hab dich lieb."

Sein Herz zersplitterte. Er drückte Emma kurz an sich, ganz fest, und stellte sie dann sanft auf den Boden. „Ich kann damit nicht umgehen, Cassie." Blind stand er auf. „Geht jetzt nach Hause. Ich will allein sein."

„Sheriff MacKade." Connor machte sich von seiner Mutter los und ging mit hoch erhobenem Kopf auf Devin zu. „Ich möchte mich bei Ihnen entschuldigen. Es tut mir leid."

„Du hast ein Recht auf deine Gefühle", gab Devin ruhig zurück. „Du musst dich nicht dafür entschuldigen."

„Sir, ich habe Ihnen etwas zu sagen."

Devin fuhr sich mit der Hand übers Gesicht und ließ sie dann müde wieder fallen. „Okay, dann schieß los."

„Ich weiß, dass Sie wütend auf mich sind. Ja, Sir, das sind Sie." Connor hielt seinen Blick unverwandt auf Devin gerichtet. „Aber ich war auch wütend, und zwar deshalb, weil ich mir eingebildet habe, dass Sie nur wegen mir so oft zu uns kommen. Oder zumindest meistens. Und dann fand ich heraus, dass es wegen Mama war." Jetzt redete er sich alles vom Herzen, seine Angst und seine Befürchtungen, die sich bei ihm angestaut hatten. Er holte tief Atem. „Gestern, als Sie uns in die Blockhütte bringen wollten und wir uns weigerten, waren Sie wütend, stimmt's?"

„Das ist richtig."

„Und Sie haben gebrüllt."

„Ja, das habe ich."

„Das war immer der Punkt, an dem er sie dann geschlagen hat. Und gestern habe ich gedacht, jetzt ist es wieder so weit, aber es ist nichts passiert. Da hab ich gesehen, dass Sie nicht gelogen haben, als Sie damals zu mir gesagt haben, dass Sie ihr nie wehtun würden. Sie haben sie gerettet, aber das haben Sie nicht wegen Ihres Jobs gemacht, sondern wegen ihr. Wegen uns."

Er nahm seinen ganzen Mut zusammen und stieg die Treppen zur Veranda hinauf, bis er Devin direkt gegenüberstand. „Auch nachdem sie Sie weggeschickt hatte – weil ich es so wollte –, haben Sie ihr nicht wehgetan."

„Ich könnte ihr niemals wehtun, Connor. Lieber würde ich sterben. Es ist eben so, wie es ist."

„Ja, Sir. Und sie hat geweint." Den Protest seiner Mutter überhörend, fuhr er fort: „Nachdem sie Sie weggeschickt hatte, hat sie genauso schrecklich geweint wie früher, wenn er sie geschlagen hat. Aber ich wusste genau, dass ich es diesmal war, der sie zum Weinen gebracht hatte, und ich wollte mich dafür auch bei Ihnen entschuldigen und Ihnen sagen, dass ich keinen Vater will. Ich kann einfach nichts dagegen machen."

„Okay." Devin glaubte, jeden Moment in seine Einzelteile auseinanderzufallen. „Schon in Ordnung."

„Ich will keinen Vater", wiederholte Connor. „Es sei denn, Sie werden mein Dad."

Die Hand, die auf Connors Schulter lag, krampfte sich zusammen, sodass es schmerzte. Aber es war ein gutes, sicheres Gefühl, das ihm den letzten Anstoß gab, den er benötigte, um das, was er begonnen hatte, auch zu Ende zu führen.

„Bitte, ich will, dass Sie zu uns ziehen und dass wir alle eine richtige Familie werden", brach es aus ihm heraus. „Vielleicht wollen Sie ja jetzt nicht mehr, weil Sie mich nach dem, was ich getan habe, nicht mehr mögen, aber ich schwöre Ihnen, dass so etwas nie wieder vorkommen wird. Ich werde mich nie mehr zwischen Sie und Mom stellen, das verspreche ich. Ich war blöd und egoistisch und alles, und Sie können mich ruhig bestrafen, aber gehen Sie bitte nicht weg. Sie müssen mich ja gar nicht mehr mögen, aber ich will nicht, dass Mama wieder weint, und Emma und ich brauchen Sie …“

Dem Jungen ging der Atem aus, und dann stürzten ihm heiße Tränen wie Sturzbäche aus den Augen. Devin zog ihn an seine Brust und legte die Arme um ihn. „Du bist zu intelligent, um so dumme Sachen zu sagen“, murmelte er zutiefst gerührt. „Du glaubst doch nicht wirklich, dass ich jemals aufgehört hätte, dich zu mögen.“

„Bitte gehen Sie nicht weg“, flehte Connor erneut, als ginge es um sein Leben. „Bitte verlassen Sie uns nicht.“

„Nein, ich gehe nicht weg, und ich verlass euch auch nicht, okay?“

„Ja, Sir.“

„Dann könntest du aber jetzt verdammt noch mal endlich damit aufhören, mich ständig Sir zu nennen.“ Devin drückte dem Jungen einen Kuss auf den Scheitel und wischte ihm sacht mit dem Daumen die Tränen ab, als Emma sich zwischen die beiden drängte.

„Halt mich auch fest“, verlangte sie. „Ich brauch dich genauso wie Connor.“

So stand er da, das Mädchen in dem einen Arm, den Jungen im anderen. Jetzt brauchte er nur noch seinem Herzen zu folgen.

Cassie fühlte sich wie in einem Traum. Ihre Augen

schwammen in Tränen, und sie umklammerte den Sheriffstern so fest, dass sich die Zacken in das weiche Fleisch ihrer Handfläche gruben.

„Es gibt keinen Mann, der dich mehr lieben könnte als ich, Cassie. Und deine Kinder auch nicht. Ich bin bereit, alles dafür zu tun, dass ihr es in Zukunft gut habt. Dass wir alle zusammen es gut haben. Ich kann und will nicht ohne euch leben, ihr seid mein ganzes Herz. Um Gottes willen, Cassie, ich bitte dich, heirate mich."

Er konnte nicht ahnen, was es für sie bedeutete, diese Worte aus seinem Mund zu hören, so klar, so schlicht, so eindeutig, während er die Kinder in Armen hielt, als seien sie seine eigenen.

Natürlich waren sie das. Wie blind sie doch gewesen war, das nicht von Anfang an zu sehen.

Sie ging die Treppe nach oben und nahm Connor und Emma an die Hand. „Du bist der außergewöhnlichste Mann, den ich jemals kennen gelernt habe, Devin. Ich liebe dich. Wenn du überhaupt einen Fehler hast, dann höchstens den, dass du manchmal zu geduldig bist."

„Aber jetzt ist meine Geduld am Ende."

„Dann will ich es kurz machen. Wir haben lange genug gewartet."

Sie ließ Connors Hand gerade lange genug los, um

Devin den Stern an die Hemdbrust zu heften. Dann ergriff sie sie wieder, stellte sich auf die Zehenspitzen und küsste den Mann, dem ihr ganzes Herz gehörte, vor den Augen ihrer Kinder.

„Wir sind glücklich, dass du uns heiraten willst, Devin. Lass es uns so bald wie möglich machen." Sie legte ihren Kopf an seine Schulter und seufzte beseligt. „Ich denke, wir haben alle lange genug gewartet."

– ENDE –

Nora Roberts
Die MacKades 1
Zwischen Sehnsucht
und Verlangen

Band-Nr. 25171
6,95 € (D)
ISBN: 3-89941-229-X

Nora Roberts
Die MacKades 2
Dem Feuer zu nah

Band-Nr. 25178
6,95 € (D)
ISBN: 3-89941-236-2

Nora Roberts
Die MacKades 4
Hochzeit im Herbst

Band-Nr. 25204
6,95 € (D)
ISBN: 3-89941-297-4

Nora Roberts
Affäre im Paradies
Band-Nr. 25189
6,95 € (D)
ISBN: 3-89941-282-6

Sandra Brown
Das verbotene Glück
Band-Nr. 25190
6,95 € (D)
ISBN: 3-89941-283-4

Tess Gerritsen
Die Meisterdiebin/
Angst in deinen Augen
Band-Nr. 25191
6,95 € (D)
ISBN: 3-89941-284-2

Nora Roberts
Choreographie der Liebe
Band-Nr. 25185
6,95 € (D)
ISBN: 3-89941-243-5